DIE ABRECHNUNG

REIHE: DIE KUNST DER RACHE
BUCH 3

DAN PETROSINI

DAN PETROSINI
MYSTERY & SUSPENSE AUTHOR
www.danpetrosini.com

ISBN (Druckausgabe) : 978-1-960286-62-8

Gedruckt in Naples, FL, USA

DIE LUCA MYSTERY-SERIE

BIN ICH DER MÖRDER?

VERSCHWUNDEN

DER SERENITY-MORD

DRITTE CHANCEN

EIN KALTER, HARTER FALL

POLIZIST ODER MÖRDER?

SALTER ZUM SCHWEIGEN BRINGEN

EIN MÖRDER FALSCH

UNGEWISSE EINSÄTZE

DER OPA-MÖRDER

GEFÄHRLICHE RACHE

WO SIND SIE

AM SEE BEGRABEN

DER PRESERVE KILLER

NIEMAND IST SICHER

MORD, GELD UND CHAOS

DER GOLDENE AUSVERKAUF

SPANNENDE GEHEIMNISSE

CORYS DILEMMA

CORYS FLUG

CORYS VERSCHIEBUNG

Sie können über mein Schreiben auf dem Laufenden bleiben und Zugang zu Büchern haben, die frei von Discounter sind, indem Sie sich meinem Newsletter anschließen. Normalerweise ist es einmal im Monat ausgestiegen und enthält auch Notizen zu Selbstwertgefühl, Motivationsstücken und Weinartikeln.

Es ist kostenlos. Siehe meine Website: www.danpetrosini.com

TEIL I

VIERZEHN JAHRE ZUVOR

Ermorden – transitives Verb: eine Person rechtswidrig und ohne Rechtfertigung mit vorbedachter Böswilligkeit töten.

1

»Neun-eins-eins, was ist Ihr Notfall?«

Tyler Crane sagte: »Meine Mutter braucht Hilfe!«

»Was ist mit ihr los?«

»Sie liegt auf dem Boden, überall ist Blut. Ich hab versucht, sie hochzukriegen, aber sie kommt nicht hoch.«

»Wir schicken einen Krankenwagen und einen Streifenwagen.«

»Schnell! Beeilen Sie sich!«

»Sind Sie in der Hunters Road 9943?«

»Ja, das ist unser Haus. Beeilen Sie sich!«

»Bleiben Sie in der Leitung. Sind Sie in Gefahr?«

»Nein. Ich nicht, meine Mutter.«

»Verstanden. Ist noch jemand da?«

»Nein. Niemand.«

»Was, glauben Sie, ist passiert?«

»Jemand hat sie erstochen.«

»Atmet sie?«

»Nein. Ich glaube nicht. Bitte beeilen Sie sich.«

»Versuchen Sie, ruhig zu bleiben, dann leite ich Sie durch die Wiederbelebung.«

»Ich weiß nicht, was ich tun soll.«

»Schon gut, ich helfe Ihnen.«

Der Disponent lotste Tyler, während er versuchte, seine Mutter wiederzubeleben.

Tyler sagte: »Es klappt nicht!«

»Das kommt vor. Bleiben Sie ruhig, wir machen es nochmal.«

Der Disponent blieb bei Tyler in der Leitung, während er versuchte, seine Mutter zum Reagieren zu bringen.

»Sie atmet nicht! Was soll ich tun? Helfen Sie mir!«

»Sind Sie sicher, dass Sie die Kompressionen richtig machen?«

»Ich glaube schon.«

»Nehmen Sie beide Hände und setzen Sie sie mittig auf ihren Brustkorb. Achten Sie darauf, dass Ihre Ellbogen gestreckt sind, und drücken Sie nach unten. Haben Sie keine Angst, ihr wehzutun; das kriegen wir wieder hin, falls das passiert. Ihr Brustkorb muss sich um mindestens zwei Zoll eindrücken.«

»Zwei Zoll?«

»Ja. Sie müssen viele Kompressionen machen, so um die hundert pro Minute, aber achten Sie darauf, dass sich der Brustkorb jedes Mal wieder hebt, bevor Sie die nächste machen.«

»Ich höre Sirenen, sie kommen.«

Ein Streifenwagen des Sheriffbüros von Collier County kam quietschend vor dem Haus in den Livingston Estates zum Stehen.

Tyler Crane rannte zur Haustür und riss sie auf. »Hier drin!«

Ein uniformierter Beamter joggte zur Haustür. »Ist außer Ihrer Mutter noch jemand im Haus?«

»Nein, sie ist in der Küche, auf dem Boden.«

»Bleiben Sie draußen, bis ich Sie rufe.«

Als er ins Haus trat, legte Officer Goodwin die Hand auf sein Holster. »Polizei Collier County!«

Er ging durch das Wohnzimmer in die Küche. Neben der Kochinsel lag der Körper einer Frau. Ihr gelbes Shirt war von mehreren großen roten Flecken gezeichnet.

Goodwin kniete nieder und tastete an ihrem Hals nach einem Puls. Die Haut fühlte sich kühl an. Der Beamte schätzte, dass sie seit mehreren Stunden tot war.

»Der Krankenwagen ist da!«

Goodwin stand auf und ging zur Tür.

Tyler sagte: »Wird sie wieder okay?«

Ohne dem Jungen in die Augen zu sehen, sagte Goodwin: »Warten wir ab, was die Sanitäter sagen.«

Er wies die Rettungssanitäter in die Küche, als eine dunkle Limousine vorfuhr. Detective Mark Donovan von der Mordkommission stieg aus dem zivilen Wagen, während noch ein Streifenwagen eintraf.

Goodwin ging zu Detective Donovan und briefte ihn. Donovan sagte: »Richten Sie eine Absperrung ein. Finden Sie heraus, ob der Junge einen Vater hat, und holen Sie jemanden, einen Nachbarn, irgendwen, der bei dem Jungen warten kann.«

»Er sagte, er habe seinen Vater angerufen, aber der ist eine Stunde entfernt.«

»Dann fragen Sie bei einem Nachbarn nach.«

»Ich bleibe bei dem Jungen.«

Donovan reichte ihm seine Autoschlüssel. »Setzen Sie

den Jungen in meinen Wagen. Ich muss mir den Tatort ansehen, bevor ich mit ihm spreche.«

Er setzte sich in Bewegung zum Haus, drehte sich dann aber noch mal um. »Setzen Sie den Jungen ins Auto und fahren Sie es in die Einfahrt.«

Donovan verschwand im Inneren. Der Detective hielt am Eingang zur Küche inne. Zwei Sanitäter standen dort und unterhielten sich. Am Ende der Kochinsel war ein nackter Fuß zu sehen.

Donovan sagte: »Ist sie verstorben?«

Sie schüttelten die Köpfe, und der größere Sanitäter sagte: »Sie ist schon eine Weile tot.«

»Okay. Sie können abrücken.«

Während die Rettungskräfte zusammenpackten, zog Donovan Überziehschuhe und Handschuhe an und trat um die Insel herum. Der Körper lag ausgestreckt auf dem Bauch. Sie trug keinen BH, nur ein T-Shirt und eine dünne Jogginghose. Es schien mindestens drei getrennte Quellen für die Blutlache zu geben, in der sie lag.

Der Detective zog sein Handy heraus und forderte den Gerichtsmediziner und ein Forensik-Team an. Dann steckte er das Telefon weg und kniete sich neben den Körper. Er zog einen Handschuh an und berührte die Wange der Frau mit dem Handrücken.

Die Haut war fest und kalt und die Arme waren von Abwehrverletzungen durch Messerstiche übersät. Sie hatte gekämpft, war ihrem Angreifer aber unterlegen. Donovan glaubte, der Angriff sei persönlich motiviert gewesen.

Donovan stand auf und ließ die Küche auf sich wirken. Die Kaffeemaschine wirkte unbenutzt. Keine Becher auf der Arbeitsplatte oder in der Spüle. Er öffnete die Spülmaschine. Zwei Tupperware-Behälter und ein paar Besteck-teile warteten darauf, gespült zu werden.

Er schloss sie und blickte über die Arbeitsplatte. In dem Messerblock klaffte eine Lücke. Donovan zog ein Messer heraus und betrachtete es. Hatte das Opfer einen Eindring-ling überrascht, der das Messer gegen sie verwendet hatte?

Er sah zur Schiebetür hinüber, die zu einer kleinen, mit Fliegengitter versehenen Lanai führte. Er ging um den Küchentisch herum und zog am Griff der Schiebetür. Sie glitt auf. Er trat hinaus. Eine Liege, ein Cafétisch und Stühle rahmten den Bereich.

Donovan ging zur Fliegengittertür; sie war unverschlos-sen. Ein schmaler Grasstreifen war die einzige Pufferzone vor einem Waldschutzgebiet. Er ging ums Haus herum; es gab keine Anzeichen für ein gewaltsames Eindringen.

Donovan ging bis zum Rand des Grundstücks und spähte in den Wald. War der Täter auf diesem Weg hinein- oder herausgekommen? Er nahm sich vor, sich anzusehen, woran die Rückseite des Hauses grenzte, und ging wieder hinein.

Mit der Kamera über der Schulter trat der Fotograf der Abteilung in die Küche. »Wie geht es Ihnen, Donovan?«

»Ich wäre wirklich lieber woanders.«

»Das kann ich verstehen.«

»Ziehen Sie Überziehschuhe an und fassen Sie nichts an.«

»Wird gemacht.«

»Der Gerichtsmediziner und die Spurensicherung sind unterwegs. Ich gehe nach draußen, um mit dem Jungen zu sprechen, der das Opfer gefunden hat.«

Donovan schob sich um die Trage herum, die die Sanitäter durchs Haus rollten. Er ging direkt zu einer Handtasche auf einem Tisch. Er fischte das Portemonnaie heraus und holte den Führerschein hervor. Das Opfer war die 42-jährige Ana Crane. Er steckte ihn zurück und trat hinaus.

Am Rand des abgelegenen Hauses hatte sich eine kleine Gruppe Schaulustiger versammelt. Gegenüber parkte ein Van von WINK News.

Donovan hielt den Kopf gesenkt, während er die Handschuhe abstreifte. Er öffnete die Tür seines Wagens und setzte sich auf die Rückbank neben Tyler Crane. Officer Goodwin stieg aus dem Wagen und Donovan sagte: »Hey, Kleiner.«

Tyler fragte: »Wie geht es meiner Mama?«

Er suchte nach den richtigen Worten. »Sie kümmern sich um sie.«

Der Junge zeigte zum Fenster hinaus. »Aber die Sanitäter fahren weg.«

Donovan sah dem Jungen in die Augen. Er sah, wie ihm der letzte Hoffnungsfaden entglitt, und legte ihm eine Hand auf die Schulter. »Es tut mir leid, Kumpel, aber, ähm, deine Mama hat's nicht geschafft.«

Tylers Kinn bebte. Er fuhr sich mit dem Handrücken über die Oberlippe und die Tränen liefen. Donovan rieb ihm den Rücken und nach ein paar Minuten verebbte sein Schluchzen.

Donovan sagte: »Es tut mir wirklich leid, Kumpel. Aber jetzt müssen wir stark sein. Wir müssen die Person schnappen, die das getan hat.«

Tyler nickte.

»Wie alt bist du?«

Tyler zog die Schultern zurück. »Ich bin gerade zehn geworden.«

»Na, dafür, dass du zehn bist, bist du ziemlich erwachsen.«

Tyler lächelte.

»Wenn du dich danach fühlst, habe ich ein paar Fragen an dich.«

»Ich kann reden.«

»Bist du sicher?«

»Ja.«

Der Ermittler zog ein Notizbuch hervor. »Wann bist du nach Hause gekommen?«

»Ein paar Minuten, bevor ich Hilfe gerufen habe.«

»Wo warst du, bevor du nach Hause gekommen bist?«

»Wir waren gestern in den Universal Studios und sind heute Morgen zurückgekommen.«

»Mit wem warst du da?«

»Drews Mutter hat mich und Jimmy mitgenommen.«

»Wie ist deren Nachname?«

»Brandenberg.«

Donovan schrieb es auf und sagte: »Ich habe vom anderen Beamten gehört, dass dein Vater unterwegs ist.«

»Ja, er ist vom Haus seines Freundes losgefahren.«

»Wo ist das?«

»Äh, weiß ich nicht genau, aber hinter Fort Myers, ich glaube, in Charlotte Park.«

»Deine Mutter ist nicht mitgefahren?«

»Nein, die sind geschieden.«

»Und du wohnst bei deiner Mutter?«

»Ja, aber Papa wohnt quasi eine Straße weiter. Ist nicht so schlimm.«

»Das ist gut. Meine Eltern haben sich scheiden lassen, als ich frisch von der Akademie kam. Wie lange sind deine geschieden?«

»Seit ungefähr zwei Jahren.«

»Weißt du, ob deine Mutter irgendwelche Feinde hatte?«

»Nein. Alle mochten Mama, sie ist … war … die Beste.«

Tylers Gesicht verzog sich. Donovan legte den Arm um ihn und zog ihn an sich.

2

DETECTIVE DONOVAN WARTETE, BIS DR. BILOTTI MIT SEINEM Telefonat fertig war. Der Gerichtsmediziner legte auf und Donovan sagte: »Ich will Ihnen nicht viel Zeit stehlen, Doc. Ich möchte nur wissen, was die Obduktion von Ana Crane ergeben hat.«

»Sie wurde mehrfach gestochen, ich meine, es waren sieben, ganz genau. Aber einer hat ihre Aorta aufgeschlitzt, sodass sie verblutet ist.«

»Irgendetwas aus ihren Fingernägeln gesichert?«

»Leider nein. Sie hatte Abwehrverletzungen, schien ihren Angreifer aber nicht erwischt zu haben. Über dem rechten Ohr hatte das Opfer einen Bluterguss, der von einer Faust stammen könnte oder von einem Gegenstand, der nicht mit übermäßiger Wucht geschwungen wurde. Möglich, dass der Schlag sie benommen gemacht hat und sie dadurch nicht in der Lage war, sich zu wehren.«

»Wie sieht's mit der Todeszeit aus?«

»Ich würde sie irgendwo zwischen 23 Uhr und 3 Uhr ansetzen.«

»War irgendetwas in ihrem Blut?«

»Wir fahren ein toxikologisches Panel, aber Alkohol oder offensichtliche Substanzen wurden nicht festgestellt.«

»Ich halte es für persönlich. Was sagen Sie dazu?«

»Sehr wahrscheinlich.«

»Es gab keine Einbruchspuren. Entweder kannte sie den Täter oder sie wurde übers Ohr gehauen und hat ihn hereingelassen.«

»Ich sehe, Sie haben sich auf einen männlichen Täter festgelegt.«

»Sie kennen die Zahlen so gut wie ich; drei Viertel der getöteten Frauen kannten ihren Mörder, und ein erheblicher Teil davon sind aktuelle oder ehemalige Intimpartner.«

»Sie war geschieden, richtig? Gab es einen festen Partner?«

»Ja, beides. Ich werde gleich mit ihrem Ex-Mann und ihrem Freund sprechen.«

———

DONOVAN BOG von der Livingston Road ab und nahm die Old Livingston Road. Er warf einen Blick die Hunters Road hinunter, wo Ana Crane erstochen worden war, und bog links in die Sable Ridge Road ab. Zwischen dem Tatort und dem Block, in dem der Ex-Mann des Opfers wohnte, lag nur eine einzige Straße.

Der Mordermittler lugte zwischen die Häuser, während er auf das einstöckige Haus zurollte, das Atlas Crane sein Zuhause nannte. Der Vorgarten war voll mit ungepflegter, wüstenartiger Bepflanzung und einem Paar mickriger Tigerpalmen.

Als Donovan näher kam, fing der Hund eines Nachbarn an zu kläffen.

Er drückte auf die Klingel und ein gut über einsachtzig großer, kräftiger Mann öffnete die Tür.

Atlas Crane sagte: »Detective Donovan?«

Donovan hielt seine Marke hoch.

»Kommen Sie herein.«

Der Detective deutete auf mehrere Umzugskartons, die den Flur säumten. »Sind Sie gerade erst eingezogen?«

»Nee, ich bin nur noch nicht zum Auspacken gekommen.«

Donovan holte ein Notizbuch heraus. »Wie lange wohnen Sie schon hier?«

»Neun Monate. Vielleicht schmeiße ich einfach alles weg, was in den Kisten ist. Mir hat nichts davon gefehlt, also wozu der Aufwand?«

Der Detective folgte ihm in die Küche. »Schon, aber da könnten Erinnerungsstücke der Familie drin sein.«

Crane zog einen Stuhl heraus. »Ja, schon, aber jetzt ist nicht die Zeit, sich so was anzugucken.«

Donovan setzte sich und legte sein Notizbuch auf den Tisch. »Das Dezernat spricht Ihnen sein Beileid aus.«

»Tyler wird sie vermissen.«

»Und Sie?«

»Zwischen uns ist es schon 'ne Weile vorbei. Wir haben uns einfach auseinandergelebt, Sie wissen schon, wie das ist.«

»Wie lange waren Sie verheiratet?«

»So dreizehn Jahre oder so.«

»Nach so langer Zeit ist es bestimmt schwer, weiterzumachen.«

»Sie wissen ja, was man über Männer sagt: Wir kommen schnell über so was hinweg.«

»Was machen Sie beruflich?«

»Ich mache Trockenbau.«

»Bei dem ganzen Bauboom müssen Sie gut zu tun haben.«

»Schon, aber wissen Sie, all die Illegalen hier unten nehmen uns viel Arbeit weg und drücken die Preise. Ist ein verdammtes Desaster. Da muss mal jemand was machen.«

»Haben Sie irgendeine Idee, wer Ana das angetan haben könnte?«

Er lehnte sich zurück und zeigte auf Donovan. »Sie müssen bei ihrem neuen Freund anfangen, bei Fred Foster.«

»Warum sagen Sie das?«

»So 'n Gefühl.«

»Haben Sie ihn getroffen?«

»Ja, schon oft, wissen Sie, wenn ich Tyler abhole.«

Donovan blickte in sein Notizbuch. »Was passt Ihnen an Mr. Foster nicht?«

»Er ist ein arrogantes Arschloch. Jedes Mal, wenn ich zum Haus komme, hat er 'ne Fresse, als wär er was Besseres als ich oder so. Ich meine, der Kerl ist in *meinem* verdammten Haus. Soll er mir mal ein bisschen Respekt zeigen. Muss ich draußen warten wie ein Paketbote, nur um mein Kind zu sehen?«

»Haben Sie gemeinsames Sorgerecht?«

»Ich habe nur jedes zweite Wochenende und die Feiertage teilen wir auf. Die Gerichte geben der Mutter immer, was sie will. Väter bedeuten denen einen Scheiß.«

»Fällt Ihnen außer Mr. Foster noch jemand ein, der Ana so was antun würde?«

»Ist 'ne verrückte Welt; die Leute machen die übelsten kranken Sachen. Das sollten Sie wissen.«

»Ich muss fragen: Wo waren Sie von Samstagabend, dem 31. Mai, bis Sonntagmorgen, dem 1. Juni?«

»Oben in Charlotte Park. Ich bin zurückgekommen, als Tyler mich angerufen hat. Ich war total benommen und bin wie ein Verrückter hergefahren.«

»Was haben Sie in Charlotte Park gemacht?«

»Einen Freund besucht.«

»Wie heißt er oder sie?«

»Pete Storch. Wir sind seit Ewigkeiten befreundet. Wir waren zusammen in der Grundschule.«

Donovan notierte die Kontaktdaten des Alibi-Zeugen und ging.

———

WÄHREND ER DIE Airport Pulling Road entlangfuhr, bog Donovan rechts auf den Naples Boulevard ab und fuhr in eine Parklücke vor dem Vitamin Shoppe. Er ging in den Laden und fragte nach Fred Foster.

Die Kassiererin führte ihn in den hinteren Bereich des Nahrungsergänzungsladens. Sie klopfte an eine Tür und öffnete sie. Der Bereich war voller Stapel von Pappkartons. In der Luft lag ein erdiger Geruch.

Ein Mann in Chinos und einem T-Shirt mit der Aufschrift *Vergiss deine Vitamine nicht* saß hinter einem Metallschreibtisch. Donovan erspähte eine Zigarettenschachtel auf dem Tisch und wunderte sich über den Widerspruch.

Der Ermittler trat in den unfertigen Raum und stellte sich vor.

Foster sprang auf. »Haben Sie ihn erwischt?«

»Noch nicht. Ich muss Ihnen ein paar Fragen stellen.«

Er sank in seinen Stuhl zurück. »Ich kann's immer noch nicht fassen. Ich wusste, der Bastard würde irgendetwas Verrücktes anstellen.«

»Von wem reden Sie?«

»Anas Ex, Atlas Crane. Er war's, er hat sie schließlich umgebracht.«

»Was lässt Sie das glauben?«

»Wie viel Zeit haben Sie?«

Donovan zog sein Notizbuch hervor und sagte: »So viel, wie Sie brauchen. Erzählen Sie mir, was Sie wissen.«

»Erstens ließ er sie nicht in Ruhe. Er tauchte ständig auf und wollte wieder mit ihr zusammenkommen. Und er hat Ana dauernd bedroht.«

»Haben Sie selbst gehört, wie er ihr drohte?«

»Nein. Aber sie hat es mir erzählt. Mindestens zehnmal hat er ihr gedroht. Ana hatte Angst vor ihm.«

»Warum hat sie kein Kontaktverbot gegen ihn erwirkt?«

»Wegen Tyler. Sie sagte, sie wolle es dem Jungen nicht noch schwieriger machen. Ich wollte mich nicht einmischen, aber glauben Sie mir, ich wünschte, ich hätte sie gedrängt, eins zu beantragen.«

»Wissen Sie, ob Mr. Crane ihr gegenüber je handgreiflich geworden ist?«

»Und wie. Es war nicht so, dass er sie geschlagen hätte, aber sie sagte, er habe sie so heftig gestoßen, dass sie ein paarmal hingefallen ist.«

»Haben Sie eine Ahnung, wie oft das passiert ist?«

»Mindestens zweimal, wenn nicht dreimal, ist er handgreiflich geworden. Einmal hat er sie von hinten geschubst und sie ist so heftig gegen die Kücheninsel geprallt, dass sie einen riesigen Bluterguss hatte. Das sah aus wie ein großer, lilafarbener Pfannkuchen. Genau hier.« Er deutete auf seine Seite. »Und ein anderes Mal hat er sie an der Brust weggestoßen, sie ist nach hinten gefallen und hat sich das Handgelenk verstaucht, als sie den Sturz abfangen wollte. Der Feigling macht nur Ärger.«

»Wann haben sich diese Vorfälle ereignet?«

»Der Vorfall, bei dem sie gegen die Insel geprallt ist, ist noch gar nicht so lange her. Atlas ist vorbeigekommen und meinte, er wolle Tyler sehen, obwohl er genau wusste, dass der Junge in der Schule und Ana allein war. Nachdem sie sich verletzt hatte, hat er behauptet, er sei in sie hineingestolpert oder so ein Scheiß. Danach hat sie ihn nicht mehr ins Haus gelassen, selbst wenn er offiziell da war, um Tyler abzuholen.«

»Wen würden Sie als Anas beste Freunde bezeichnen?«

Foster gab ihm zwei Namen und deren Telefonnummern.

Donovan sagte: »Wo waren Sie, als Ana ermordet wurde?«

»Ich war zu Hause. Normalerweise haben wir die Wochenenden zusammen verbracht, aber wir hatten uns ein bisschen gestritten und ich bin am Samstag so gegen zwei gegangen.«

»Worum ging der Streit?«

»Es war nicht wirklich ein Streit, eher eine Meinungsverschiedenheit.«

»Das reicht mir nicht.«

»Hören Sie, es lief super zwischen uns und ich fand, wir sollten zusammenziehen, aber sie wollte nicht.«

»Warum nicht?«

»Wegen Tyler. Sie fand, es sei nach der Scheidung zu früh, aber es waren zwei Jahre vergangen und ich habe ihr immer wieder gesagt, dass Tyler kein Baby mehr ist.«

3

DONOVAN NAHM DAS TELEFON AUF SEINEM SCHREIBTISCH AB.
»Mordkommission, Detective Donovan.«

»Guten Tag, Detective. Hier ist Pete Storch. Sie haben mir geschrieben, dass Sie versucht haben, mich zu erreichen.«

Der Detective sagte: »Stimmt. Danke, dass Sie zurückgerufen haben.«

»Tut mir leid, aber ich gehe nicht ran, wenn ich die Nummer nicht kenne.«

»Ich auch nicht, deshalb habe ich Ihnen eine SMS geschickt.«

»Was will der Sheriff von Collier County von mir?«

»Sind Sie mit Atlas Crane befreundet?«

»Ja, Sandkastenfreunde, wir kennen uns seit Ewigkeiten. Warum?«

»Er sagte, er sei von Samstagabend bis Sonntagmorgen bei Ihnen gewesen.«

»Hat er das?«

»Ja. Stimmt das nicht?«

»Äh, so ungefähr.«

»Was heißt ‚so ungefähr‘? Entweder war er bei Ihnen oder nicht.«

»Hat das mit dem zu tun, was bei seiner Ex passiert ist?«

»Kann sein. Waren Sie am Samstag, dem 31. Mai, bis Sonntagmorgen, dem 1. Juni, mit ihm zusammen?«

»Atlas ist hergekommen, wir sind ausgegangen, haben etwas zu Abend gegessen, ein paar Drinks genommen und sind dann zu mir zurück.«

»Um wie viel Uhr ist er am Samstag angekommen?«

»Am späten Nachmittag, so gegen fünf.«

»Und wann ist er gegangen?«

»Ziemlich spät.«

»Wie spät?«

»Ich glaube, so um Mitternacht.«

»Also, Atlas kam gegen fünf und ging gegen Mitternacht?«

»Ja, kommt hin.«

»Okay. Danke für Ihre Zeit. Einen schönen Tag noch.«

Donovan zog die unterste Schublade seines Schreibtischs heraus. Er lehnte sich im Stuhl zurück und legte die Füße auf die offene Schublade. Der Detective überlegte seinen nächsten Schritt, denn Atlas Cranes Alibi war in sich zusammengefallen.

Er griff nach dem klingelnden Telefon auf seinem Schreibtisch. »Mordkommission, Detective Donovan.«

Es war ein uniformierter Beamter, den er zum Klingeln an Türen abgestellt hatte. Er sagte: »Sieht so aus, als hätten wir einen Zeugen im Crane-Mord.«

Donovan stellte die Füße auf den Boden. »Was haben Sie?«

»Ein Nachbar von gegenüber. Er sagte, er habe den Ex-

Mann, Atlas Crane, gesehen, wie er mitten in der Nacht am Tastenfeld des Garagentors den Code eingab, um ins Haus zu kommen.«

»Perfekt. Bringen Sie ihn rein.«

»Moment, da ist noch mehr.«

Donovan stand auf. »Nur zu.«

»Der Typ, Owen Reale, war mit seinem Hund draußen, sagt, der Hund hatte Durchfall oder so, und deshalb musste er etwa eine Stunde später noch mal raus und sah den Ex-Mann aus der Garage kommen. Und hören Sie: Er meint, der hätte ein Messer getragen.«

»Um wie viel Uhr war das?«

»Er sagte, das erste Mal sei es zwei Uhr fünfzehn gewesen und das zweite Mal etwa eine Stunde später.«

»Ist er sicher, dass es Atlas Crane war?«

»Ja, nach seiner Aussage ohne jeden Zweifel. Er sagte, er wohne dort seit zehn Jahren und kenne ihn gut.«

»Hat er noch etwas über Crane gesagt?«

»Er sagte, er habe früher ein bisschen mit ihm verkehrt, sich dann aber zurückgezogen; Crane habe ein Temperament, sei jähzornig.«

»Sorgen Sie dafür, dass er so schnell wie möglich herkommt. Wir müssen seine Aussage zu Protokoll nehmen.«

»Sie denken, der Ehemann war's, oder?«

»Mal sehen, wie Crane darauf reagiert.«

———

DONOVAN SCHAUTE auf den Video-Feed aus dem Vernehmungsraum. Mit gespreizten Beinen saß Atlas Crane da, die Hand über dem Schritt. Mit der eidesstattlichen

Aussage und dem Laptop in der Hand stieß der Detective die Tür auf und setzte sich Crane gegenüber.

»Hey, wie lange dauert das hier noch? Ich muss Tyler abholen.«

»Das hängt von Ihnen ab, Mr. Crane.«

»Wovon reden Sie?«

»Sie haben behauptet, Sie seien in der Nacht, in der Ihre Ex-Frau ermordet wurde, bei Ihrem Freund Peter Storch in Charlotte Park gewesen.«

»War ich.«

»Nicht laut Ihrem Freund. Er sagt, Sie seien vor Mitternacht gegangen.«

»Stimmt, ich bin ungefähr um die Zeit gegangen.«

»Damit blieb genug Zeit, zur Zeit ihres Todes zum Haus Ihrer Ex zu fahren.«

»Ich hab ihr nichts getan. Ich war nicht dort.«

»Wo waren Sie zwischen Mitternacht und dem Zeitpunkt, als Ihr Sohn Sie angerufen hat?«

»Ich bin von Petes Haus los, und es war spät, und wir hatten ein paar getrunken. Ich war müde, bin auf einen Rastplatz rausgefahren und habe geschlafen. Aufgewacht bin ich erst, als Tyler mich angerufen hat. Ich war wohl müder, als ich dachte.«

»Sie wollen mir erzählen, Sie haben auf einem Rastplatz – was – zehn Stunden lang gepennt?«

»Wie gesagt, ich war hundemüde.«

»Welcher Rastplatz?«

»Äh, der erste an der Route 75, nachdem ich draufgefahren bin.«

»Sind Sie sich da sicher?«

»Ja, ziemlich sicher der erste.«

»Hatten Sie dort mit irgendwem Kontakt?«

»Nein. Ich habe geschlafen.«

Donovan öffnete den Ordner vor sich und schob Atlas Crane ein Dokument hin. »Wir haben eine eidesstattliche Aussage von jemandem, der gesehen hat, wie Sie durch die Garage in das Haus Ihrer Frau gelangt sind, als sie starb.«

»Das ist Bullshit.«

Donovan klappte seinen Laptop auf und tippte auf der Tastatur. Er drehte den Bildschirm herum und drückte auf Enter. »Wir haben ein Ring-Doorbell-Video vom Haus gegenüber dem Ihrer Frau. Das sind Sie, wie Sie den Code fürs Garagentor eingeben.«

Atlas beugte sich vor. »Keine Chance. Man erkennt doch keinen Scheiß.«

Donovan hob den Arm und öffnete ein zweites Video. »Das sind Sie, wie Sie weggehen. Es ist 2:15 Uhr. Der Gerichtsmediziner hat den Todeszeitpunkt zwischen 1 und 2 Uhr morgens eingegrenzt, am Sonntagmorgen, dem 1. Juni.«

»Ach, komm schon, Mann. Wie können Sie sagen, das sei ich? Da sieht man doch einen Scheißdreck.«

Donovan schlug den Laptop zu. »Geben Sie es zu, Mr. Crane: Sie haben Ihre Ex-Frau getötet.«

»Ich habe ihr nichts getan.«

»Hören Sie, das ist Ihre einzige Chance auf Milde. Wenn Sie gestehen, sparen Sie den Steuerzahlern das Geld für einen Prozess und die Staatsanwälte werden milder mit Ihnen umgehen.«

»Ich gestehe gar nichts. Ich will einen Anwalt.«

———

DONOVAN SETZTE sich auf einen Stuhl vor den Schreibtisch von Staatsanwalt O'Leary. »Ich will einen Haftbefehl gegen Atlas Crane wegen des Mordes an seiner Ex-Frau Ana beantragen.«

»Legen Sie das Motiv für den Mord dar.«

»Wie Sie wissen, haben sie sich kürzlich scheiden lassen, und es war ihre Entscheidung, Schluss zu machen. Sie hatte einen Freund und nach allem, was man hört, wurde es ernst. Es war die Rede davon, zusammenzuziehen. Das hat Atlas Crane aufgebracht, was unserer Ansicht nach das Motiv war, ihr das Leben zu nehmen.«

»Glauben Sie, dass es vorsätzlich war?«

»Er ist mitten in der Nacht zu ihr nach Hause gefahren. Es gibt die winzigste Chance, dass er hingegangen ist, um sie zurückzugewinnen, aber warum dann durch die Garage? Und er bestreitet, dort gewesen zu sein; damit ist die Versöhnungsschiene hinfällig.«

»Das könnte als Vorsatz durchgehen.«

»Wir haben eine Freundin der Verstorbenen, die uns gesagt hat, dass Ana und Atlas Crane am Tag davor heftig gestritten haben.«

»Okay. Was haben wir gegen den Ehemann als Täter?«

»Wir haben einen Zeugen, einen Nachbarn, der mit seinem Hund unterwegs war und gesehen hat, wie er durch die Garage rein- und wieder rausging. Er sagte, es sei Crane gewesen, und er habe etwas in der Hand gehalten, von dem er glaubte, es sei ein Messer. Wir haben außerdem ein Klingelkamera-Video von jemandem an der Garage. Die Zeit passt, aber eine sichere Identifizierung ist schwierig; der Körperbau des Mannes passt jedoch zu Crane. Ach, und Crane hat sich ein Alibi ausgedacht.«

»Wird der Zeuge aussagen?«

»Definitiv. Er kennt Crane gut und ist kein Fan von ihm, sagt, der hätte Aggressionsprobleme.«

»Es wäre gut, das noch weiter zu untermauern; vielleicht gibt es andere, die seine Aggressivität bezeugen können.«

»Wir arbeiten daran, weitere Beweise zu sammeln.«

»Gibt es andere Verdächtige?«

»Nein. Wir haben alle anderen ausgeschlossen, auch ihren aktuellen Freund, den Crane ins Spiel gebracht hat.«

»Alles klar, arbeiten Sie weiter daran, zusätzliche Beweise zu beschaffen.«

»Sind wir dran. Ich habe ein gutes Gefühl, dass wir noch mehr kriegen.«

»Okay, wir erwirken den Haftbefehl.«

TEIL II

EIN JAHR NACH DEM MORD AN ANA
CRANE

Prozess – Substantiv: eine formelle Prüfung von Beweisen durch einen Richter, in der Regel vor einer Jury, um über die Schuld in einem Straf- oder Zivilverfahren zu entscheiden.

4

DETECTIVE DONOVAN näherte sich dem Gerichtsgebäude.
Es war der zweite Tag im Mordprozess gegen Atlas Crane.
Beide Seiten hatten am gestrigen Morgen ihre Eröffnungs-
plädoyers gehalten und die Staatsanwaltschaft hatte später
am Nachmittag begonnen, ihren Fall darzulegen.

Donovan hatte ein gutes Gefühl bei seiner eigenen
Aussage und auch bei denen der anderen, die gestern im
Zeugenstand gestanden hatten.

Heute würde der Nachbar aussagen, der beim Gassi-
gehen gesehen hatte, wie Atlas Crane durch die Garage
hinein- und wieder hinausgegangen war. Mehrere andere
würden ebenfalls aussagen, darunter der Freund der ermor-
deten Frau zu den Streitereien des Paares.

Das Dutzend Reporter, das vor dem Eingang herumlun-
gerte, erspähte Donovan und drängte auf ihn zu, während
sie ihm Fragen zuriefen.

»Kommt schon, Leute, ihr wisst, dass ich keinen
Kommentar abgebe.«

Donovan drückte sich durch die Tür und stellte sich in

die Schlange für den Körperscanner. Er zog sein klingelndes Handy heraus. Es war das Büro.

Der Detective sagte: »Hey, was ist los?«

»Schlechte Nachrichten, Chef.«

Donovan erstarrte. »Was ist passiert?«

»Owen Reale ist heute Morgen bei einem Autounfall ums Leben gekommen.«

Ein Schlüsselzeuge war tot. Donovan trat aus der Schlange. »Wollen Sie mich verarschen?«

»Nein. Es ist gegen 8 Uhr morgens auf der Livingston Road passiert. Auf der Strecke fahren alle viel zu schnell –«

Donovan hielt die Hand über den Hörer. »Wir sind im Eimer.«

»Das habe ich mir gedacht.«

»Ich muss mit O'Leary reden.«

Donovan zog seine Marke hervor und drängte sich nach vorn. »Entschuldigen Sie, ich bin dienstlich hier.«

Staatsanwalt O'Leary saß am rechten Anwaltstisch. Donovan betrat den vorderen Bereich des Gerichtssaals und tippte O'Leary auf die Schulter.

»Wir haben ein großes Problem.«

»Was ist passiert?«

Donovan senkte die Stimme. »Owen Reale ist heute Morgen bei einem Autounfall ums Leben gekommen.«

O'Leary drehte den Kopf und musterte die Umgebung. »Verdammt! Das reißt ein riesiges Loch in unseren Fall.«

»Gibt es irgendeine Möglichkeit, seine eidesstattliche Aussage in die Beweisaufnahme einzuführen?«

»Nein.«

»Sind Sie sicher? Der Mann ist erst heute Morgen gestorben.«

»Angeklagte haben das Recht, ihre Ankläger zu konfrontieren. Kein Richter der Welt würde das zulassen.«

»Was können wir tun?«

»Nichts. Wir machen weiter und hoffen, dass das, was wir haben, ausreicht.«

»Glauben Sie, dass es für eine Verurteilung reicht?«

»Es hängt immer von der Jury ab. Man weiß nie mit Sicherheit, was sie denkt.«

»Was sagt Ihr Bauchgefühl?«

»Ohne den Augenzeugen, der Crane zum Todeszeitpunkt am Haus gesehen hat, würde ich sagen: höchstens fünfzig-fünfzig.«

5

Zwei Tage später stürmte Atlas Crane durch die Türen des Gerichtsgebäudes hinaus in den Sonnenschein. Mit Mikrofonen in der Hand stürzten ein Dutzend Reporter auf ihn zu und wollten eine Stellungnahme zum Urteil.

Er beugte sich zu einem Mikrofon mit dem WINK-News-Logo. »Heute hat die Jury bestätigt, was ich die ganze Zeit gesagt habe. Ich hatte nichts mit dem zu tun, was Ana passiert ist, und das Urteil zeigt, dass die Polizei mich zu Unrecht ins Visier genommen hat. Anas Mörder läuft immer noch frei herum. Ich hoffe, der Sheriff kapiert das endlich und kriegt seinen, äh, Hintern hoch, um herauszufinden, wer das getan hat.«

»Was werden Sie als Nächstes tun?«

Atlas legte den Arm um die Schultern seines Sohnes Tyler. »Ich werde der beste Vater sein, der ich sein kann. Dieser Scheinprozess hat meinem Sohn und mir enorm zugesetzt. Jetzt ist es Zeit, dass wir mit unserem Leben weitermachen.«

»Sie wurden mindestens zweimal damit zitiert, dass Sie den Landkreis verklagen wollen. Werden Sie das durchziehen?«

»Wir wollen nur, dass Anas Mörder zur Rechenschaft gezogen wird. Wenn sie das tun, machen wir weiter.«

»Tyler! Wie fühlst du dich wegen des Urteils?«

»Ich wusste, dass Papa nichts Falsches gemacht hat, und ich bin so froh, dass das vorbei ist.«

»Komm, Sohn, wir hauen hier ab.«

Als Atlas und Tyler zum Parkplatz rübergingen, kam Staatsanwalt O'Leary aus dem Gerichtsgebäude. Die Reporter-Schar stürzte sich auf ihn.

»Sind Sie vom Urteil überrascht?«

»Wir sind enttäuscht. Wir fanden, dass wir einen ausreichend starken Fall vorgetragen haben, aber die Jury war anderer Meinung.«

»Gibt es etwas, das Sie anders machen würden?«

»Nun, wir waren durch den unzeitigen Tod eines entscheidenden Zeugen beeinträchtigt – eines Augenzeugen, der Mr. Crane am Tatort hätte platzieren können. Hätte er aussagen können, glauben wir, wäre die Jury zu einem anderen Schluss gekommen.«

TEIL III

GEGENWART

Rache – Substantiv: eine Handlung oder ein Fall von Vergeltung, um es jemandem heimzuzahlen.

6

ICH JAGTE DIE ROUTE 41 RUNTER, BREMSTE, UM NACH
Pelican Marsh abzubiegen. Ray Larson wollte mich sehen,
und ich versuchte, das noch reinzuquetschen, bevor's mit
Laura an den Strand ging.

Der Wachmann winkte mich durch und ich lotste den
Wagen zu einer Enklave aus Einfamilienhäusern namens
The Arbors. Ich klappte die Sonnenblende runter, um das
Spiegeln vom See zu blocken, und bog links in Larsons
Straße ab.

Larson war nicht nur mein Freund und Anwalt, er war
auch für die meisten Aufträge verantwortlich, die ich ange-
nommen hatte. Sein diskretes Netzwerk aus Kontakten
spülte Fälle zu mir, in denen die Justiz kläglich versagt
hatte. Außerdem hatte er verlässliche Strippen, an denen ich
ziehen konnte, wenn ich Hilfe brauchte.

Sein Haus war zurückhaltend, so wie er. Larson hatte
mit einem Arztpfusch-Fall, den er für einen Mandanten
gewonnen hatte, eine achtstellige Gebühr verdient, lebte
aber deutlich unter seinen Möglichkeiten und freute sich an

den einfachen Dingen des Lebens. Es war schwer zu begreifen, wie er sich nach dem Krebstod seiner Frau ins Leben zurückgefunden hatte. Wie er der Bitterkeit des Verlusts entging, war etwas, wovon man sich etwas abschauen konnte.

Larson öffnete die Tür mit einem Lächeln. »Hallo, Beck, komm rein.«

»Wie läuft's, Ray?«

»Herrlich, noch so ein toller Tag im Paradies.«

Ich folgte ihm in die Küche. »Wieso bist du nicht am Strand?«

»Ich hab um zwölf Abschlag in La Playa. Ich spiel mit John Morgan.«

Der Unfallanwalt lief überall im Fernsehen. »Uff. Ich kann seine Werbespots nicht ausstehen.«

»Ich auch nicht, aber er war nützlich. Er hat dir die letzten zwei Fälle vermittelt, die du übernommen hast.«

»Echt?«

»Ja. Willst du was trinken?«

»Nee, danke. Weswegen wolltest du mich sehen?«

Larson hob von der weißen Arbeitsplatte der Kochinsel einen dicken Ordner auf. »Eine Bekannte von einem Bekannten hat mich gebeten, mit einem Tyler Crane zu reden.«

Larson war glatt wie Seide, aber irgendetwas war faul. »Welche Bekannte von welchem Bekannten?«

»Eine Freundin.«

»Du hattest ein Date?«

»Ja, aber rein gesellschaftlich, nicht romantisch.«

Ich kicherte. »Schon okay, Ray. Ich ziehe dich nur auf.«

»Im Ernst, seit Kay gestorben ist, hab ich echt kein Interesse.«

»Du kannst doch kein Mönch sein.«

»Bin ich nicht. Ich bin ständig unterwegs. Nur, was Frauen angeht: Niemand kann Kay ersetzen.«

»Du musst sie nicht ersetzen, es geht ja darum, jemanden an deiner Seite zu haben.«

Larson schnaubte. »Guck mal, wer hier Beziehungstipps verteilt. Du lässt doch keinen an dich ran.«

»Bei Laura und mir läuft's gut. Wir fahren heute an den Clam Pass.«

»Super. Ich mag sie, du solltest schauen, dass das klappt. Ihr tut euch gegenseitig gut.«

Ich deutete auf den Ordner. »Worum geht's in der Akte?«

»Wie gesagt, Tyler Crane kam über eine Freundin zu mir, und es ist 'ne traurige Geschichte. Seine Mutter wurde vor vierzehn Jahren ermordet und die Polizei hängte es seinem Vater, Atlas Crane, an.«

Meine Schultern spannten sich. Meine Mutter war ebenfalls getötet worden, aber von einem Berufsverbrecher, nicht von meinem Vater. »Und?«

Er reichte mir die Akte. »Du musst das Protokoll des Prozesses lesen, aber der Vater wurde nicht verurteilt.«

»Und vierzehn Jahre später will der Sohn sich rächen?«

Er nickte. »Lies die Akte und triff dich mit Tyler. Er ist ein netter junger Mann und hat durch ein Erbe die Mittel. Ich glaube, du wirst es interessant finden.«

————

ICH MIETETE am Strand einen Schirm und Liegen und ließ mich auf einer Liege nieder. Eine leichte Brise wehte, und im Schatten des Schirms ging's nicht besser.

Laura griff rüber und nahm meine Hand. »Siehst du, wie schön das ist?«

»Gut, dass wir 'nen Schirm haben.«

»Willst du kurz ins Wasser?«

»Vielleicht später.«

»Magst du spazieren gehen?«

»Nicht jetzt.«

»Wo willst du später essen?«

Sie schoss Fragen raus wie aus 'nem Maschinengewehr. »Wo immer du willst.«

»Vielleicht gehen wir zu True Food. Was meinst du?«

»Wenn du willst. Aber wenn du was Gutes willst, grille ich zu Hause was.«

»Klingt gut. Willst du auf dem Rückweg bei Whole Foods anhalten?«

Was ich wollte, war, dass sie mit den Fragen aufhörte.

»Klar.«

Ich öffnete die Akte, die Larson mir gegeben hatte.

»Was machst du da?«

»Ich muss was für die Arbeit lesen.«

Sie schoss in die Senkrechte. »Ich gehe spazieren.«

Ich wollte ihr sagen, sie solle erwachsen werden, aber beim letzten Mal hatte es Monate gedauert, bis die Wunde verheilt war. Laura war großartig. Lag's an mir? Seit ich in eine Pflegefamilie abgeschoben worden war, hatte ich für mich selbst gesorgt. Der Einzige, dem ich nahestand, war mein Pflegebruder, Mario, und achtzig Prozent der Zeit musste ich auf ihn aufpassen.

Eine Autolänge weiter buddelte ein junges Paar mit seinem Kleinkind im Sand. Ich schüttelte den Gedanken ab, dass das eines Tages ich sein könnte, und fing an zu lesen.

Ich fuhr die Pine Ridge Road nach Westen, wo sie in die Seagate Drive überging. Auf der kurvigen Seagate zog ich meine Schleifen und hielt an, kurz bevor der Bereich nicht mehr öffentlich zugänglich war.

Ich ging ein paar Meter am Rand der Venetian Bay entlang und erspähte Tyler Crane, der auf einer Bank mit Blick aufs Wasser saß.

Er fuhr zusammen, als ich von hinten an ihn herantrat, und ich sagte: »Tyler?«

»Du hast mich erschreckt.« Er stand auf. »Herr Beck?«

»Jep. Einfach nur Beck. Setz dich.«

»Ich wusste gar nicht, dass es den Ort gibt. Hier unten ist's ruhig.«

»Aber in der Saison wird's voll.«

»Was denn nicht?«

»Stimmt. Erzähl mir, was dich umtreibt.«

»Also, ich hab Herrn Larson schon alles erzählt.«

»Ich will's direkt von dir hören.«

»Alles?«

»Ja.«

Tyler erklärte, wie er seine Mutter tot gefunden hatte. Er und ich teilten eine Erfahrung, die ich niemandem wünsche. Ich sprang nie sofort in einen Fall, aber ich wusste, es würde schwer werden, ihm nicht zu helfen.

»Es tut mir leid wegen deiner Mutter.«

»Danke. Ich lüge nicht, das war heftig, und dann haben die Cops meinen Vater verhaftet.«

»Ich hab das Protokoll vom Prozess gelesen. Aber was hast du damals gedacht?«

»Damals konnte ich unmöglich glauben, dass mein Vater

meine Mom umgebracht hatte. Ich war erst zehn und, weißt du, mein ganzes Leben stand kopf.«

Ich kannte das Gefühl. »Du hast damals bei deiner Mutter gelebt. Bist du danach zu deinem Vater gezogen?«

»Ja, ich mein, unser Haus war ein Tatort, und wer will da schon bleiben? Und mein Vater wohnte ganz in der Nähe. Meine Tante Pamela, das ist die Schwester von meiner Mom, wollte, dass ich bei ihr bleibe, aber mein Dad hat Nein gesagt.«

»Wen hast du für den Mörder deiner Mutter gehalten?«

»Damals wusste ich's nicht. Es war beängstigend, ich dachte, das war irgend so 'ne Zufallstat oder so.«

»Und jetzt?«

Er runzelte die Stirn. »Mein Vater war's.«

»Was hat dich umgestimmt?«

»Ich wollte's nicht glauben, und ich war ja auch nur ein Kind. Ich mein, seinem Vater vertraut man doch, oder?«

»Klar. Aber wann und warum der Sinneswandel?«

»Na ja, je älter ich wurde, desto mehr hab ich kapiert, was für ein Typ mein Vater wirklich war. Er war gemein und schnell auf 180. Wegen Kleinigkeiten ist er ausgerastet.«

»Das macht ihn noch nicht zum Mörder.«

»Bevor ich ins Detail geh: Jetzt seh ich, dass ich viele Zeichen ignoriert hab. Ist doch irgendwie normal, oder? Ich war einfach zu jung, um eins und eins zusammenzuzählen.«

»Klar. Was denn für Sachen?«

»Also, die haben viel gestritten, und er wurde handgreiflich, weißt du? Und so ungefähr zwei Jahre, nachdem meine Mom gestorben war, fing mein Vater was mit einer Frau an, Katy. Die war nett und so, aber die haben auch viel gestritten. Einmal war ich in der Garage und hab an meinem

Fahrrad geschraubt, die gingen sich gerade an, und er sagte zu ihr so was wie: *»Pass besser mal verdammt auf, sonst endest du wie meine Ex.«*«

»Was hat dich noch umgestimmt?«

»Ich hab ihn immer gefragt, warum die Polizei glaubte, er sei's, und er sagte, die hätten nichts gegen ihn. Dass die Cops das eben so machten, weil meistens, wenn eine Frau getötet wird, der Ehemann oder Freund der Täter ist. Ich hab im Internet nachgeschaut, und das stimmte, also hab ich's nie hinterfragt. Ich denke, das war auch das, was ich glauben wollte. Und dann hatten sie im Prozess wirklich nichts weiter. Das Türklingel-Video war mies, man konnte nicht erkennen, wer es war.«

»Klingt so, als käme da noch was.«

»Also, ich wurde von einem Reporter von der *Daily News* angerufen, weil der vierzehnte Jahrestag des Mordes anstand, und was er mir erzählt hat, ließ mich kapieren, dass mein Vater es war.«

»Was hat er dir erzählt?«

7

Tyler sah mir in die Augen. »Ich wusste nicht, dass es einen Augenzeugen gab, der starb, bevor er aussagen konnte. Er hatte einen Unfall und ist ums Leben gekommen, ich glaube, an dem Tag, an dem er in den Zeugenstand sollte. Ich war total platt und hab den Staatsanwalt angerufen, der den Fall geführt hat.«

»Du hast mit O'Leary gesprochen?«

»Ja. Und er sagte, der Zeuge sei ein Nachbar gewesen. Ich hab mich an ihn erinnert. Er wohnte gegenüber vom Haus meiner Mom. Sein Hund war in der Nacht krank und er war ständig mit ihm draußen. Er sah, wie mein Vater mitten in der Nacht das Garagentor öffnete, und dann sah er, wie er wegging, kurz nachdem meine Mom ermordet worden war. Außerdem sagte er, mein Vater habe ein Messer in der Hand gehalten.«

»Das wäre eine starke Aussage gewesen.«

»Ich kann nicht fassen, dass der Richter der Jury nicht erlaubt hat, zu erfahren, was unser Nachbar gesehen hat. Der Staatsanwalt meinte, man müsse jemanden, der einen beschuldigt, konfrontieren können. Verstehe ich schon, aber das war irre, so unfair.«

»Das hätte deinen Vater zur Tatzeit am Tatort verortet, aber die Verteidigung hätte versucht, ihn unglaubwürdig zu machen. Wie alt war der Mann?«

»Ich glaube, der wäre jetzt so um die achtzig.«

»Also war er damals Mitte sechzig. Trug er eine Brille?«

»Ja.«

»Und das war nachts und ich bin sicher, er hat ihn aus der Entfernung gesehen. Die Verteidigung hätte sich darauf gestürzt.«

»Aber es gibt dieses Klingelkamera-Video von der Nacht. Es ist nicht das beste, aber es bestätigt die Uhrzeit, zu der der Nachbar sagte, er habe meinen Vater gesehen.«

Tyler hielt mir sein Handy hin und spielte ein körniges Video ab. Ich nahm es und zoomte rein. »Man kann nicht erkennen, wer das ist.«

»Ich weiß, aber ich sehe, dass es mein Vater ist. Und schau auf die Uhrzeit. Das muss er sein.«

Mir kam eine Idee. »Ich schicke mir davon mal eine Kopie per Mail.«

»Klar. Was hast du im Kopf?«

»Im Moment noch nichts Konkretes. Ich muss erst mal recherchieren. Erzähl mir was über deinen Vater.«

»Was denn?«

»Seine Interessen, Hobbys. Was macht er gern?«

»Oh, easy: auf dem Wasser sein. Er liebt es, zu angeln und einfach rumzufahren.«

»Hat er ein Boot?«

»Ja, nichts Großes. Ich glaube, ein Achtzehn-Fuß-Boot. Hat er gebraucht gekauft. Ich war mit dem nur zweimal draußen.«

»Er steht da total drauf?«

»Ja. Er hat mich sogar gezwungen, mit ihm rauszufahren, auf dem Boot, das wir damals hatten, so zwei Tage, nachdem Mom getötet worden war. Ich wollte nicht, aber er meinte, er müsse den Kopf freikriegen. Ich glaube, er ist rausgefahren, um das Messer loszuwerden, mit dem er sie umgebracht hat.«

»Warum sagst du das?«

»Er benahm sich an dem Tag komisch und ich sah, wie er die Hand ins Wasser tauchte. Es sah so aus, als hätte er was ins Wasser fallen lassen.«

»Wo war das?«

»Das ist ja das Ding. Weißt du, mein ganzes Leben lang hat mein Vater gesagt, man müsse das Wasser respektieren und kein Boot sei größer als der Ozean. Ich wollte immer in den Golf raus, aber wenn das Wasser nicht spiegelglatt war, sind wir nie gefahren. Aber an dem Tag, direkt nachdem meine Mom gestorben war, war das Wasser überhaupt nicht ruhig und trotzdem ist er bis ganz raus in den Gordon's Pass gefahren und da habe ich gesehen, wie er etwas ins Wasser fallen ließ. Das musste das Messer gewesen sein.«

»Hast du das Messer gesehen?«

»Nein. Aber ich glaube wirklich, dass es das war. Ich habe in den Jahren viel darüber nachgedacht und ich bin neunundneunzigprozentig sicher.«

Die Hin-und-her-Strömungen in dem Pass, der in den Golf führt, würden alles, was man hineinwirft, davontragen und zuschütten. Nach der Tatwaffe zu suchen wäre aussichtslos.

»Würdest du sagen, dein Vater ist schlau?«

»Er war nicht auf dem College, aber er ist definitiv straßenschlau.«

———

MEIN BRUDER von einer anderen Mutter, Mario, saß an einem der Außentische der Taberna Burntwood.

Ich ging hin und zog einen Stuhl heran. »Wie läuft's?«

»Kann mich nicht beklagen. Lass uns was trinken.«

Seine Augen waren glasig. Ich sagte: »Hast du schon ohne mich vorgeglüht?«

»Nein. Ich hab nichts genommen.«

»Lass das Weed sein, Bruder.«

»Kümmer dich nicht um mich.«

»Du weißt, was sie in der Reha gesagt haben.«

»Schon gut, Papa.«

»Komm schon, Mario. Ich will nur auf dich aufpassen. Wir müssen aufeinander aufpassen.«

»Ich hab kein Problem mehr. Ich hab das im Griff, also lass mich in Ruhe, okay?«

Ich nickte und hoffte, dass er sich nichts vormachte.

Mario hob die Hand, um einen Kellner herbeizuwinken, und sagte: »Was ist mit dem Jungen, den du getroffen hast?«

Ein Kellner kam sofort herüber. Mario bestellte ein Bier und obwohl ich gern einen Tito's Vodka auf Eis genommen hätte, bestellte ich ein Sodawasser.

»Der Fall des Jungen hat ein paar Parallelen zu dem, was uns passiert ist.«

»Wie denn?«

»Seine Mutter wurde ermordet, und es sieht nach dem Vater aus. Weil meine Mom von einem Berufsverbrecher umgebracht wurde, der auf Kaution draußen war, fühle ich mit dem Jungen.«

»Und meine Mutter war ein Crack-Junkie.«

Vielleicht hat Mario daher seine Neigung, es zu übertreiben.

»Ich wollte sagen, er hat seine Mutter früh verloren, so wie wir. Jedenfalls kam sein Vater wegen des Mordes vor Gericht und kam frei, aber man glaubt es kaum: Ein Augenzeuge starb am Morgen, an dem er aussagen sollte.«

Unsere Getränke wurden gebracht. Mario nahm einen langen Schluck von seinem Bier, bevor er fragte: »Klang das verdächtig?«

»Das war auch mein erster Gedanke, aber es war ein Autounfall. Und die andere Fahrerin war eine ältere Dame, die gerade ihren Mann verloren hatte und offensichtlich neben sich stand.«

»Krass. Wenn der Augenzeuge ausgesagt hätte, wäre der Vater dann verurteilt worden?«

»Das ist die Millionen-Dollar-Frage. Der Zeuge sah ihn zur Tatzeit durch die Garage ins Haus gehen und auf demselben Weg wieder raus. Der Zeuge behauptete außerdem, der Vater des Jungen habe ein Messer in der Hand gehabt, als er ihn weggehen sah.«

»War der Zeuge verlässlich?«

»Schien so.«

»Was willst du machen?«

»Der Junge hat mir ein Türklingel-Video gegeben, aber das ist nicht eindeutig.«

»Warum schauen wir nicht, was Larsons Sohn damit anstellen kann? Der ist ein Tech-Zauberer.«

»Hab ich ihm schon geschickt. Warum quatschst du

nicht mal mit den Jungs von der Mordkommission beim Sheriffamt?«

»Donovan schuldet mir noch was. Ich hab ihn mit Infos zu der Messerstecherei im Motel versorgt.«

»Gut. Tommy meinte, er setzt sich sofort an das Türklingel-Video. Meinst du, du kriegst heute was aus Donovan raus?«

»Klar. Ich rede mit ihm und schaue heute Abend bei dir vorbei.«

»Äh, Laura kommt vorbei.«

»Und?«

»Sie hängt mir in den Ohren, ich würde zu viel arbeiten, wir hätten zu wenig Zeit zu zweit, bla, bla, bla.«

»Warum zieht sie nicht einfach bei dir ein?«

Ich zuckte mit den Schultern. »Ich weiß nicht, ob ich dafür bereit bin.«

»Mach's einfach, Mann. Was ist das Schlimmste, was passieren kann? Wenn's nicht klappt, steigst du halt wieder aus.«

»Ich bin nicht wie du. Ich will das alles nicht durchziehen, wenn's eh nicht hält.«

»Keiner hat 'ne Glaskugel, Mann. Probier's. Wenn's nicht funktioniert, machst du weiter.«

»Ich kann einfach nicht mit jemandem zusammenleben und–«

»Wovon redest du? Genau so lief's doch, als wir in Pflege waren. Wie oft sind wir umgezogen?«

Er hatte recht, und vielleicht war das genau der Grund, warum ich zögerte. »Zu oft.« Ich stand auf. »Ich muss los, wir quatschen später.«

8

WÄHREND SIE EINEN TELLER IN DIE SPÜLE STELLTE, SAGTE Laura: »Das Schweinekotelett war echt gut.«

»Freut mich, dass es dir geschmeckt hat.«

»Ist schön, dass du für mich kochen willst, statt ständig essen zu gehen.«

»Ich geh gern essen, aber zu Hause bleiben ist auch schön.«

»Lass mich den Abwasch machen.«

Ich schüttelte den Kopf. »Ich mach das. Schau mal, ob es auf Netflix irgendwas gibt.«

»Glaub ich nicht. Das meiste neue Zeug ist aus dem Ausland, und Schauspiel und Synchro sind grottig.«

»Die französischen und italienischen Sachen sind ziemlich gut. Die haben hochentwickelte Filmindustrien.«

Sie machte den Fernseher an. »Ich weiß, aber ich mag es nicht, Untertitel zu lesen.«

»Ich auch nicht, aber wenn die Story gut ist, gewöhnt man sich dran.«

»Oh, guck, da läuft eine *House Hunters*-Folge in Naples.«

»Welche Preisklasse?«

»Es geht um Coach Homes, so um die 500.000.«

»Du solltest das schauen, damit du ein Gefühl für den Markt kriegst. Deine Mietvertragsverlängerung steht an, und da macht es Sinn, was zu kaufen.«

Ihr Gesicht verfinsterte sich.

»Was ist los?«

»Nichts.«

Warum sagten Leute das, wenn sie etwas bedrückte? »Sag mir, was los ist. Ich wollte doch nur–«

»Vergiss es. Ich dachte, weißt du, bei uns läuft's gut.«

Ich drehte den Wasserhahn zu. »Ist es doch. Und?«

»Ich dachte, vielleicht könnten wir, na ja, zusammenziehen.«

»Oh. Aber dein Mietvertrag läuft so in zwei Monaten aus.«

»Ja.«

»Das ist gleich um die Ecke.«

»Vergiss es, okay.«

»Komm schon. Das ist nicht fair. Du kommst aus dem Nichts damit an, und ich bin der Böse?«

»Aus dem Nichts? Also hast du nicht mal drüber nachgedacht?«

»Ein bisschen. Ich brauch einfach mehr Zeit.«

»Wenn das hier nirgendwohin führt, sag es mir jetzt, damit ich noch eine Chance auf eine Familie habe.«

»Ich verstehe nicht, wie das jetzt hochkocht. Wir hatten eine gute Zeit, und jetzt stellst du mir ein Ultimatum?«

»Schau, bei uns beiden läuft die biologische Uhr. Ich will keine Probleme beim Schwangerwerden haben, und ich will nicht Mitte vierzig mit einem Säugling dastehen.«

Sie sprang vom Zusammenziehen gleich zum Babykriegen. »Können wir das Schritt für Schritt angehen?«

»Wir sind seit fast zwei Jahren zusammen. Ich bin kein Kind.«

»Ich versteh das, aber es läuft doch jetzt besser, oder?«

Sie zuckte mit den Schultern.

Ich sagte: »Komm schon, du weißt, dass es so ist. Ich weiß, es ist meine Schuld, aber, na ja, nach dem, was ich durchgemacht habe, brauch ich eine Weile, bis ich mich wieder wohlfühle.«

»Es sind zwei Jahre. Wir sind keine Teenager. Ich muss wissen, wohin das führt.«

»Gib mir einfach ein paar Monate.«

»Mein Mietvertrag läuft aus, ich kann nicht einfach–«

»Verlängere ihn, und dann lösen wir ihn auf. Ich zahle die Strafe, kein Problem, falls es nicht klappt.«

Ihr Handy klingelte. »Es ist meine Mutter. Meine Tante liegt im Krankenhaus.«

»Ich hoffe, es geht ihr gut.« Die Ironie, von einer potenziellen Schwiegermutter gerettet zu werden, entging mir nicht.

Laura ließ sich aufs Sofa plumpsen, während sie mit ihrer Mutter sprach, und ich zog mich auf die Lanai zurück. Ich legte mein Handy auf den Tisch und schaute einer Entenfamilie zu, die über den See paddelte.

Warum sind Beziehungen so schwer? Mit Laura lief's gut, aber konnte ich den nächsten Schritt gehen?

Mein Handy vibrierte, und ich ging ran. »Hey, Mario. Wie lief's mit Detective Donovan?«

»Er war erst nicht empfänglich, also musste ich meinen Charme spielen lassen.«

»Was hat er gesagt?«

»Donovan sagte, er ist überzeugt, dass Atlas Crane seine Ex-Frau zu Tode erstochen hat.«

»Was für Beweise hatten sie?«

»Die beiden hatten sich gestritten, und Crane log bei seinem Alibi. Atlas sagte, er sei mit einem Freund in Charlotte Park gewesen, aber er sei früher losgefahren als behauptet und hätte locker rechtzeitig zum Todeszeitpunkt dort sein können. Donovan meinte, er habe ihn damit konfrontiert, und Atlas kam mit irgendeinem Quatsch, er sei auf einen Rastplatz gefahren und eingeschlafen.«

»Was ist mit dem Zeugen, der bei dem Autounfall gestorben ist?«

»Donovan sagte, die Geschichte von dem Typen habe sich bestätigt, und er glaubt, wenn der hätte aussagen können, wäre Atlas verurteilt worden.«

»Echt?«

»Jep, hat er so gesagt. Ach ja, er meinte auch, sie hätten einen Bluttropfen in der Auffahrt gefunden. Direkt an der Garage, und der stimmte mit dem Blut der Toten überein.«

»Ist wohl von dem Messer getropft, von dem der Nachbar sagte, dass Crane es dabeihatte.«

»Definitiv.«

Ich sagte: »Der Typ ist echt damit durchgekommen.«

»Also nehmen wir den Job, ja?«

Ich rieb mir das Kinn. »Ich bin noch nicht sicher.«

»Wir hatten ewig nichts. Komm, lass es uns machen.«

»Ich bin noch nicht bereit, mich festzulegen.«

»Komm schon, der ist gut.«

»Wir müssen sicher sein.«

»Sind wir. Sogar die Cops sagen, er war's.«

»Was mir gerade vorschwebt, um es dem Typen heimzuzahlen, wäre das Krasseste, was wir je abgezogen haben. Ich will sicher sein, dass es keinen Zweifel gibt, dass es der Vater war.«

»Wie willst du bessere Infos kriegen als die von Donovan und dem Prozessprotokoll?«

»Ich hab 'ne Idee. Lass mich kurz telefonieren, dann melde ich mich.«

9

ICH PLUMPSTE AUFS SOFA, NACHDEM LAURA LOSGEFAHREN war, um ihre Tante im Krankenhaus zu besuchen. Ich griff nach der Fernbedienung, da klingelte mein Handy. Es war Larsons Sohn, der meinen Anruf erwiderte.

»Hey, Tommy, wie läuft's in der Welt der Spezialeffekte?«

»Stress ohne Ende. Ich sag's dir, ich könnte den Laden locker verdoppeln, wenn ich wollte.«

»Solltest du machen.«

»Ach nee, mir macht die kreative Seite zu sehr Spaß. Wenn der Laden noch größer wird, bin ich nur noch ein Manager, der Papierkram schiebt, statt Sachen zu entwerfen.«

»Verstehe ich. Woran arbeitest du gerade?«

»MGM – na ja, eigentlich gehört das ja inzwischen Amazon – macht 'nen Film, in dem ein massives Erdbeben den Permafrost aufreißt. Wissenschaftler finden im Eis 'ne ganze Ladung prähistorischer Tiere, so was wie Säbelzahntiger, und können die wieder zum Leben erwecken.«

Es klang nach einer Variante von *Jurassic Park* und nach etwas, das ich mir nie reinziehen würde. »Klingt interessant und gruselig.«

»Gab's alles schon, aber so ist Hollywood; die finden 'ne Erfolgsformel und prügeln sie tot.«

»Stimmt total. Aber immerhin ist es Arbeit für dich.«

»Ist nicht besonders anspruchsvoll, aber wir müssen so um die fünfzig Kreaturen bauen und die Spezialfahrzeuge, mit denen die Wissenschaftler sie freilegen und transportieren.«

»Wo du gerade Fahrzeuge sagst: Wir reden immer noch über die Autosache, die du für uns gemacht hast. War der Hammer.«

»Danke. Freut mich, dass es für euch und meinen Dad geklappt hat.«

»Du bist ein Lebensretter. Was hältst du von dem Video, das ich dir geschickt hab? Kannst du da was draus machen?«

»Auf jeden. Ich hab's durch ein neues KI-Tool laufen lassen, das wir gerade gekauft haben.«

»Teuer?«

»Ja, aber das ist halt Spitzentechnik. Ich muss sagen, es lohnt sich. Die KI hat's super bereinigt und verbessert. Ich hab's auch mit 'ner anderen Software noch aufgehellt.«

Toby begann in der Küche Kreise zu drehen. Er musste raus, sein Geschäft machen. »Danke, Mann.«

»Ich spiele noch ein bisschen damit rum, bevor ich's dir zurückschicke.«

»Wie sieht's aus?«

»Ziemlich gut, aber ich kann's noch besser machen.«

»Kannst du mir 'nen Gefallen tun und es mir jetzt schicken?«

»Klar. Gib mir nur so zwanzig Minuten. Ich muss was fertigmachen, bevor es trocknet.«

Nachdem das Gespräch vorbei war, schnappte ich mir Tobys Leine.

»Komm, Junge.«

Toby zog mich die Einfahrt runter und hob am Laternenpfahl am Bordstein ein Bein. Als er fertig war, steuerte er das Schutzgebiet an. Ich öffnete das Tor und machte ihm die Leine ab. Er trabte eine Autolänge weit und hockte sich hin. Während er sich erleichterte, holte ich einen Kotbeutel raus und bemerkte, wie seine Ohren hochschossen.

Ich hob auf, was er hinterlassen hatte, und sah zu, wie Toby in den Wald sprang.

»Toby!«

Ich hetzte hinterher. »Hierher, Junge!«

Er fing an zu bellen. Das kam von links. Ich folgte ihm zu einer kleinen Lichtung. Toby jaulte vor einem pappkartongroßen Kühlschrank, dessen Deckel mit einer blauen Plane abgedeckt war.

»Ganz ruhig, Junge.«

Er hörte auf zu bellen und ich hörte ein Baby weinen.

Ich klickte die Leine wieder an Tobys Halsband und ging auf den Karton zu. »Hallo? Ist da jemand drin?«

Eine weibliche Stimme sagte: »Bitte lass uns in Ruhe.«

Ich hob die Pappklappe an. Ein vielleicht sechzehnjähriges Mädchen und ein Baby kauerten darin. Eine Reisetasche, ein Rucksack und ein Gallonenkanister mit Wasser säumten eine Seite des Kartons.

»Geh weg, bitte!«

Ich blinzelte, sah noch mal hin. Sie sah aus wie Bev, meine Pflegeschwester. »Ich will dir nichts tun. Ich heiße Beck und der hier ist Toby. Er ist harmlos.«

Sie zog das Baby an sich, sagte aber nichts.

»Alles okay? Kann ich dir irgendwie helfen?«

»Lass uns einfach in Ruhe.«

»Du musst keine Angst haben. Ich will dir nur helfen.«

»Ich weiß.«

»Wie heißt du?«

»Dawn.«

»Und ist das dein Baby?«

»Ja. Sie heißt Abby.«

»Sie ist wunderschön.«

Dawn sagte schwach: »Das ist sie.«

»Wohnst du hier drin?«

Sie nickte.

»Was ist passiert?«

»Ich bin aus meiner Pflegefamilie rausgeflogen, als ich Abby bekommen habe.«

»Wie lange bist du schon hier?«

»Das ist unsere zweite Nacht.«

»Hast du Hunger?«

Sie zuckte mit den Schultern.

Ich zeigte in Richtung meines Hauses und sagte: »Ich wohne gleich da drüben. Ich habe mehr als genug zu essen.«

»Wir kommen klar.«

»Ihr könnt hier nicht bleiben. Das ist gefährlich. Hier streunen Bären, Schlangen und sogar Rotluchse herum. Du und Abby seid nicht sicher.«

»Wir schaffen das schon.«

»Später soll es schütten und die nächsten Tage auch regnen. Der Karton hält das nicht aus. Dein Baby wird krank.«

Sie stopfte die Decke unter Abbys Nacken und griff

unter die Matte, auf der sie saß. »Ich habe noch mehr Plastik.«

»Wo willst du etwas zu essen herbekommen? Braucht sie nicht spezielle Säuglingsnahrung und Windeln?«

Ihre Lippe begann zu beben.

Ich ging in die Hocke. »Schau, komm mit mir. Ich habe einen Kühlschrank voller Essen. Du kannst dich waschen und etwas essen.«

Sie wischte sich eine Träne von der Wange. »Warum bist du so nett zu uns?«

»Weil ich weiß, wie das ist, wenn man kein Zuhause hat. Ich war jahrelang in Pflegefamilien, und ich weiß, das klingt verrückt, aber Mario und ich sind abgehauen, als wir sechzehn waren. So bin ich in Florida gelandet.«

Ihre Augen wurden groß. »Du warst in Pflegefamilien?«

»Ja. In New Jersey. Meine Mutter wurde ermordet, und mein Vater hat sich zu Tode gesoffen. Ich war in vier verschiedenen Familien.« Ich drehte den Kopf und tastete die Narbe hinter meinem Ohr ab. »Glaub mir, ich weiß, wie schlimm es an manchen dieser Orte sein kann.«

»Was ist passiert?«

»Komm, ich erzähl's dir, und von Mario. Er war das Einzige Gute daran, in einer Pflegefamilie zu sein.«

Sie zögerte, bevor sie sich erhob. »Wer ist Mario?«

»Mein Bruder von 'ner anderen Mutter.«

Sie runzelte die Stirn. »Ich hab' in einer Wohngruppe eine Freundin kennengelernt, aber wir wurden getrennt, und ich hab' sie nie wieder gesehen.«

Ich schnappte mir ihre Sporttasche und den Rucksack. »Du kannst meine Waschmaschine benutzen.«

»Danke.«

»Kein Ding. Weißt du, du siehst einer Pflegeschwester, die ich in Jersey hatte, total ähnlich.«

»Echt?«

»Ja, die Ähnlichkeit ist echt krass.«

.

10

ALS WIR AUF MEIN HAUS ZUGINGEN, SAGTE ICH: »ICH WEIß,
das muss sich komisch für dich anfühlen, also, wenn du
lieber auf der Lanai abhängen willst, hol ich was zu Essen
und bring's dir raus.«

Dawn musterte mein Gesicht, bevor sie flüsterte:
»Wenn's geht, würd ich Abby echt gern baden und vielleicht
ein paar Sachen waschen, wenn das okay ist.«

»Das ist okay. Du kannst das Bad neben der Küche
benutzen.« Ich hob ihre Taschen. »Ich schmeiß 'ne Wäsche
an und mach was zu Essen.«

Sie ließ den Kopf hängen. »Danke, du bist so nett,
danke.«

Ich öffnete die Tür und trat hinein. »Komm rein.« Ich
deutete. »Das Bad ist rechts.«

»Das ist ein schönes Haus.«

»Danke. Äh, hat Abby 'ne Flasche oder 'nen Becher, der
abgewaschen werden muss?«

Sie kramte aus einer Tasche eine stark benutzte Babyfla-
sche hervor.

Als ich sie ihr abnahm, sagte ich: »Von Impfungen und dem ganzen Kram, den Babys brauchen, hab ich keine Ahnung, aber wann war sie das letzte Mal bei einem Arzt?«

»Ich war vor ein paar Wochen mit ihr in einer Klinik.«

»Ein guter Freund von mir ist Arzt. Ich kann schauen, ob ich ihn dazu kriege, heute oder morgen mal vorbeizukommen, nur um sicherzugehen, dass mit ihr alles okay ist.«

»Nein. Ich kann mit ihr in die Klinik gehen.«

»Das kostet nichts. Er schuldet mir ein paar Gefallen.«

Sie zuckte mit den Schultern.

»Geh dich waschen und denk drüber nach.«

»Vielen, vielen Dank.«

»Kein Ding. Weißt du, ich muss es noch mal sagen: Du siehst echt aus wie jemand, den ich mal kannte.«

»Ach ja?«

Mein Handy klingelte. »Ja, total verrückt. Ich muss rangehen, das ist meine Freundin.«

Ich schob die Schiebetür auf und ging auf die Lanai. »Hey, Laura. Du wirst es nicht glauben: Ich war mit Toby spazieren und er ist ins Naturschutzgebiet am Ende der Straße gelaufen und hat ein Mädchen und ihr Baby gefunden, die in einem Kühlschrankkarton wohnen.«

»Was? Bei dir am Haus?«

»Ja, im Naturschutzgebiet. Ich war echt baff. Toby fing an, den Karton anzubellen, ich bin rüber und da waren sie. Total krass, das Baby ist echt noch ganz klein.«

»Was haben sie da gemacht?«

»Einfach zusammengekauert. Das Mädchen meinte, sie seien aus der Pflegefamilie rausgeflogen. Sie sagte, nachdem sie entbunden hatte, habe der Pflegevater sie schlecht behandelt und rausgeschmissen.«

»Das ist furchtbar.«

»Und das passiert viel zu oft. Ich besorge ihnen was zu Essen und schaue, ob ich Dr. Elias dazu kriege, sich das Baby anzuschauen.«

»Oh, das ist gut.«

»Meinst du, du könntest ein paar Windeln besorgen? Ich zahl sie dir.«

»Klar. Welche Größe?«

»Windeln haben Größen?«

»Na klar. Ist sie ein Neugeborenes?«

»Glaub schon. Vielleicht ein paar Monate alt.«

»Okay. Und Klamotten? Brauchen sie welche?«

»Guter Gedanke. Das wär super. Die Mutter ist ungefähr deine Größe.«

»Ich hol ein paar Sachen bei Walmart.«

»Super. Danke.«

»Ich bring sie gleich rüber.«

»Cool.«

Ich warf etwas Hackfleisch in die Mikrowelle und machte den Grill an. Nachdem es aufgetaut war, würzte ich es und formte Hamburger. Ich legte sie auf den Grill und ging wieder rein. Während ich grüne Bohnen und Zwiebeln anbratete, kam Dawn aus dem Bad. Sie trug Abby. Das Baby war in ein Handtuch gewickelt und schlief tief und fest.

Dawn sagte: »Riecht gut.«

»Ich hab ein paar Burger für dich auf dem Grill. Was fütterst du Abby?«

»Babybrei.«

»Hast du welchen?«

Sie senkte den Blick und schüttelte den Kopf.

»Kein Stress. Laura, meine Freundin, besorgt dir

Windeln. Ich sag ihr, sie soll auch Babybrei mitnehmen. Irgendwas Bestimmtes?«

Sie sah ihr Baby an. »Abby liebt Apfelmus, wenn sie das bekommen kann.«

»Kein Problem.« Ich rief Laura an und bat sie, den Babybrei mitzubringen.

»Laura ist gerade bei Walmart, sie ist in ein paar Minuten hier.«

Sie blinzelte eine Träne weg. »Ich weiß gar nicht, was ich sagen soll.«

»Musst du nicht. Entspann dich einfach. Willst du dich auf die Lanai setzen?«

Sie warf einen Blick auf die Couch und ich sagte: »Oder du kannst fernsehen, wenn du willst.«

Sie machte einen Schritt in Richtung Wohnzimmer und ich nahm die Fernbedienung und schaltete den Fernseher an. »Hier, mach rein, was du magst.«

Ich schob die Schiebetür auf, als ein Donnerschlag krachte. »Sieht so aus, als hättest du die richtige Wahl getroffen.« Ich deutete auf einen Blitz. »Es wird gleich regnen.«

Dawn runzelte die Stirn.

»Keine Sorge. Du kannst hierbleiben. Ich habe vier Schlafzimmer. Du nimmst eins und bleibst, solange du brauchst.«

»Ich kann nicht.«

»Warum nicht? Bleib und morgen schauen wir, dass du Unterstützung vom County bekommst. Ich kann dir dabei helfen.«

Sie schniefte.

»Ist okay. Ich weiß, wie das ist. Mach langsam, du wirst sehen. Du und die kleine Abby seid sicher. Versprochen.«

Dawn küsste Abbys Kopf und das Baby gurrte.

»Siehst du? Sie ist froh, dass ihr hier gelandet seid. Warte, bis Laura den Babybrei bringt, dann geht's ihr noch besser.«

»Du bist zu nett.«

»Mach dir keinen Kopf, ich weiß, wie's ist, auf sich allein gestellt zu sein. Du bleibst hier, bis wir dir Unterstützung besorgt haben.«

»Aber–«

»Kein Aber. Komm, ich zeige dir dein Zimmer, und dann kannst du essen.«

Ich riss die Tür zu einem Gästezimmer auf. »Das hier kannst du nehmen. Es hat ein eigenes Bad.«

Leise sagte sie: »Das ist das schönste Zimmer, das ich je hatte.«

»Ich hoffe, du und Abby fühlt euch wohl. Oh, wir müssen ihr noch ein Kinderbett besorgen, damit sie drin schlafen kann.«

»Ist schon okay. Im Bett ist massig Platz.«

»Es wäre vielleicht sicherer, weißt du, du könntest dich im Schlaf auf sie rollen.«

»Nicht so wild.«

»Wie wär's mit so 'nem Stubenwagen?«

Sie zuckte mit den Schultern.

»Komm, wir schauen online und sehen, was es so gibt.« Ich lachte. »Ich kenne mich mit Babys überhaupt nicht aus.«

Sie streckte mir Abby hin. »Hier, halt sie mal.«

»Äh, ich weiß nicht so recht.«

»Ich muss aufs Klo.«

»Okay.« Ich wurde steif. »Gib sie mir.«

»Wenn sie merkt, dass du Angst hast, fängt sie an zu weinen.«

Ich ließ die Schultern sinken und nahm ihr Abby ab. »Sie ist so leicht.«

»Ich muss.«

Sie ging zum Bad, und während ich Abby wiegte, flüsterte ich: »Alles wird gut, Kleine.«

Es klingelte an der Tür. Ich schob Abby an die linke Brustseite und öffnete die Tür.

Mit den Armen voller Tüten riss Laura die Augen auf. »Oh mein Gott. Das Baby ist hier? Wo ist die Mutter?«

»Sie ist im Bad.«

»Du hast sie ins Haus gelassen?«

»Ich konnte sie nicht draußen stehen lassen, später schüttet es wie aus Eimern.«

»Sind sie eingezogen?«

»Nur bis sie wieder auf die Beine kommt.«

»Willst du mich verarschen?«

»Nein. Was ist denn das Problem? Die sind harmlos.«

»Wie kannst du das sagen? Du kennst sie doch gar nicht.«

»Das ist ein Mädchen mit einem Baby.« Ich lachte. »Ich werde schon mit allem fertig, was auch immer da auf mich zukommt.«

Laura schnaubte, drängte sich an mir vorbei und legte ein Paket Windeln auf die Arbeitsplatte.

»Wie viel schulde ich dir?«

»Hundertdreißig.«

Ich legte das Baby aufs Sofa und holte ein Bündel Scheine aus der Tasche. Ich zählte einen Hunderter und einen Fünfziger ab. »Danke, ich weiß es echt zu schätzen, dass du das Zeug geholt hast.«

»Ich wäre nicht gefahren, wenn ich gewusst hätte, dass sie bei dir einzieht.«

»Was? Ich verstehe das nicht.«

Laura zischte: »Du drehst durch, wenn ich vom Zusammenziehen rede, und dann nimmst du sie auf?«

War das Eifersucht oder echte Sorge um meine Sicherheit? »Ich, ich wollte ihnen nur helfen. Man kann doch kein Baby im Wald leben lassen.«

Beim Geräusch der Toilettenspülung beugte Laura sich näher zu mir und sagte: »Also, du findest irgendein Mädchen im Naturschutzgebiet und lädst sie zu dir nach Hause ein? Was willst du machen, jeden Obdachlosen einsammeln und bei dir wohnen lassen? Du lässt dich ausnutzen.«

Ich wollte das stoische Sprichwort aufsagen, dass Freundlichkeit eine Stärke ist, keine Schwäche.

»Komm schon, Laura! Du ver–«

Dawn kam in die Küche und sagte: »Es tut mir leid. Wir gehen. Du warst nett genug, ich will keinen Ärger machen.«

Während ich ihr Abby mit ausgestreckten Armen hinhielt, gab ich ihr das Baby. »Ist schon okay. Laura, das ist Dawn. Dawn, das ist Laura.«

Dawn brachte ein leises Hallo heraus.

Laura lächelte. »Freut mich, dich kennenzulernen. Dein Baby ist zauberhaft.«

Ich sah Laura verblüfft an. Aus Mr. Hyde war Dr. Jekyll geworden. Ich sagte: »Das ist sie wirklich, und sie weint nicht, sie ist so ruhig.«

Laura sagte: »Ich habe etwas Babynahrung und Windeln besorgt.«

Abby fing an zu weinen.

Dawn sagte: »Vielen Dank. Abby hat Hunger. Wenn's okay ist, füttere ich sie, dann gehen wir.«

Ich sagte: »Bleib. Es regnet, und du musst auch was essen.«

»Ich will keinen–«

»Du bleibst, bis wir dir Unterstützung vom County besorgt haben.«

Sie sah zu Laura, die sagte: »Ist okay.«

»Bist du sicher? Ich will nicht im Weg sein.«

»Ja, wirklich kein Problem. Ich muss sowieso los.«

11

EIN BLUES ÜBERKAM MICH, ALS DAWN DREI BURGER wegschlang. Ich wusste, wie es ist, mehr zu essen, als man es normalerweise tun würde. Eine Hamstermentalität setzte ein, wenn man keine Ahnung hatte, wann die nächste Mahlzeit kommen würde.

Beim Abräumen sagte ich: »Ich muss ein paar Anrufe machen. Warum schaust du nicht ein bisschen fern?«

»Ich bin echt fertig. Ich hab kaum geschlafen.«

Das überraschte mich nicht. »Kein Ding. Leg dich hin.«

Sie brachte Abby ins Gästezimmer und ich zog mich ins Arbeitszimmer zurück. Es klingelte viermal, bis Lauraanging. Aber sie sagte nichts.

Ich sagte: »Hey, wie geht's dir?«

»Gut.«

»Warum bist du nicht geblieben?«

»Ich hatte keine Lust.«

»Sag mir nicht, du bist sauer, weil ich Dawn und ihrem Baby helfe.«

»Ich bin los und habe ihnen Babynahrung und Windeln besorgt.«

»Ich weiß, danke. Was ist dann los?«

Sie zögerte. »Du hast mir nie gesagt, dass sie bei dir einzieht.«

»Sie zieht nicht ein. Was hätte ich denn machen sollen? Sie in einer Kiste wohnen lassen? Im Regen?«

»Du hättest mir sagen sollen, dass sie bei dir im Haus ist. Du hast es so klingen lassen, als wäre sie im Wald.«

»Wenn sie in der Kiste wären, wärst du dann mit mir im Reinen?«

Sie schwieg.

»Komm schon, Laura. Ich versuche nur, ihnen zu helfen. Du weißt nicht, wie es ist, komplett auf sich allein gestellt zu sein. Ich schon.«

»Das reibst du mir ständig unter die Nase.«

»Wovon redest du? Das sage ich nie.«

»Du wurdest total ausweichend, als ich vom Zusammenziehen gesprochen habe, und dann drehst du dich um und lädst sie ein, bei dir einzuziehen.«

»Das ist etwas völlig anderes.«

»Nein, ist es nicht.«

»Du liegst komplett falsch, aber ich diskutiere jetzt nicht mit dir.«

»Ich muss los.«

»Warte …«

Die Leitung war tot. Ich wollte gerade auf Wahlwiederholung drücken, da ploppte eine E-Mail von Tommy, Larsons Sohn, auf. Ich öffnete sie und klickte auf den MP4-Anhang.

Ich stellte das Video auf Vollbild und drückte auf Play.

Ich sah es mir dreimal an, verlangsamte es und fror mehrfach einzelne Frames ein.

Ich checkte die Uhrzeit und schickte Mario eine Nachricht, bevor ich anrief.

Larson ging beim ersten Klingeln ran. »Guten Abend, Beck. Es ist spät, ist alles in Ordnung?«

»Ja. Ich wollte Ihnen nur kurz ein, zwei Sachen sagen. Passt es oder ist es zu spät?«

»Passt, ich habe gerade ein Buch zu Ende gelesen.«

»Was haben Sie gelesen?«

»*The Frontiersmen.* Es ist ein Tatsachenbericht über die Männer, die sich im Mittleren Westen Amerikas niederließen, damals einer wunderschönen, aber tödlichen Gegend. Sie kämpften gegen Indianer und bauten Städte. Es ist eines der besten Bücher, die ich seit Langem gelesen habe.«

»Muss ich mir mal anschauen.«

»Ich gebe es Ihnen.«

Das hieß, ich musste es lesen. »Danke.«

»Also, was liegt Ihnen auf dem Herzen?«

»Zum Einstieg«, senkte ich die Stimme, »brauche ich Hilfe mit einem Kontakt im Landkreis, der die Unterlagen für die Sozialdienste im Schnellverfahren durchwinken kann.«

»Worum genau?«

»Ich habe ein Mädchen und ihr Baby aufgenommen. Sie haben in einer Kiste hinter unserer Siedlung gelebt.«

»Oh nein, das ist schwer zu hören.«

»Allerdings. Sie ist erst sechzehn und ihre Schwangerschaft kam bei ihrem Pflegevater gar nicht gut an.«

»Verstehe. Ich mache morgen einen Anruf und gebe Ihnen Bescheid. Was haben Sie noch?«

Dawn kam Abby wiegend in die Küche. »Sorry. Aber wo hast du das Klopapier?«

Ich hob den Finger. »Hey, Ray, ich muss auflegen, aber ich wollte Ihnen sagen: Ihr Sohn, Tommy, hat mir wieder geholfen.«

»Freut mich. Er ist ein guter Junge.«

»Und wie. Ich melde mich später.«

Als ich auflegte, drängte Dawn: »Sorry, dass ich störe, aber ich muss echt dringend.«

»Kein Problem. Warte mal kurz.«

Ich trabte in die Garage, schnappte mir zwei Rollen Klopapier und kam wieder ins Haus.

Als ich sie ihr reichte, sagte ich: »Lass mich sie nehmen, damit du, na ja …«

Sie drückte mir Abby in die Arme und sprintete den Flur hinunter. Kaum fiel die Badezimmertür ins Schloss, fing Abby an zu quengeln.

Ich wiegte sie im Arm und sagte: »Schsch, Kleine, Mama ist gleich wieder da.«

Ich drehte vier Runden durchs Haus und schließlich beruhigte sie sich. Ich starrte gerade durch die Schiebetür nach hinten raus, als es klingelte.

Ich nahm Abby auf den linken Arm und öffnete die Tür.

Mario hielt sich einen Schirm über den Kopf. Er sah Abby an und sagte: »Heilige Scheiße. Was geht ab?«

»Komm rein.«

Ich trat zur Seite und Mario klappte den Schirm zu und machte die Tür hinter sich zu.

»Was ist hier los, Bruder? Sag mir nicht, du bist heimlich Vater oder so.«

Dawn kam ins Zimmer und Mario flüsterte: »Oh mein Gott. Sie sieht aus wie Bev.«

Ich sagte: »Ich weiß. Oder?«

Ich gab Abby an Dawn zurück und sagte: »Dawn, das ist der Pflegebruder, von dem ich erzählt habe, Mario. Mario, das sind Dawn und ihr Baby, Abby.«

»Freut mich. Also, wie kennt ihr euch?«

Ich sagte: »Ich erzähl dir später alles.«

Dawn schnupperte zweimal an Abby und sagte: »Sie muss gewickelt werden.«

»Oh, hab ich nicht gemerkt. Ich bin das nicht gewohnt.«

Mario lachte. »Kannst du überhaupt eine Windel wechseln?«

Dawn sagte: »Freut mich, Mario. Wir gehen jetzt für die Nacht rüber.«

Mario sah mich an.

»Schlaft gut. Wenn ihr was braucht, sagt Bescheid.«

Sobald sich die Tür zum Gästezimmer schloss, sagte Mario: »Die ist heiß, Bro. Das Baby ist nicht deins, oder?«

Ich funkelte ihn an und sagte: »Nein, und Dawn ist noch ein Kind.«

»Was macht sie hier?«

Ich erzählte ihm, wie Toby sie gefunden hatte, und er sagte: »Mann, wir wissen, wie das ist.«

»Und wie. Ich seh mal, welche Hilfe ich für sie organisieren kann.«

»Wie lange bleibt sie hier?«

»Keine Ahnung, aber Laura ist nicht begeistert davon.«

»Kann ich ihr nicht verdenken, mit dir ist es ernst.«

»Sie ist noch nicht mal siebzehn, Mario.«

»War nur Spaß, Mann. Was wolltest du mir zeigen?«

Ich zog mein Handy raus und ging in die Küche. »Larsons Junge hat irgendein neues KI-Tool benutzt, um das Video aus dem Crane-Fall zu verbessern. Schau dir das an.«

Mario hielt das Handy und schaute sich das Video an. »Ich weiß nicht mehr, wie der Vater aussieht, aber das hier ist um Welten klarer.«

»Das ist definitiv der Vater, Atlas Crane.«

Er gab mir das Handy zurück. »Also, haben wir einen Fall?«

»Wahrscheinlich.«

»Wahrscheinlich?«

»Es gibt noch eine Sache, in die ich reinschauen will, bevor ich dem Ganzen grünes Licht gebe.«

»Wie viel zahlt der?«

»Es geht nicht ums Geld.«

»Alles dreht sich ums Geld.«

»Nein, tut es nicht. Es geht darum, die Rechnung zu begleichen, Gerechtigkeit zu kriegen –«

»Gerechtigkeit bezahlt keine Rechnungen, Bro.«

»Beschwerst du dich? Du wohnst direkt gegenüber vom Strand und hast alles, was du brauchst, oder?«

»Du weißt, was ich meine.«

»Vergiss nie, dass wir mit nichts angefangen haben.«

»Schon gut, Papa.«

»Weißt du, die Leute denken, sobald sie glücklich sind, werden sie dankbar sein, aber sie haben es genau andersrum: Dankbarkeit ist der Schlüssel zum Glück.«

»Du und dein Stoiker-Kram.«

»Leute wie Seneca und Marcus Aurelius wussten, wovon sie reden. Statt sie abzuwerten, solltest du lesen, was sie gesagt haben. Die haben schon vor Jahrhunderten vieles kapiert.«

»Ja, ja, ja. Du hast gesagt, du hättest was, das ich mir anschauen soll.«

»Du hast doch einen Kumpel, ich glaub, der heißt Harvey oder so.«

»Du meinst Howie? Der Typ mit dem Haus an der Bucht?«

»Genau der. Der hat doch ein schönes Boot, oder?«

»Ja, so um die dreißig Fuß, ist dasselbe Modell wie das, das Vladimir hat.«

»Vladimir?«

»Igor, die rechte Hand von dem Russen.«

»Ach, stimmt.«

»Erinnerst du dich? Wir haben sein Boot gesehen, als wir zur Marina gefahren sind, um die Papiere abzuholen, die sie für den Cruz-Job gemacht haben.«

»Ja, klar. Liegt an der Bayshore Drive.«

»Gut, ich hab schon angefangen, mir Sorgen um dich zu machen, du weißt schon, frühes Alzheimer.«

»Also, wegen deines Kumpels Howie: Wir müssen uns sein Boot leihen. Kannst du das klarmachen?«

»Wofür?«

»Frag jetzt nicht, warum. Fahr einfach zu ihm. Sag ihm, wir zahlen zweitausend pro Tag.«

»Wie lange und wann?«

»Weiß ich noch nicht, aber nicht mehr als mal einen Tag hier und da, nichts an aufeinanderfolgenden Tagen.«

12

Ich stellte eine warme Tüte Bagels auf die Küchenarbeitsplatte und schaltete die Kaffeemaschine an. Auf Zehenspitzen ging ich den Flur entlang und blieb vor dem Gästezimmer stehen. Aus dem Schlafzimmer, das Dawn und Abby gerade ihr Zuhause nannten, kam kein Laut.

Als sie nachts aufgestanden war, hatte ich mir Sorgen gemacht, sie könnte abhauen, aber Abby hatte Hunger und Dawn hatte nur nach Babynahrung gesucht.

Es war 8:10 Uhr. Nachdem ich mir eine Tasse Kaffee gemacht hatte, klopfte ich vorsichtig an ihre Tür. »Dawn? Seid ihr wach?«

»Äh, ja. Wir sind gleich da.«

Zehn Minuten später kamen sie in die Küche.

»Hast du gut geschlafen?«

Sie nickte. »War die beste Nacht seit Langem.«

»Siehst du, du brauchst ein richtiges Bett.«

»Danke, dass wir hier schlafen durften.«

»Kein Ding. Mach dir einen Kaffee, und ich hab Bagels besorgt.«

»Hast du 'ne Cola? Oder Pepsi?«

»Nee. Ist nicht das Gesündeste.«

Sie zuckte mit den Schultern.

Ich zeigte auf den Kühlschrank und sagte: »Ich hab Sprudelwasser, ein paar mit Geschmack, wenn du magst.«

»Ich wärme kurz Milch für Abby auf.«

Ich klappte meinen Laptop auf. »Letzte Nacht hab ich ein paar County-Seiten gecheckt, die für Unterstützung zuständig sind. Ein Freund von mir schaut, ob man das beschleunigen kann, aber so oder so müssen wir ein paar Formulare ausfüllen, damit das losgeht.«

»Okay.«

Nachdem sie Abbys Fläschchen in die Mikrowelle gestellt hatte, stopfte sie sich ein Stück Bagel in den Mund. »Die sind gut.«

»Während ihr esst, fange ich an, die Formulare auszufüllen.«

»Okay.«

»Ist Dawn dein Vorname?«

»Ja.«

»Nachname?«

»Rothshield.«

Ich erstarrte. »Rothshield?«

»Ja, genau.«

»Wie schreibt man das?«

»R-O-T-H-S-H-I-E-L-D.«

Neugierig, wie häufig der Nachname war, fragte ich: »Kennst du deine Sozialversicherungsnummer?«

Sie sagte sie auf, wie aus der Pistole geschossen.

»Wie heißen deine leiblichen Eltern?«

»Meinen Vater hab ich nie kennengelernt, aber meine Mutter heißt Beverly.«

Mein Herzschlag wurde schneller. »Haben sie sie Bev genannt?«

»Mhm, haben sie.«

Ich stand auf. »Wo kommst du ursprünglich her?«

»New Jersey.«

Mir wurden die Knie weich. »Wo in New Jersey?«

»Weiß ich nicht mehr.«

»Monmouth County?«

»Vielleicht, das kommt mir bekannt vor, warum?«

»Weißt du noch, ich hab gesagt, du siehst aus wie ein Mädchen, das ich kannte?«

»Ja, und?«

»Das ist verrückt, aber vielleicht bist du ihre Tochter.«

»Was?«

»Warte kurz.«

Ich rannte in mein Schlafzimmer und kam mit einem zerfledderten Foto zurück, das ich aus der Nachttischschublade gekramt hatte.

»Schau mal. Ich meine, sie war damals erst so um die zehn, aber siehst du, wie sehr du ihr ähnlich siehst?«

Sie hielt das Foto dicht vors Gesicht. »Ja. Schon. Das wäre unglaublich, wenn sie meine Mutter wäre.«

»Wann hast du sie das letzte Mal gesehen?«

»Keine Ahnung, so mit sieben oder acht. Sie hatte ein heftiges Drogenproblem und man hat mich von ihr weggenommen. Sie hat versucht, clean zu werden, aber sie hat's einfach nicht geschafft.«

»War das in New Jersey?«

Ihr Gesicht verdunkelte sich. »Ja.«

»Tut mir leid. Ich weiß, wie hart das ist.«

»Ich hab sie kaum je gesehen und dann hab ich gehört, sie sei weggezogen, weil sie krank war.«

»Was für 'ne Krankheit?«

»Irgendwas mit Kälte, und ich schätze, weil sie obdachlos war, hat sie das richtig erwischt.«

»Vielleicht war's das Raynaud-Syndrom. Das beeinträchtigt die Durchblutung in den Extremitäten.«

»Niemand hat je gesagt, was es war, aber ich war ja auch nur ein Kind.«

»Haben sie gesagt, wohin sie gegangen ist?«

»Nur, dass sie in den Süden gegangen ist. Ich glaube, sie hat versucht, mich zu sich zu holen, aber die Pflegefamilie hat alles getan, um sie von mir fernzuhalten.«

»Du hast nie wieder von ihr gehört?«

»Sie hat mir einen Brief geschickt, in dem stand, es wäre besser, alle Kontakte abzubrechen. Sie schrieb, es tue ihr leid, dass sie keine bessere Mutter war, aber sie sei krank.«

»Das ist furchtbar.«

»Ich hab's überwunden.«

»Tut man nie. Oder zumindest ich nicht, als meine Mutter getötet wurde.«

»Ich versuche einfach nur zu überleben, da bleibt keine Zeit, darüber nachzudenken.«

Während ich das Foto von Bev zwischen den Fingern drehte, sagte ich: »Ich verstehe. Weißt du, wenn du willst, könnte es möglich sein, sie aufzuspüren.«

»Ich weiß nicht. Aber wie würdest du das machen?«

»Ich habe gute Kontakte. Ich sage nicht, dass es leicht wird oder dass wir sie finden, aber wenn du willst, können wir es versuchen.«

Sie runzelte die Stirn. »Ich frage mich, wo sie ist und ob es ihr gutgeht.«

»Denk drüber nach. Jetzt lass uns wieder an den Papier-kram gehen.«

Mit meiner Hilfe brauchten wir zwanzig Minuten, um die erforderlichen Formulare auszufüllen. Wie soll das jemand schaffen, der in Not ist und keinen Internetzugang hat?«

Dawn zog sich ins Schlafzimmer zurück, um Abby für ein Nickerchen hinzulegen, und ich ging auf die Lanai hinaus. Ich rief Mario an.

»Hey, du wirst es nicht glauben.«

»Was? Du machst mit Laura Schluss wegen Dawn?«

Ich atmete aus. »Weißt du, manchmal kannst du ein echter Depp sein.«

»Ich mach nur Spaß, Mann. Was ist los?«

»Ihre Mutter könnte Bev sein.«

»Unsere Bev?«

»Jap.«

»Nie im Leben.«

»Ihr Nachname ist Rothschild, und sie kommt aus New Jersey.«

»Ist wahrscheinlich Zufall.«

»Ich hab ihr das Bild von Bev gezeigt.«

»Welches Bild?«

»Das, auf dem sie auf der grünen Couch sitzt, die im Haus in der Maple Street stand.«

»Ich fass es nicht, dass du das noch hast.«

»Dawn sieht ihr wie aus dem Gesicht geschnitten aus.«

»Echt?«

»Und sie meinte, sie hätten ihre Mutter Bev genannt.«

»Das klingt krass.«

»Weißt du, ich wollte Bev schon immer finden.«

»Du hast dich immer mies gefühlt, weil wir sie zurückgelassen haben, als wir abgehauen sind.«

»Wir konnten sie nicht mitnehmen; sie war erst zehn.
Wir hatten keine Ahnung, wo wir landen würden oder was
passieren würde, und –«

»Hey, Mann, du musst dich nicht rechtfertigen. Wir
hatten keine Wahl.«

»Aber jetzt haben wir eine.«

»Wie meinst du das?«

»Entweder wir suchen nach Bev, oder wir lassen es.«

»Willst du's versuchen?«

»Hundert Prozent. Dawn hat gesagt, sie nehme Drogen
und sei obdachlos. Vielleicht können wir ihr helfen.«

»Aber wir wissen gar nichts darüber, wo sie ist, und
nicht mal, ob sie noch lebt.«

»Das kriegen wir raus.«

»Das klingt unmöglich.«

»Es ist nicht unmöglich, es ist nur schwierig.«

»Wahnsinnig schwierig.«

»Wie Seneca sagte: ›Was nützt es, die Schwierigkeiten
durch Klagen schwerer zu machen?‹«

Ich stellte mir vor, wie Mario die Augen verdrehte, und
sagte: »Hör zu, wir können das, und wir sollten es auch. Es
ist das Richtige. Wir sind es Bev schuldig.«

13

Als ich aus meinem Wagen stieg, fragte ich mich, ob die ermordete Frau eine Schwäche für Männer hatte, die gern auf dem Wasser waren.

Ich ging einen Steg hinunter, an dem ein wuchtiger Schlepper festgemacht war. Wasser plätscherte gegen den rostbefleckten Rumpf des Schiffs namens *Coastal Fort Myers*. Ich war hier, um Fred Foster zu sehen.

Zwei Männer in Gummioveralls standen rauchend auf dem Deck des Bootes. Einer von ihnen war der Freund von Ana Crane gewesen, als sie ermordet wurde.

»Fred!«

Er blickte auf. »Jeffrey?«

Ich hatte dem früheren Besitzer des Vitaminladens einen falschen Namen gegeben und ihm erzählt, ich sei Journalist. »Ja.«

»Wart mal.« Er sagte seinem Kumpel etwas und huschte die Gangway hinunter.

Er streckte mir eine fleischige Hand hin. »Alles gut bei dir?«

»Gut. Danke, dass du dich mit mir triffst.«

»Klar. Du hast gesagt, es geht um Ana. Auch wenn es Jahre her ist, mir wird immer noch schlecht, wenn ich daran denke, was passiert ist.«

»Ich weiß, du hast im Prozess ausgesagt, aber ich wollte dich zu Atlas Crane fragen.«

Er runzelte die Stirn. »Der Bastard ist mit Mord davongekommen.«

»Was kannst du mir über ihn sagen?«

»Er ist ein verlogener Feigling. Der hat eine Vorgeschichte mit Gewalt, weißt du. Ein widerlicher Typ. Ich hab versucht, sie vor ihm zu schützen, nachdem sie mir erzählt hatte, er habe sie geschlagen. Ich hab ihn nicht ins Haus gelassen, wenn er kam, um Tyler abzuholen.«

»Er ist handgreiflich geworden?«

»Ja, sie sagte, er hat sie gegen die Kücheninsel gestoßen, und sie hatte einen riesigen Bluterguss an der Hüfte.«

»Hat sie es angezeigt?«

»Nein. Aber ich hab ihr gesagt, sie soll eine einstweilige Verfügung gegen ihn holen. Ihm hat es nicht gepasst, mich an ihrer Seite zu sehen. Der Typ war wie ein Topf Wasser kurz vorm Überkochen. Ich hab mit vielen solchen Kerlen gearbeitet. Die rasten aus, zack.« Er schnippte mit den Fingern.

»Sie hat die Verfügung nie beantragt?«

Er schüttelte den Kopf. »Glaub es oder nicht, sie meinte, wenn sie das macht, würde es ihn wütend machen, und sie hatte Angst, ihn damit zu triggern. Ich hab ihr gesagt, genau deshalb braucht sie das. Ana war ein toller Mensch. Sie wollte, dass Tyler eine Beziehung zu seinem Vater hat.«

»Kamst du mit Tyler klar?«

»Oh ja. Guter Junge. Also, wir haben noch Kontakt, aber

als Ana, äh, getötet wurde, hat Tyler sich auf die Seite seines Vaters gestellt. Versteh ich, er war erst so zehn oder so, aber es war ein bisschen angespannt. Ich bin sicher, der Bastard hat Tyler Sachen über mich eingeflüstert.«

»Weißt du, ob Tyler und sein Vater heutzutage miteinander klarkommen?«

»Nicht wirklich.«

»Gibt es sonst noch was, was du mir über Atlas Crane sagen kannst?«

»Nur, dass er für den Rest seines Lebens hinter Gittern gehört.«

»Danke für deine Zeit.«

»Warum fragst du das alles ausgerechnet jetzt?«

»Ich schreibe gerade einen Artikel über unaufgeklärte Morde in Südwest-Florida.«

»Echt?«

»Ja, du würdest staunen, wie viele es gibt. Rate mal.«

»Fünfzig?«

»Nein, über vierhundert.«

»Wow.«

»Ich versuche, da ein bisschen Licht reinzubringen.«

»Das wäre gut.«

»Hoffentlich. Hey, wie lange machst du das schon?«

»Direkt nachdem Ana getötet worden war, hab ich den Vitaminladen, den ich hatte, verkauft. Lief okay, aber ich musste was verändern, weißt du.«

»Versteh ich. Ich wusste gar nicht, dass es in Fort Myers Schlepper gibt. Was macht ihr hier so mit dem Schlepper?«

»Einiges. Wir haben hier eine Menge enger Fahrwasser, und wir helfen manchen Booten da durch, und wir bringen viele Schuten aus und holen sie wieder rein.«

»Klingt logisch.«

»Ja, und wenn ein Boot manövrierunfähig ist, können wir es reinschleppen. Außerdem haben wir nach Ian eine Menge Bergungen gemacht.«

»Kann ich mir vorstellen.«

»Ja, ich hab neunundzwanzig Tage am Stück gearbeitet.«

»Wow. Danke, dass du dich mit mir getroffen hast.«***

Zurück auf der Route 75 ließ ich die Ideen kreisen und merkte mir eine besonders kühne vor.

————

ICH NAHM die Gasse neben dem M Waterfront und schaute nach rechts. Tyler Crane saß auf einer Bank mit Blick auf die Venetian Bay.

Ein einzelner Bootsfahrer machte sich auf den Weg zum Golf. Ich räusperte mich, um Tyler nicht zu erschrecken, und setzte mich neben ihn.

Er lächelte und sagte: »Ich war seit Jahren nicht mehr hier. Meine Mom hat mich früher hergebracht. Wir haben Brot ins Wasser geworfen und die Fische sind total ausgerastet.«

»In der Bucht wimmelt es von Fischen. Die Welse stehen auf Brot.«

»Ja, ich weiß noch, wie ich das erste Mal gesehen hab, dass die einen Schnurrbart haben. Die sind an die Oberfläche geschossen und haben wild geplanscht, um das Brot zu kriegen. War lustig.«

»Glaub ich.«

»Also, hast du dir meinen Vat–«

Ich legte einen Finger auf die Lippen, und er sagte: »Sorry, sorry.«

Leiser werdend sagte ich: »Hast du mal daran gedacht,

ihn zivilrechtlich dranzukriegen? Das Doppelbestrafungs-verbot gilt bei Zivilklagen nicht.«

Er flüsterte: »Er ist pleite. Sparen war eh nie sein Ding, und den Rest hat er an die Anwälte verbrannt, die ihn raus-geboxt haben. Außerdem geht es mir nicht ums Geld, ich will Gerechtigkeit für meine Mom.«

»Und wie sieht das für dich aus?«

»Er muss in den Knast.«

»Lass uns ein Stück gehen.«

Wir hielten auf den Parkplatz zu. Kinder rannten durch abwechselnd in die Luft schießende Wasserfontänen. Ich beugte mich zu Tyler rüber.

»Wie kommst du in letzter Zeit mit ihm klar?«

»Wie immer.«

»Er ahnt nicht, dass du glaubst, er hat deine Mutter umgebracht?«

»Nein, er hat keinen Schimmer und macht weiter, als wäre nichts passiert.«

»Ich hab ein paar Ideen. Aber ich muss dich warnen, sie sind heftig.«

»Du meinst gewalttätig?«

»Nein. Aber das wird so dreckig, wie's nur geht. Ich muss wissen, ob du das mitmachst oder nicht.«

»Ich verstehe.«

»Verstehen reicht mir nicht. Ich brauch dein Okay und deine Unterstützung, falls ich sie brauche.«

Seine Augen weiteten sich, aber er sagte nichts.

»Bist du ganz dabei oder nicht?«

Er nickte. »Er muss für das bezahlen, was er getan hat. Ich bin dabei.«

Ich sah ihm direkt in die Augen. »Hier gibt's kein Zurück, klar?«

»Ich verstehe. Lass es uns durchziehen. Je früher, desto besser.«

»Okay. Ich hoffe, du bist ein guter Pokerspieler.«

»Was meinst du damit?«

»Du musst das Verhältnis zu deinem Vater gut halten. Alles muss normal wirken. Er darf nicht ahnen, dass da irgendwas im Busch ist.«

»Kein Problem. Ich hab nie gesagt, wie ich wirklich zu alledem stehe. Ich hab ihn so gut es ging unterstützt, auch wenn sich erst Zweifel eingeschlichen haben. Besser gesagt: Sie sind regelrecht hereingebrochen.«

»Du musst mit ihm auf gutem Fuß bleiben.«

»Mach ich, keine Sorge.«

»Es werden Kosten und Gebühren anfallen, die bezahlt werden müssen.«

Er nickte. »Mr. Larson hat mir davon erzählt. Keine Sorge, ich hab das Geld vom Verkauf des Hauses, das mir meine Mutter hinterlassen hat.«

»Okay. Ich mach unseren Anteil ein bisschen günstiger, aber die Auslagen sind, wie sie sind.«

»Klingt gut.«

»Und denk dran: Wenn's kein echter Notfall ist, meld dich nicht. Wenn, und nur wenn, ich dich brauche, melde ich mich.«

Als er »Kein Problem« sagte, drehte ich mich um und steuerte auf den Tunnel zu, der auf die andere Seite des Venetian Village führte.

14

Als ich in Pelican Marsh einbog, steuerte ich das Viertel The Arbors an. Larson stand in der Auffahrt und begutachtete einen breiten Saum aus lilafarbenen und weißen Blumen, die die Beete säumten.

Ich sagte: »Sieht gut aus.«

»Mir haben die Begonien gefallen, aber die sahen langsam ziemlich zerfleddert aus.«

»Du hast den Laden echt im Griff. Sieht großartig aus.«

»Danke.«

Ich folgte ihm an der Seite des Hauses entlang auf die Lanai. Ein Golfer stand zum Schlag bereit und wir blieben stehen, bis er den Ball traf. Ich versuchte, seinem Flug zu folgen, kriege das aber irgendwie nie hin.

Larson sagte: »Das war ein guter Schlag.«

»Klang so.«

Er ließ sich in einen Clubsessel fallen. »Ich habe wegen des Mädchens, das bei dir wohnt, von Vincent gehört.«

»Hilft er?«

Larson nickte. »Sie haben den Antrag genehmigt und sie sollte heute in ein Haus einziehen können.«

»Super. Was für ein Haus?«

»Es wird ein Wohnheim.«

»Ein Gruppenheim?«

»Ja. Er sagte, St. Matthew's House hat in der Campbell Lodge einen Platz frei, den sie bekommen kann.«

»Dawn hat ein Baby, eine Tochter.«

»Ist mir klar, denen auch. Das ist Übergangswohnen.«

»Ich weiß nicht, ob das so gut ist.«

»Das überrascht mich.« Larson kicherte. »Was hast du denn erwartet, eine Wohnung am Strand?«

»Ich mach mir einfach Sorgen um sie, das ist alles. Ich weiß, wie solche Einrichtungen sind, und sie ist ein gutes Mädchen. Ich will nicht, dass sie auf die schiefe Bahn gerät.«

Larson zog sein Handy raus. »Ich leite dir die E-Mail zur Unterkunft von St. Matthew's House weiter.«

»Danke.«

Er steckte das Handy ein und sagte: »Also, Laura ist nicht gerade begeistert, dass du Dawn und ihr Kind aufgenommen hast.«

»Wie kommst du drauf?«

Larson lächelte. »Das sieht man.«

»Mit ihr ist alles cool.«

»Komm schon, Beck. Ich weiß, da läuft was. Du weißt, du kannst dich mir anvertrauen, vielleicht kann ich helfen.«

Ich brachte ihn auf den Stand, wie Laura reagiert hatte, inklusive unseres Streits ums Zusammenziehen.

Larson sagte: »Laura verhält sich normal. Es wirkt, als wärt ihr an einem Scheideweg, und sie übernimmt die Führung, um es auf die nächste Stufe zu bringen.«

»Na ja, ich finde es nicht fair, mich zu drängen.«

»Von außen betrachtet tut sie dir gut.«

»Wir verstehen uns super, ich brauche nur meinen Freiraum, weißt du?«

»Verstehe ich, aber vielleicht entgeht dir etwas, das viel besser ist. Meine Ehe war das Beste, was mir je passiert ist.«

»Jetzt hast du mich schon verheiratet?«

»Na ja, wenn ihr den nächsten Schritt geht und es funktioniert – warum nicht?«

Ich zuckte mit den Schultern. »Mal sehen. Hör zu, ich bin nicht wegen Beziehungstipps hergekommen.«

Larson sagte: »Ich will nur helfen. Also, was geht dir durch den Kopf?«

»Ich bin wegen einer Idee für den Atlas-Crane-Fall hin- und hergerissen.«

»Wieso denn?«

Ich gab Larson einen Überblick über meinen Plan.

Er sagte: »Ich denke, das wird funktionieren.«

»Ich auch, aber ich bin nicht sicher, ob es sich richtig anfühlt.«

Larson nickte leicht. »Du machst dir wegen der Moral Sorgen?«

Ich hatte das, was ich fühlte, nicht kategorisiert, aber das klang richtig. »Ich weiß nicht, wie man das nennen würde, aber findest du nicht, dass das den Bogen überspannt?«

»Du musst die Umstände und das Ziel berücksichtigen.«

»Ich weiß nicht, was du meinst.«

»Würdest du zustimmen, dass es kein schlimmeres Verbrechen gibt, als einem Menschen das Leben zu nehmen?«

»Ja, obwohl Menschenhandel ganz oben mit dabei ist.«

»Einverstanden, aber beim Menschenhandel gibt es die

Chance, dass die Opfer entkommen. Gezeichnet zwar, aber sie leben und können versuchen, den Schaden zu überwinden und ein glückliches Leben zu führen.«

»Manchmal wären sie vielleicht besser tot.«

»Stimmt, aber lass uns nicht abschweifen. Unterm Strich hat dieser Mann seine Frau umgebracht und ist damit davongekommen. Richtig?«

»Ja.«

»Deshalb ist alles, was du tust, um seinem Sohn ein Stück Gerechtigkeit zu verschaffen, nicht tabu.«

»Schätze schon.«

»Nein.« Larson rückte auf die Kante seines Sitzes vor und sah mir in die Augen. »Du musst glauben, dass es gerechtfertigt ist, sonst wird dein Plan nicht funktionieren.«

Ich nickte, sagte aber nichts.

Larson sagte: »Und noch schlimmer, als dass der Plan scheitert: Du könntest dabei verletzt werden.«

»Mir wird nichts passieren.«

»Wenn du nicht zu tausend Prozent hinter deinem Plan stehst, dann schmeiß ihn weg und fang von vorn an.«

»Der ist gut, ich glaube, das ist der einzige Weg, die Sache durchzuziehen.«

»Dann steig ein und tritt die Zweifel aus deinem Kopf.«

Ich sprang aus Larsons Haus und schickte Mario eine SMS: *Der Job läuft.*

15

DAS LILA INTERIEUR HAT MICH AUS DEM KONZEPT GEBRACHT.
Ich war noch nie im Lavender Café & Bistro gewesen, aber
der Trubel war ein Zeichen, dass mir etwas entgangen war.

Detective Moreno saß an einem Tisch an der Wand. Ich
zog einen bunten Stuhl hervor und setzte mich. Moreno
deutete auf ein kleines Tässchen vor sich. »Hast du schon
mal türkischen Kaffee probiert?«

»Nee. Sieht dick aus, wie Schlamm.«

»Ist ein bisschen sandig, aber gut. Gönn dir 'ne Tasse.«

»Klar. Warum nicht?«

»Wenn du Hunger hast, die haben 'ne Hausspezialität.
Drei Eier, langsam in einer Soße gegart. Richtig gut.«

Ich winkte eine Bedienung heran und sagte: »Ich nehme
nur einen Kaffee. Einen türkischen.«

Moreno sagte: »Hast du noch 'nen Job?«

»Ja, aber ich wollte dich wegen etwas anderem um Hilfe
bitten.«

»Schieß los.«

Ich brachte ihn auf den neuesten Stand, was meine Pflegeschwester Bev anging.

»Wow. Ich dachte, nur du und Mario wärt so eng.«

Ich atmete aus. »Es war scheiße, sie zurücklassen zu müssen, als wir abgehauen sind. Aber sie war einfach viel zu jung.«

»Und du hast nie versucht, sie zu finden?«

»Erinner mich nicht daran. Ich war auf mehr Schuldtrips als im Urlaub.«

»Sorry, Mann.«

Die Bedienung brachte meinen Kaffee. Ich nahm einen Schluck. »Ist stark. Und körnig.«

»Genau.«

Ich nahm noch einen Schluck. »Gefällt mir aber. Ich muss wiederkommen.«

»Wenn du wiederkommst, probier die marokkanischen Spieße. Die sind mit Hähnchen, mein Favorit.«

»Schau ich mir an. Lass mich zu Ende erzählen.«

Ich erzählte ihm, wie ich Dawn und ihr Kind im Wald gefunden hatte.

Er sagte: »Du bist ein guter Typ, Beck. Das, was du getan hast, ist nicht leicht. Jeder sagt gern, er würde jemandem helfen, aber wenn's drauf ankommt, schauen die Leute weg. Glaub mir, was ich da draußen sehe, ist nicht schön. Du bist eingesprungen und das verdient Respekt.«

Ich wünschte, Laura könnte hören, was Moreno sagte. »Ich war da, wo sie ist, und ich musste einfach helfen. Weißt du, das, worüber ich reden wollte, hängt damit zusammen.«

»Erzähl.«

»Im letzten Pflegeheim, in dem Mario und ich waren, war der Pflegevater gewalttätig.« Ich fuhr mit dem Finger über die Narbe hinter meinem Ohr. »Davon habe ich die hier.«

»Ich erinnere mich. Du hast gesagt, das war der Grund, weshalb du und Mario abgehauen seid.«

»Ja, aber als wir geflohen sind, haben wir Bev zurückgelassen. Sie wollte mit, aber sie war viel zu jung und–«

»Und jetzt willst du sie finden?«

»Woher weißt du das?«

Er lächelte. »Ich bin Detektiv, Kumpel.«

Ich erwiderte das Lächeln und sagte: »Meinst du, du könntest mir ein paar Infos besorgen? Weißt du, mich in die richtige Richtung weisen?«

»In welchem Bundesstaat war sie zuletzt?«

»Weiß ich nicht. Aber sicher war sie in New Jersey. In Monmouth County.«

Er holte ein Notizbuch raus. »Wie heißt sie und wie alt ist sie ungefähr?«

Ich ratterte es runter.

»Ich checke mal, was das System zu ihr sagt. Ich schaue, ob das DMV da oben irgendetwas hat. Vielleicht gibt's 'nen Eintrag oder irgendeinen Kontakt, der es leichter macht, sie zu finden.«

»Ich glaub nicht, dass es ihr gut ging. Ich glaube, sie war vielleicht drauf und das hat dazu geführt, dass sie ihre Tochter im Stich gelassen hat.«

Moreno seufzte. »Bist du sicher, dass du da wühlen willst? Das könnte unschön werden.«

»Muss ich.«

»Verstehe ich.«

»Danke, ich stehe in deiner Schuld.«

»Unter Freunden wird nicht aufgerechnet.«

———

MEIN HANDY VIBRIERTE. Es war Mario.

»Hey, was geht?«

Er fragte: »Wo bist du?«

»Auf der Vanderbilt Beach Road, auf dem Heimweg.«

»Ich habe Atlas Crane beobachtet, um seine Routine rauszukriegen, wie du gesagt hast.«

»Okay.«

»Ich bin Crane gerade bis zum Naples City Dock gefolgt. Ich bin mir sicher, er will gleich angeln gehen.«

»Ist er allein?«

»Japp.«

»Können wir das Boot von deinem Kumpel nehmen?«

»Habe ihn gefragt, bevor ich dich angerufen habe. Ist okay für ihn.«

»Perfekt.«

»Er wohnt in Royal Harbor. Ich bin in fünf Minuten da. Ich schicke dir 'nen Pin.«

»Wir sehen uns dort.«

Nachdem ich geparkt hatte, zog ich die Sneaker aus und holte ein Paar Flip-Flops aus dem Kofferraum. Ich nahm die Abkürzung zwischen den Häusern und sah Mario am Steuer des Boston Whaler seines Freundes sitzen.

Ich rief ihm zu und sprang auf den Achtundzwanzig-Fußer. Ich duckte mich in den Schatten, den das Hardtop spendete.

Auf das Paar Ruten zeigend, das am Heck des Boots stand, sagte ich: »Gute Idee.«

»Dachte, die machen sich gut.«

»Lass uns los.«

Mario startete die Motoren, und ich warf die Leinen auf

den Steg. Während ich einen der Fender hochholte, sagte ich: »Weißt du, wo er normalerweise gern angelt?«

»Ja, er hat zwei Spots, und die müssen gut sein, weil in beiden Ecken immer noch ein, zwei andere Boote sind.«

Mario steuerte auf die Bucht zu und hielt die Heckwelle so klein wie möglich. Nachdem wir das Ende der Wellen-verbotszone passiert hatten, schob Mario den Gashebel nach vorn. Der Bug hob sich.

Die Bucht wurde breiter, und er hielt auf das nördliche Ende zu.

Ich ging nach vorn. Ich zog mein Baseballcap tiefer ins Gesicht und fragte: »Hast du Sonnencreme dabei?«

»Nö. Ich hasse es, mir das Zeug draufzuschmieren.«

Ich zog mich wieder in den Schatten zurück. »Du musst aufpassen. Die Florida-Sonne knallt.«

Er nahm Fahrt raus und deutete mit dem Kinn. »Da drüben rechts ist Crane.«

Dort lag ein Pulk Boote. »Welches?«

»Das blaue.«

Mit zusammengekniffenen Augen suchte ich ein Boot mit einem breiten blauen Streifen am Rumpf. »Geh nah ran, aber nicht zu nah.«

Mario nahm Tempo raus. Ich winkte ein paar Booten zu, während wir auf die Stelle zusteuerten, an der Atlas Crane angelte.

Als wir in Rufweite von Cranes Boot waren, stellte Mario den Motor ab.

Ich schnappte mir eine Angelrute.

Ich hob die Stimme: »Wo ist der Köder?«

Mario sagte: »Du solltest ihn besorgen.«

»Nein, sollte ich nicht. Ich hab dir gesagt, du sollst ihn holen!«

»Keine Chance, Mann! Du hast gesagt, du holst ihn.«

Crane schaute in unsere Richtung, als ich rief: »Hab ich nicht!«

Als unser Boot näher an Cranes herandriftete, sagte ich: »Du spinnst doch, Mann!«

»Ich kann nix dafür.«

»Doch! Ich hab dir gesagt, ich hab heute keine Zeit. Und jetzt? Müssen wir zurück?«

Mario sagte: »Was soll ich denn machen?«

»Bring den verdammten Köder! Ich bitte dich um eine Sache, und du versaust sie. Unglaublich.«

»Sorry, Mann.«

»Lass uns hier schleunigst abhauen.«

»Warte mal kurz.« Mario ging an die Seite des Boots und winkte mit dem Arm. »Hey! Yo! Gibt's irgendeine Möglichkeit, dass wir uns ein bisschen Köder leihen können?«

Ich sagte: »Köder kann man nicht leihen, Dummkopf. Wenn er uns helfen kann, bezahlen wir's.«

Atlas Crane stand auf und steckte seine Rute in einen Halter. Er formte die Hände zu einem Trichter vor dem Mund: »Braucht ihr Köder?«

»Ja, wir haben vergessen, welchen zu besorgen.«

Ich zeigte auf Mario: »Ich hab's nicht vergessen, er schon.«

Crane zögerte kurz, bevor er sagte: »Klar, ich kann was abgeben.«

»Danke, Mann, du bist ein Lebensretter.«

»Kommt ein bisschen näher.«

Mario startete den Motor. Ich warf die Fender über die Seite, und wir bewegten uns langsam auf Cranes Boot zu. Als wir noch etwa einen Meter entfernt waren, warf Crane eine Leine rüber, und ich fing sie auf. Wir zogen die Boote zusammen.

Ich hielt einen Fünfziger hin. »Wir wissen das zu schätzen. Hier, etwas für dich.«

Crane schnappte ihn, als wäre es der Hope-Diamant. Er steckte ihn ein und sagte: »Fünfzig ist viel zu viel.«

»Ach was, passt schon. Ich hab nur wenig Zeit, sonst wäre die ganze Fahrt für die Katz gewesen. Mario, hol den Eimer.«

Crane nahm den Eimer und schaufelte eine Portion Köder hinein.

Ich sagte: »Wie läuft's mit dem Angeln?«

»Ganz gut – hab ein paar Snook gefangen, und ich hab gerade erst angefangen.«

»Nicht schlecht. Ich bin neu in der Gegend, und für mich ist es das erste Mal draußen.«

»Gehst du regelmäßig angeln?«

»Ich bin gerade hierhergezogen und hab vor ungefähr einem Jahr mit dem Angeln angefangen.«

»Das ist ein schönes Boot.«

»Das gehört Mario. Ich hab selbst ein Boot, ein Fünfzig-Fuß-Boot mit Radar und allem Pipapo.«

»Wow. Das ist echt stark.«

»Ich bin echt gern draußen auf dem Wasser.«

»Ja, hier draußen ist's friedlich.«

»Weiß, was du meinst. Manchmal fahr ich einfach raus, ohne auch nur die Leine ins Wasser zu lassen. Hundert Meter vor der Küste fühlst du dich wie auf einem anderen Planeten.«

Crane sagte: »Stimmt total. Wo liegt dein Boot?«

»Ich hab's gerade gekauft und stell es bei einem Freund unter. Er hat einen Steg mit einem riesigen Bootslift.«

»Ich schätze, der Preis stimmt.«

»Wo meinst du, sollte ich es liegen haben?«

»Ich nutze den Naples City Dock. Die sind preislich okay. Die nehmen Boote bis sechzig Fuß.«

»Gut zu wissen. Wie gesagt, meins ist ein Fünfzig-Fuß-Boot. Eine Cabo Flybridge, perfekt zum Angeln.«

»Das ist ein echtes Schmuckstück von Boot. Ich war noch nie auf so einem, aber ein Typ hatte mal eins, zwei Stege von meinem entfernt.«

»Dann musst du irgendwann mal mit auf meins rauskommen.«

»Das wär super. Ach so, übrigens, ich bin Atlas. Atlas Crane.«

»Freut mich. Ich bin Beck, und das ist Mario.«

»Sag mal, wenn du neu dabei bist, solltest du mal beim Naples Fishing Club vorbeischauen. Ist ein guter Ort, um Leute kennenzulernen. Wir haben einmal im Monat ein Treffen, am dritten Dienstag jedes Monats um halb sieben. Du kannst kostenlos kommen und schauen, ob's was für dich ist.«

»Super Idee. Ich schau mir das mal an. Alles klar, wir lassen dich wieder in Ruhe. Danke noch mal für den Köder.«

Mario startete den Motor, und wir lösten uns von Cranes Boot. Als wir etwa einen Häuserblock entfernt waren, sagte Mario: »Er hat den Köder mit Haken, Schnur und Blei geschluckt.«

Ich grinste.

»War 'n ziemlich guter Spruch, oder?«

»War witzig. Aber freu dich nicht zu früh, die harten Teile kommen erst noch.«

16

LAURA ANTWORTETE NICHT AUF MEINE NACHRICHTEN. ICH rief sie an. »Hey, wie geht's?«

»Schon okay.«

»Fine« und »good« bedeuteten fast dasselbe, außer wenn es aus dem Mund einer Frau kam. »Was machst du?«

»Warum?«

»Ich wollte wissen, ob du eine Runde drehen willst.«

»Wohin?«

Ich wettete, dass die Serie an Ein-Wort-Antworten gleich reißen würde. »Larson hat eine Unterkunft für Dawn und Abby organisiert.«

»Hat er?«

Zwei waren besser als eins. »Ja. Keiner hat so viele Kontakte wie er. Also, willst du mit?«

»Du bringst sie dorthin?«

»Noch nicht. Ich wollte mir erst die Leiterin und den Laden anschauen, aber es ist in trockenen Tüchern.«

»Soll ich zu dir rüberfahren?«

»Nein. Ich hole dich ab, das liegt auf dem Weg.«

Laura wartete draußen, als ich vorfuhr. Sie sprang auf den Beifahrersitz, beugte sich rüber und drückte mir einen Kuss auf die Wange. Die Nachricht, dass Dawn und ihr Baby ausziehen würden, hatte das Eis tauen lassen.

Während sie sich anschnallte, sagte sie: »Wie weit müssen wir fahren?«

»Nicht weit, zum Collier Boulevard und zur Vanderbilt.«

»Gut. Ich hab gerade mit Susan gesprochen. Sie meinte, sie und Mario gehen zu einer Pink-Floyd-Coverband. Willst du mitkommen? Wird lustig.«

»Wenn du willst, klar.«

»Gut. Ich sage ihr, sie soll uns Tickets besorgen. Willst du vorher noch was essen?«

»Okay.«

»Alles okay?«

»Ja, warum?«

»Du gibst mir nur Ein-Wort-Antworten.«

Ich wollte ihr sagen, dass ich ihre Eifersucht immer noch verdauen musste, sagte aber: »Ist mir gar nicht aufgefallen. Ich bin wohl ein bisschen abgelenkt, weil ich über den neuen Fall nachdenke.«

»Was für ein Fall ist das?«

»Darüber kann ich nicht wirklich reden.«

»Das ist doch bescheuert. Wir gehen seit Jahren miteinander aus und du hast mir von –«

»Es geht um einen Mann, der seine Frau umgebracht haben könnte.«

Sie hielt sich die Hand vor den Mund. »Oh mein Gott. Das ist widerlich.«

Ich nickte.

»Warum geht er nicht ins Gefängnis?«

»Er wurde freigesprochen.«

»Aber du glaubst, er war's?«

Ihr Spürsinn war gut. »Sieht so aus.«

»Was willst du machen?«

»Weiß ich noch nicht. Deshalb habe ich darüber nachgedacht.«

»Wenn er es war, warum kann die Polizei dann nichts machen?«

Ich erklärte ihr das Verbot der Doppelbestrafung.

»Das ist irre. Willst du sagen, dass man jemanden nicht noch mal vor Gericht stellen kann, wenn neue Beweise auftauchen?«

»Das ist das Gesetz.«

»Wie kann das sein?«

Ich bog in die Auffahrt zu einem zweistöckigen, rechteckigen Gebäude. »Wir sind da.«

Sie sagte: »Hier soll Dawn wohnen?«

»Ja.«

»Sieht aus wie ein heruntergekommenes Motel.«

Auf dem Außenkorridor im oberen Stockwerk lungerten mehrere Leute herum. »Ist nur vorübergehend.«

Sie zeigte auf ein langes Stück Geländer, an dem Kleidung hing. »Bei dieser Luftfeuchtigkeit wird die Wäsche nie trocken.«

Wir parkten und stiegen aus. Aus drei verschiedenen Ecken dudelte Musik und buhlte um Aufmerksamkeit. Ein oberkörperfreier Junge ließ in der Nähe einer abgeschrammten Tür mit der Aufschrift »Office« einen Fußball auf seinem Knie auftippen.

Je näher wir dem Gebäude kamen, desto mehr abblätternde Farbe sahen wir. Zwei Frauen saßen rechts von der Bürotür und unterhielten sich auf Spanisch.

Ich klopfte an die Tür und eine schlanke Frau machte auf. »Ja?«

»Hey, ich bin Beck. Ray Larson meinte, Sie hätten einen Platz für Dawn und ihr Baby.«

Ihr Blick glitt über Laura von oben bis unten. »Okay, aber wenn sie ein Hilton erwartet, ist sie hier falsch.«

»Verstehen wir. Mr. Larson hat gesagt, Sie würden uns herumführen.«

»Was sind Sie, ihr Vormund oder so was?«

Laura sagte: »Nein. Uns geht es nur um ihr Bestes.«

Sie nickte. »Schon gut. Gehen wir, ich habe nicht ewig Zeit.«

Wir traten in einen kleinen Raum. Ein Ventilator wehte Papiere von einem Metalltisch. Wir gingen einen dunklen Flur entlang in eine Küche. Zwei Picknicktische waren voller Frauen und ihrer Kinder. Alle Augen waren auf uns gerichtet. Ich konnte meine eigenen Gedanken kaum hören.

Ich nickte ihnen zu, während wir an Arbeitsplatten vorbeigingen, die mit Großpackungen Müsli, Konserven und Papierwaren vollgestellt waren.

Wir folgten ihr in einen weiteren Raum, in dem ein Fernseher dröhnte. »Das ist der Aufenthaltsraum.«

Ein halbes Dutzend Kinder klebte an einer Zeichentricksendung und ein Kleinkind hämmerte ununterbrochen auf ein Spielzeug ein. Mein Blick blieb an mehreren Flecken auf dem Teppich hängen.

Laura rümpfte die Nase und flüsterte: »Was riecht denn hier so?«

Die Luft war schwer und muffig. »Wahrscheinlich Moder.«

»Hoffentlich kein Schimmel.«

»Wollen Sie die Waschküche sehen?«

»Nein danke. Können wir mal in ihr Zimmer schauen?«

»Hier entlang.«

Eine Mutter, die ihr Kind anschrie, kam uns im Flur entgegen. Unsere Führerin deutete auf eine Tür. »Sie wird sich das Zimmer mit Luiza teilen.«

Sie riss die Tür auf. Rechts standen ein ungemachtes Bett und ein Kinderbett, umringt von Umzugskartons. Gegenüber befanden sich eine nackte Matratze und ein zerkratzter Nachttisch.

»Dawn hat eine kleine Tochter.«

»Ja, wissen wir.«

Laura sagte: »Ist das das Beste, was Sie für sie haben?«

»Lady, das hier ist kein Hotel.«

Laura sah mich an und sagte: »Okay. Danke für die Führung.«

Sobald wir den Parkplatz erreichten, sagte Laura: »Wir können doch nicht zulassen, dass sie hier wohnen.«

Ich blieb abrupt stehen. »Ist nicht das Gelbe vom Ei, aber was sollen wir sonst machen?«

»Kannst du sie nicht bei dir unterbringen, bis es was Besseres gibt?«

War das wirklich Laura? »Könnte ich schon, aber ich glaube, die meisten dieser Einrichtungen sind Wohngruppen.«

»Ich kann mir nicht vorstellen, dass eine Mutter mit ihrem Baby in so was leben soll.«

Laura hatte zum Glück nicht gesehen, was ich gesehen hatte. »Ist, wie's ist. Man macht, was man machen muss.«

»Vielleicht finden wir ihr was zur Zwischenmiete, bis sie wieder auf die Beine kommt. Ich kann ein paar Hundert im Monat dazulegen.«

Ich nahm ihre Hand und küsste sie. »Lieb von dir, aber nicht nötig. Ich kann das eine Weile stemmen.«

»Du bist ein guter Mensch.«

Da war ich mir nicht so sicher. »Wenn schon, dann, weil ich mit dir rumhänge.«

Sie ließ ihr Tausend-Watt-Lächeln aufblitzen. »Siehst du? Wir sind ein gutes Team.«

Ich lächelte und öffnete ihr die Autotür. Als ich den Wagen startete, sagte ich: »Willst du mal den Mietmarkt checken? Wir kommen wahrscheinlich mit einer Zweizimmerwohnung aus.«

Sie hatte ihr Handy in der Hand. »Ich bin schon auf Zillow.«

»Wenn du was findest, können wir schauen, ob sie für eine Kurzzeitmiete offen sind. Wenn wir mehr zahlen müssen, ist das für mich okay.«

»Wie soll sie mit einem Baby auf die Beine kommen und für sich selbst aufkommen? Weißt du, was Kinderbetreuung kostet?«

Wusste ich nicht. »Wir müssen uns was einfallen lassen. Im schlimmsten Fall kann ich die Betreuung zahlen, wenn sie ihre eigene Wohnung hat. Das muss doch weniger kosten als die Miete.«

»Sie bräuchte einen Job.«

»Ich weiß. Schau, ich weiß, das ist ein Schuss ins Blaue, aber ich versuche, ihre Mutter aufzutreiben.«

»Und was, glaubst du, wird die tun? Sie hat sie im Stich gelassen. Erwartest du, dass sie jetzt den Rettungsengel spielt?«

Darüber hatte ich nicht groß nachgedacht. »Ich weiß nicht, was sie tun wird. Aber zuerst müssen wir sie finden. Und das wird nicht leicht.«

»Ich weiß, du versuchst, das Richtige zu tun, aber das kann dir schnell nach hinten losgehen.«

17

Ich küsste Laura auf die Wange und sagte: »Du hast einen tollen Job gemacht und für Dawn eine Wohnung gefunden.«

»Danke, aber wenn du nicht bereit gewesen wärst, dafür zu zahlen ...« Ihre Stimme verklang.

Über 2.000 Dollar im Monat zu zahlen war nicht günstig, aber Dawn und ihr Baby wären sicher, und ich hatte einen Streitpunkt aus meiner Beziehung mit Laura entfernt.

»Das ist nicht für immer. Versuch bitte, bei diesem virtuellen Tippkurs ein Auge auf sie zu behalten.«

»Sie macht das gut. Ich glaube, wenn sie eine Woche dranbleibt, tippt sie schnell genug.«

»Larson meinte, in der Stadt gäbe es ein paar Buchhaltungsfirmen mit Datenerfassungsjobs. Das kann sie von der Wohnung aus machen und ein bisschen Geld verdienen.«

»Wie viel zahlen die?«

»Sechzehn die Stunde.«

»Damit kommt man nicht weit. Die müssen essen, und sie braucht ein Auto und –«

»Eins nach dem anderen.«

Laura senkte die Stimme. »Sie kann nicht kochen.«

»Sie hatte niemanden, von dem sie es lernen konnte. Sie ist doch noch ein Kind.«

»Das ist echt schade. Bringst du ihr das Kochen bei?«

»Ich?«

Sie stupste mir in die Rippen. »Du prahlst doch ständig damit, was für ein guter Koch du bist.«

Ich zog sie an mich. »Sie muss unten anfangen. Meine kulinarische Kunst ist viel zu anspruchsvoll.«

»Schon gut, Mister Michelin-Stern, krieg bloß keinen Höhenflug.«

Während ich mit der Nase an ihrem Hals entlangfuhr, sagte ich: »Etwas anderes wird gerade groß.«

Sie löste meine Umarmung. »Nicht jetzt. Ich habe versprochen, Dawn und Abby in den Park zu bringen.«

»Ach komm, das ist doch unfair.«

»Ich dachte, du und Mario wollt in den Bootsklub.«

»Es ist ein Angelklub, aber das ist erst heute Abend.«

»Während du dort bist, bringe ich Dawn ein paar Grundlagen im Kochen bei.«

Ich schob eine Schnute. »Und was ist mit mir?«

Sie lächelte. »Ich komme später zurück, keine Sorge.«

———

DER PARKPLATZ der VFW-Halle war halb leer. Mario fuhr in eine Lücke und wir stiegen aus.

Ein schwarzes Vordach überspannte den Eingang des schmucklosen, einstöckigen Gebäudes.

Im Hauptraum war es düster. Vier Männer tranken an einer Bar, die sich an einer Wand entlangzog. Wir gingen an den Toiletten vorbei in einen Flur, der in einen großen, quadratischen Raum mit Banketttischen führte.

Auf einem Tisch lag ein Stapel Rundbriefe. Ich nahm ein Exemplar von *The Hook*, der Vereinszeitschrift, und blätterte darin.

Mario flüsterte: »Er ist hier, redet mit einem alten Kerl am Fenster.«

Ich winkte Atlas Crane zu und wir schlenderten hinüber.

Crane sagte: »Hey, ihr habt's geschafft.«

»Na klar. Danke, dass du uns eingeladen hast.«

Er unterbrach eine Gruppe und stellte uns ein paar Mitgliedern vor, die nicht gerade freundlich waren.

Crane sagte: »Die Sitzung geht gleich los.« Er lächelte. »Nichts wirklich Wichtiges. Außer einem Wettbewerb, der demnächst ansteht, mit nettem Preisgeld.«

»Cool.«

Ein weißhaariger Mann hämmerte auf eine Tischplatte. »Dann lasst uns anfangen.«

Crane sagte: »Kommt mit.«

Wir folgten ihm zu jemandem, der sich als der Vereinsvorsitzende herausstellte, und er stellte uns vor.

Nachdem er sich fürs Kommen bedankt hatte, rief er: »Die Sitzung ist eröffnet.«

Die Männer, die an der Bar gewesen waren, kamen in den Raum und alle setzten sich.

Der Vereinsvorsitzende sprach über einen Snook-Angelwettbewerb, Informationen zu Charterbooten und eine neue Initiative namens Buddies Without Boats. Die Sitzung wurde schnell beendet.

Crane sagte: »Das tat nicht allzu weh, oder?«

»Überhaupt nicht. Ganz entspannt.«

»Genau wie Angeln.«

»Ja.«

»Lass uns was trinken.«

Crane grüßte den Mann hinter der Theke, aber der Barkeeper erwiderte den Gruß nicht und sagte nur: »Was wollen Sie?«

Wir bestellten gezapftes Bier. Der Barkeeper stellte sie auf den Tresen und Crane schnappte sich eins. Er drehte sich weg und überließ es mir, die Getränke zu bezahlen.

Crane hob sein Glas. »Ein schlechter Angeltag ist immer noch besser als ein guter Arbeitstag.«

Ich sah, wie Mario mit den Augen rollte, aber dann stieß er mit Cranes Glas an. »Amen.«

»Also, willst du beitreten?«

»Klar, warum nicht? Ich meine, es sind ja nur hundert Dollar.«

»Ja, und du hast immer jemanden, mit dem du angeln gehen kannst, wenn du jemanden brauchst.«

»Klingt gut.«

»Hast du schon geklärt, wo du dein Boot festmachen kannst?«

»Noch nicht. Es liegt noch bei meinem Kumpel. Mann, wär das nicht geil, einen Steg direkt vor dem Haus zu haben?«

»Das ist verrücktes Geld, von dem du da redest. Was macht dein Kumpel?«

»Er hat das von einem Onkel geerbt, der nie Kinder hatte.«

»Das ist ein verdammter Glückspilz.«

»Du solltest dieses Haus sehen. Ich meine, es ist alt und wurde gebaut, bevor hier unten alles durchgedreht ist, aber die Aussicht, die ist der Wahnsinn.«

»Wo ist das?«

»Devil's Blight in Park Shore.«

»Kenn ich nicht, aber der Name ist geil.«

»Sag mal, dieser Angelwettbewerb klingt nach Spaß.«

»Das hier ist 'n gutes Ding. Die haben Yamaha als Sponsor an Land gezogen und der Hauptpreis sind satte 2.500 Dollar.«

»Nicht schlecht. Die meinten, das Ganze sei familienfreundlich. Vielleicht bring ich 'ne Freundin von mir mit. Sie ist nicht meine Freundin, wir sind nur befreundet. Hast du Familie?«

»Nur einen Sohn.«

»Warum fragst du ihn nicht, ob er mitkommt, und wir fahren mit meinem Boot raus? Ich hab Radar und den ganzen Kram, und vielleicht ist das nicht ganz fair, aber ich wette, wir kriegen den Siegerfisch an den Haken.«

»Das wär schön, die Kohle kann ich gebrauchen.«

»Dann machen wir's. Wenn wir gewinnen, ist das Preisgeld deins. Klär das mit deinem Sohn. Wird Spaß machen, und ich kann sowieso ein paar Angelstunden gebrauchen.«

Crane spulte nicht das Übliche runter. »*Oh, das könnte ich nicht machen, das wäre nicht fair.* Oder auch: *Warten wir erst mal ab, ob wir überhaupt gewinnen.*« Stattdessen sagte er: »Ich frag bei Tyler, meinem Sohn, nach und sag dir Bescheid, aber auch wenn er nicht mitkommen will, kannst du auf mich zählen.«

»Klingt gut. Wie ist deine Nummer, ich schick dir einen PIN.«

Er leierte sie runter und zog ein iPhone raus: »Gib mir deine, falls es zu einer Verwechslung kommt oder so.«

»Ist das das neue Apple-Modell?«

»Ja. Was für ein elender Krampf, die Apps und Passwörter rüberzukriegen. Ich mein, warum überträgt das nicht einfach alles?«

»Hast recht. Aber es synchronisiert sich mit deinem iPad?«

»Ja, alles liegt in der Cloud – außer wenn man's braucht.«

Wir lachten beide, und ich sagte: »Ich muss los. Wir sehen uns nächste Woche.«

Nachdem ich den Wagen gestartet und die Klimaanlage eingeschaltet hatte, holte ich ein Wegwerfhandy aus dem Handschuhfach. Während ich eine Nummer eintippte, rollte ich langsam vom Parkplatz.

Tyler nahm nach dem zweiten Klingeln ab. »Hey, hier ist Beck.«

»Oh, hi. Was gibt's?«

»Ihr Vater wird Sie fragen, ob Sie mit ihm zu einem Angelwettbewerb kommen. Sagen Sie ihm, dass Sie mitkommen.«

»Okay. Wann ist er?«

»Nächste Woche.«

»Warum wollen Sie, dass ich mitkomme?«

»Das gehört zum Plan.«

»Was soll ich tun?«

Ich erklärte ihm, was er tun sollte.

»Aber warum brauchen Sie mich dafür?«

»Mehr kann ich Ihnen im Moment nicht sagen. Sie müssen mir vertrauen. Okay?«

»In Ordnung.«

»Ich muss los, ein anderer Anruf kommt rein.«

Ich nahm den Anruf von Detective Moreno an. »Hey, Mo. Was gibt's?«

»Ich hab ein paar Informationen für Sie zu dem Pflegekind.«

Ich packte das Lenkrad fester. »Was haben Sie?«

»Wo sind Sie?«

»Bei Pine Ridge und dem Collier Boulevard.«

»Treffen Sie mich bei Cracklin' Jack's.«

EIN COMICARTIGER ALLIGATOR zierte das Schild des Lokals, das sich als ein Vorgeschmack auf die Everglades anpries. Der Parkplatz des roten Gebäudes war fast voll.

Ich trat hinein. Es war laut und erinnerte an ein Florida, das es längst nicht mehr gibt. Moreno saß an der hölzernen Bar.

Er klopfte mir auf den Rücken. »Sie müssen hier den Wels probieren, der ist der beste. Die frittieren den auf gute alte Südstaatenart.«

»Wenn ich Sie noch öfter sehe, muss ich auf Diät. Wie zum Teufel essen Sie das alles?«

»Maß halten, mein Freund. Meine Großmutter hat mir beigebracht, immer etwas auf dem Teller liegen zu lassen.«

»Verdammt viel sicherer, als Ozempic zu nehmen.«

Der Barkeeper kam rüber.

Moreno sagte: »Für mich das Fried Chicken.« Er drehte sich zu mir. »Und Sie?«

»Ich hab schon gegessen.«

»Nehmen Sie irgendwas. Probieren Sie die Beilagen oder die Hush Puppies.«

»Ich nehme die Hush Puppies.«

Der Barkeeper ging, und ich sagte: »Also, was haben Sie über Bev?«

»Sie hat New Jersey verlassen. Wann, kann ich nicht sagen, aber wir wissen, dass sie in Georgia war und dann in Florida.«

Ein Adrenalinstoß schoss mir durch den Körper. »Sie ist in Florida?«

»Könnte sein, aber ihr Führerschein wurde nie erneuert, und das ist sechs Jahre her.«

»Wo in Florida?«

»Ihre letzte bekannte Adresse war ein Übergangsheim in Orlando.«

»Ein Übergangsheim? Wegen Drogen?«

»Dafür wurde sie auch schon verhaftet, aber hier ging's um Prostitution.«

Mir rutschte das Herz in die Hose. Ich hob den Arm und rief dem Barkeeper zu: »Für mich einen Tito's auf Eis. Machen Sie ihn doppelt.«

Moreno sagte: »Tut mir leid, dass das so unschön ist.«

»Ich hätte niemals ohne sie weggehen dürfen.«

»Kommen Sie schon. Sie sagten, sie war, was, zehn Jahre alt?«

Ich nickte. »Das ist echt total verkorkst.«

Der Barkeeper stellte meinen Drink hin, und ich nahm einen großen Schluck.

Moreno tätschelte mir den Unterarm. »Hören Sie, vielleicht sollten Sie das einfach bleiben lassen.«

»Ich kann nicht. Einfach nicht.«

»Denken Sie drüber nach.«

»Ich muss versuchen, sie zu finden, ihr eine zweite Chance geben.«

»Nehmen Sie's mir nicht übel, aber das wäre eher ihre siebte Chance. Sie wurde noch zweimal wegen Anwerbens von Freiern verhaftet, dreimal wegen Drogenbesitzes und—«

»Ich will's fast gar nicht fragen, aber wissen wir, ob sie noch lebt?«

»Ihre Social-Security-Nummer ist noch gültig. Sie ist nicht aktiv, aber nicht gelöscht worden, was heutzutage nichts zu bedeuten hat.«

»Wie lautete ihre letzte bekannte Adresse?«

Er nahm sein Sakko von der Rückenlehne des Hockers und kramte in der Brusttasche. »Hier ist eine Kopie ihrer DMV-Akte. Wie gesagt, der lief vor sechs Jahren ab, also ist das Foto etwa vierzehn Jahre alt. Aber die Adresse ihrer letzten bekannten Anschrift steht drin.«

Ich betrachtete das Foto von Bev: strähniges Haar und ein von Falten gezeichnetes Gesicht. Sie war Jahre jünger als ich, sah aber älter aus. Resignation machte sich in mir breit. Ich blinzelte eine Träne weg und konzentrierte mich auf das leichte Lächeln, das sie trug. Sie war so ein liebes Kind gewesen.

»Mehr können Sie nicht tun, Beck.«

»Ich muss tun, was ich tun muss.«

18

LAURA FUHR VOR, BEVOR ICH DIE CHANCE HATTE, AUF DEN Knopf zu drücken, um das Garagentor zu schließen. Ich wartete, bis sie die Auffahrt hochkam.

Bevor sie mir einen schnellen Kuss auf die Wange gab, sagte sie: »Alles okay mit dir?«

Ich öffnete die Tür zum Haus und sagte: »Ja, warum?«

»Am Telefon klangst du niedergeschlagen.«

»Ich habe Neuigkeiten über Bev.«

»Was ist mit ihr los?«

»Wer zur Hölle weiß das? Moreno hat mir das hier gegeben.«

Sie nahm die DMV-Akte. »Die Ähnlichkeit mit Dawn sehe ich, aber du hast gesagt, sie sei jünger als du. Danach sieht es nicht aus.«

»Sie hatte ein hartes Leben.«

»Was hat Detective Moreno über sie gesagt?«

»Vor sechs Jahren lebte sie in einer Wohngruppe in Orlando. Aber danach konnte er nichts mehr finden.«

»Das macht es einfacher, wenn sie in Florida ist.«

»Schätze schon.«

»Wie meinst du das? Es ist besser, als herauszufinden, dass sie in Texas oder so ist. Dann können wir sie schneller aufspüren.«

»Wenn sie noch lebt.«

Ihre Augen wurden groß. »Du … du glaubst, sie könnte tot sein?«

»Ich weiß es nicht, aber sie wurde mehrfach wegen Drogen und Prostitution verhaftet.«

»Oh mein Gott. Das ist so traurig.« Sie griff nach meiner Hand. »Es tut mir leid, Beck.«

»Wofür entschuldigst du dich? Es ist nicht deine Schuld.«

»Auch nicht deine.«

»Da bin ich mir nicht so sicher.«

»Ich schon.«

»Wenn ich sie nicht zurückgelassen hätte –«

»Hör sofort auf. Sie war noch ein Kind, und du warst kaum sechzehn.« Sie strich mir über die Hand. »Liebling, du musst aufhören, dich selbst fertigzumachen. Das bringt nichts.«

Ich zuckte mit den Schultern.

»Was du für Dawn tust und dass du versuchst, Bev zu finden, ist großartig.«

Es war verlockend, sie daran zu erinnern, dass sie das nicht so gesehen hatte, als ich Dawn und Abby schlafend in einem Karton gefunden hatte.

»Ich überlege, nach Orlando hochzufahren, mal sehen, was ich herausfinden kann.«

»Ich komme mit.«

»Ich bin nicht sicher, ob das eine gute Idee ist.«

»Warum nicht?«

»Ich hab das Gefühl, es könnte rau werden. Außerdem treffe ich dort einen Geschäftspartner. Er hat Kontakte und –«

Sie machte einen Schritt zurück. »Na gut. Wenn du alles allein machen willst, nur zu.«

»Nein, darum geht's nicht. Eigentlich wollte ich dich bitten, mir bei einem Auftrag zu helfen, den wir gerade reinbekommen haben.«

Ihr Gesicht hellte sich auf. »Der, wo der Ehemann seine Frau umgebracht hat?«

»Ja, aber bitte erzähl das nicht weiter.«

»Sorry.«

»Alle unsere Aufträge sind streng vertraulich.«

»Meine Lippen sind versiegelt. Also, was wirst du tun?«

»Alles läuft nach dem Need-to-know-Prinzip.«

»Was soll das überhaupt heißen?«

»Fürs Erste: Halt dir den Samstag frei. Mehr erzähle ich dir am Freitag, wenn ich aus Orlando zurück bin.«

———

ICH FUHR LOS, bevor das erste Tageslicht da war, und bog um zehn nach zehn auf den Parkplatz von Unique FX ab. Ich schickte eine Nachricht und zwei Minuten später sprang die Tür des lagerhallenartigen Gebäudes auf.

Tommy Larson lächelte, als ich näherkam. »Du bist gut durchgekommen.«

»Gott sei Dank ist Nebensaison. So ruhig wie früher ist es zwar nicht mehr, aber es ist schön, dass man wieder leichter rumkommt.«

»Witzig, als wir hierhergezogen sind, haben wir den

Sommer gefürchtet, aber jetzt ist er unsere liebste Jahreszeit.«

Ich folgte ihm in den hallenartigen Raum und fragte: »Der Laden brummt. Woran arbeitet ihr?«

»Hinten bringen wir gerade einen großen Auftrag für einen Paranormal-Film zu Ende. Mit all den Änderungen hat es sechs Monate gedauert, bis wir das Ding über die Ziellinie kriegen.« Er zeigte auf mehrere Gerüste. »Und wir haben gerade mit einer neuen Sci-Fi-Serie angefangen, die die Universal Studios produzieren.«

»Keiner kapiert, was es heutzutage braucht, um etwas realistisch rüberzubringen.«

»Computergrafik ist ein wichtiges Werkzeug, aber man darf es nicht übertreiben.«

Wir traten in sein Büro. Er öffnete die Glastür eines Kühlschranks hinter seinem Schreibtisch. »Willst du was trinken?«

»Ich brauche nichts.«

Tommy schraubte den Deckel von einer Flasche Fiji-Wasser und sagte: »Du meintest, du brauchtest Hilfe bei irgendwas. Wenn wir dir was bauen sollen, müssten wir anfangen, bevor wir mit einem Disney-Projekt starten.«

»Diesmal nicht.«

»Geht es um das Video, das ich für dich verbessert habe?«

»Nein. Dazu brauche ich vielleicht noch was, aber nicht jetzt.«

»Diese Hitchcock-Spannung macht mich fertig.«

Ich erzählte ihm von Bev.

»Wow. Ich wusste, dass du und Mario in Pflegefamilien wart, aber ich wusste nicht, dass du eine Schwester hast.«

Ich seufzte. »Die Wahrheit ist, ich hätte vor zwanzig Jahren nach ihr suchen sollen.«

»Hey, Mann, alles, was du hast, ist das Hier und Jetzt. Ich sag's dir, du musst die *Power of Now* lesen, das hilft dir, im Moment zu bleiben.«

Die Vergangenheit hatte sich in meinem Kopf eine ganze Suite gemietet. »Stimmt, das Buch hatte ich vergessen. Ich besorg's mir.«

»Gut. Also, wie kann ich dir helfen, sie zu finden?«

»Ich erinnere mich, vor zwei, drei Jahren hast du mich einem Freund von dir vorgestellt. Dokumentarfilmer.«

»Chris Rotto, der hat so einen ZZ-Top-Bart.«

»Ja, genau der.«

»Was ist mit ihm?«

»Damals hat er eine Doku über Drogenhäuser in der Gegend um Orlando gedreht.«

»War ein deprimierender Film.«

»Soweit ich es zusammenbekommen habe, war Bev in Orlando, hatte ein Drogenproblem und könnte obdachlos gewesen sein.«

»Glaubst du, sie könnte in so einem Drogenloch gelebt haben?«

»Das ist zwar ein paar Jahre her, aber vielleicht erinnert sich jemand an sie. Kannst du ihn fragen, ob er mich zu ein paar dieser Häuser mitnimmt?«

———

Ich sprang in Chris Rottos Pickup und wir fuhren in ein heruntergekommenes Viertel am Stadtrand von Orlando.

Rotto sagte: »Das hier ist geografisch am nächsten an der Adresse auf dem Führerschein deiner Freundin. Ich nehme an, dir ist klar, dass diese Orte ständig wechseln und die Chancen, jemanden zu finden, der weiß …«

»Versteh ich, aber irgendwo muss man anfangen.«

Rotto bog links in eine Straße ab, in der die Fenster der meisten Häuser vernagelt waren. Er zeigte. »Das ist das mit der umgekippten Palme.«

Das Dach hing durch und der verwilderte Garten war mit Bierdosen und Fast-Food-Verpackungen übersät.

Rotto klopfte mit den Knöcheln an die Haustür und packte die Klinke. Die Tür ächzte, als Licht in ein dunkles Foyer fiel.

»Ich bin's, Rotto!«

Wir traten ein. Der Linoleumboden war verdreckt und löste sich von den restlichen Sockelleisten. Ich schnippte eine Spritze mit dem Schuh beiseite und folgte Rotto den Stimmen nach hinten.

Zwei Mädchen in zerrissenen Jeans lagen sich gegenüber auf einer fleckigen, roten Velourscouch. Sie teilten sich einen Joint. Auf einem Futon lag ein stark tätowierter Mann und telefonierte. Er musterte uns und beendete den Anruf. Er griff nach links und zog ein Jagdmesser hervor.

»Was wollt ihr?«

Rotto sagte: »Immer mit der Ruhe. Wir suchen nur jemanden.«

»Und wer soll das sein?«

Rotto zeigte ihm ein Foto und der Mann sagte: »Die ist nicht hier.«

»Okay. Danke.«

»Was seid ihr, Drogenfahnder?«

»Nein. Das Mädchen ist 'ne Freundin, mehr nicht. Stört's dich, wenn ich die Mädels frage?«

»Nur zu.«

Keines der Mädchen ließ erkennen, dass es Bev kannte. Wir hatten die Suche gerade erst begonnen, aber ein Gefühl von Aussichtslosigkeit machte sich breit. Ich folgte Rotto den Flur entlang.

Als wir an einem Badezimmer ohne Tür vorbeikamen, brannte der Uringeruch in meiner Nase. Wir schlängelten uns um zwei mit Habseligkeiten vollgestopfte Einkaufswagen zu einem Zimmer, dessen Mittelpunkt eine dreckige Matratze bildete. Zwei abgemagerte Süchtige lagen da und murmelten miteinander.

»Hey, erinnert ihr euch an mich?«

Nur einer hob den Kopf und starrte uns leer an.

Rotto hielt das Foto vor die glasigen Augen des Junkies. »Kennt einer von euch dieses Mädchen? Sie heißt Bev, sie hat mal hier in der Gegend gewohnt.«

Der Mann schüttelte den Kopf, während sein Kumpel wegdämmerte und sich an ihn lehnte.

»Kommt ihr klar?«

»Mhm.«

»Esst mal was, ja?«

Mein Magen krampfte sich zusammen, als ich Rotto dem Grunzen hinterher folgte. Er stieß mit der Schuhspitze eine weitere Tür auf. Ein an die Decke getackertes Laken trennte zwei Matratzen, die auf dem Boden lagen.

Ich wandte den Blick von einem Pärchen ab, das sich links auf der Matratze abmühte, miteinander zu schlafen. Rechts saß ein Mann um die dreißig ohne Shirt auf der Matratzenkante. Er pulte an einem Schorf auf seinem Bein herum und merkte nicht, dass wir da waren.

Rotto sagte: »Hey, wie läuft's?«

Sein Kopf kippte zu uns rüber. »Schon okay.«

»Kannst du dir das Mädchen mal anschauen, ob du sie kennst?«

Der Mann rieb sich die Augen und nahm Rotto das Foto ab. Meine Hoffnung schoss nach oben, als er es näher ans Gesicht führte.

»Sie sieht aus wie, ich weiß ihren Namen nicht oder so, aber, weißt du, vielleicht ist sie die da.« Er deutete auf das Laken.

Die Teile der Frau, die ich gesehen hatte, hatten keinerlei Ähnlichkeit mit Bev. Ich sagte: »Komm, wir gehen.«

»Hey, könnt ihr was lockermachen? Wir müssen was essen.«

Wir drehten uns zum Gehen um, da stellte sich uns ein Typ im Hoodie in den Weg. Er hielt eine Waffe auf Hüfthöhe.

»Gebt mir euer Geld! Und euren Schmuck.«

Rotto sagte: »Immer mit der Ruhe. Wir suchen nur jemanden.«

»Her mit dem Geld. Jetzt!«

Ich sagte: »Okay, Mann. Wir wollen keinen Ärger.«

»Beeil dich.« Der Typ schaute auf Rottos Uhr. »Gib die Uhr her.«

Rotto fing an, sie abzunehmen. Ich rückte Stück für Stück näher.

Als Rotto die Uhr übergab, sprang ich den Mann an. Er kippte nach hinten. Ich sprang ihm auf die Brust und drückte ihm die Arme nach hinten. »Du hast die Knarre beim Falschen gezogen, Kumpel.«

Rotto sagte: »Alles gut bei dir?«

»Ja. Hol dir deine Uhr.«

»Wo ist die Waffe?«

»War 'ne Attrappe.«

»Bist du sicher?«

»Hundertprozentig.«

Ich zerrte den Kerl auf die Beine. »Die meisten Typen, bei denen du so 'ne Scheiße abziehst, hätten dich kurz und klein gehauen. Jetzt verpiss dich.«

Als wir wieder im Wagen saßen, sagte Rotto: »Woher zum Teufel wusstest du, dass die Knarre nicht echt war?«

»Ganz sicher war ich nicht, aber sie sah komisch aus und er war drauf. Ich dachte mir, wenn sie echt wäre, hätte er sie längst versetzt. Außerdem wusste ich, dass man die Reflexe und die Kraft von 'nem Süchtigen locker überrumpelt.«

»Und wenn du dich geirrt hättest?«

»Dann würdest du mich jetzt ins Krankenhaus fahren statt zum nächsten Haus. Los.«

Rotto fuhr drei kurze Blocks weiter und bog in eine Straße mit kleinen Häusern aus Betonsteinen ein. Er hielt vor einem gelben Haus. Das Rot auf dem Zu-Verkaufen-Schild war schon zu Rosa verblichen.

In der Kiesauffahrt stand ein Ford Taurus ohne Räder auf Böcken.

Mein Guide winkte einem Nachbarn gegenüber zu, der gerade den Rasen mähte. Der Mann schüttelte den Kopf und erwiderte den Gruß nicht.

Rotto sagte: »Kannst du dir vorstellen, hier zu leben?«

»Nein. Mit so einem Haus in der Straße ist es doch unmöglich, sein eigenes zu verkaufen.«

»Die sind gefangen.«

»Warum machen die Cops da nichts?«

»Du hast meinen Film wohl nicht gesehen. Die Polizei jagt sie raus, sichert das Haus manchmal, aber die Süchtigen ziehen einfach in die nächste leere Bude weiter.«

»Vielleicht sollte man manche von den Buden abreißen.«

»Wir sollten mehr tun, um Sucht zu verhindern.«

»Ja, und als Erstes muss man bei der Versorgung ansetzen. Wenn du das machst, steigen die Preise für den Mist und machen ihn für die jüngeren Kids unerschwinglich.«

»Ich weiß nicht, es geht darum, die Kids aufzuklären, und« – Rotto drehte den Kopf zu einem heranfahrenden Van – »das ist Robbie. Er ist ein echter Engel.«

»Was ist seine Story?«

»Er ist ein Ex-Junkie. Seit mindestens zehn Jahren clean, und er hat sein Leben darauf ausgerichtet, diesen Leuten zu helfen. Er bringt Essen und schaut nach ihnen, ob jemand medizinische Hilfe braucht.«

Der Van hielt, und ich folgte Rotto hinüber.

Ein Mann in den Vierzigern stieg aus. Er fuhr sich durch sein lichter werdendes blondes Haar und lächelte. »Hey, Rotto. Gut, dich zu sehen, Mann.«

Rotto schlang die Arme um Robbie. »Gut, dich zu sehen, Bruder.«

»Gleichfalls, Mann. Was verschlägt dich hierher?«

Rotto stellte mich vor und sagte ihm, warum wir hier waren.

Robbie sagte: »Ich würd sie nicht aufgeben, aber die Chancen sind mies. Hast du ein Bild von ihr?«

Ich zeigte ihm das DMV-Foto.

Robbie schüttelte den Kopf. »Wow. Ich erinnere mich tatsächlich an sie. Ist lange her, aber sie war in dem Laden an der Market Street, bevor sie bei den Albanern gelandet ist.«

»Welche Albaner?«

»Das ist 'ne Gang, angeführt von so 'nem brutalen Bastard namens Dren. Der steckt in allem möglichen Dreck:

organisierter Diebstahl, Prostitution, Menschenhandel – nenn irgendwas Widerliches, Dren und seine Jungs stecken dahinter.«

»Wie war Bev bei denen drin?«

»Dren weiß, dass diese Leute verletzlich sind, und er nutzt sie aus, um Kohle zu machen. Sie ist für die auf den Strich gegangen.«

Mir schoss die Hitze ins Gesicht. »Schweine.«

»Früher oder später machen's alle. Das ist die einzige Art, wie sie das Geld für ihre Sucht reinkriegen.«

»Wo finde ich diesen Dren-Typen?«

Robbie sagte: »Die Albaner sind gnadenlos, aber Dren ist noch mal 'ne Nummer übler. Ich würd mich mit denen nicht anlegen.«

»Ich lege mich mit niemandem an. Ich will nur mit ihnen reden, sehen, was sie über Bev wissen.«

Robbie drehte sich zu Rotto. »Erinnerst du dich, was sie mit den zwei Mädchen gemacht haben, die versucht haben, abzuhauen? Du hast es nicht mal in den Film genommen.«

»Meinst du den Trailer?«

»Ja. Das war Dren, also würd ich deinem Freund raten, sich von denen fernzuhalten.«

Ich sagte: »Mach dir um mich keine Sorgen. Ich kann auf mich aufpassen, sag mir einfach, wo ich diesen Dren finde.«

»Soweit ich weiß, operiert er von Pine Hills aus. Aber nur zur Warnung: Das ist 'ne harte Gegend, alle nennen sie Crime Hills.«

»Wo genau?«

»Er besitzt eine Billardhalle und nutzt sie für seine Geschäfte. Sie heißt Nine Ball.«

Ich drehte mich zu Rotto. »Ich fahr da hoch. Du musst

nicht mitkommen, bring mich einfach zurück zu meinem Wagen.«

Rotto sagte: »Danke, Robbie.«

Wir stiegen wieder ins Auto, und Rotto sagte: »Hör zu, diesen Typen ist ein Leben scheißegal. Ich würd mich nicht mit denen anlegen.«

»Wie gesagt, du musst da nicht mit drin hängen. Ab hier krieg ich das allein hin.«

Rotto fuhr vom Bordstein weg. »Beck, ich glaub nicht, dass es 'ne gute Idee ist, hier allein loszuziehen. Ich bin Filmemacher, das ist weit außerhalb meiner Komfortzone.«

»Schon gut. Ich weiß zu schätzen, was du getan hast. Ich kann auf mich aufpassen.«

»Bist du sicher? Du hast Robbie gehört, die Typen sind gefährlich.«

»Ich hab das im Griff, bring mich einfach zu meinem Wagen.«

»Schreib mir später. Ich will sicher sein, dass bei dir alles okay ist.«

19

Nachdem ich mir noch mal das Bild von Dren angesehen hatte, das Detective Moreno mir getextet hatte, schaute ich in den Rückspiegel. Der falsche Bart, die Brille und der Hut wirkten überzeugend.

Ich stieg aus meinem Wagen. Auf dem Parkplatz von Nine Ball standen ein halbes Dutzend Autos neueren Baujahrs.

Als ich die Tür aufriss, schlug mir der Geruch von Zigaretten und verschüttetem Bier entgegen. Ich kniff die Augen zusammen, bis sie sich angepasst hatten.

Das dunkle Innere der Poolhalle wurde von einem Muster aus Deckenlampen über zwei Reihen von Billardtischen durchbrochen.

An drei der Tische mit grünem Tuch spielten Männer mit etlichen Tattoos.

Fünf Männer, die mit Drinks vor der Bar standen, drehten sich in meine Richtung. Ich nickte knapp und peilte den an, der Dren ähnlich sah.

Ein Spieler, der sich über einen Tisch beugte und einen Stoß ansetzte, richtete sich auf, als ich vorbeiging. Mit schwerem Akzent sagte er: »Was willst du?«

»Nur ein kurzes Wort mit Dren. Kein Grund zur Sorge.«

Alle außer Dren stellten ihre Drinks auf die Theke, als ich näherkam. Ich hob beide Hände. »Will nur mit Dren reden.«

Ein Typ von Kühlschrankformat mit krummer Nase stellte sich vor seinen Boss. »Was machst du hier?«

»Ich suche nach einem Mädchen.«

»Die ist nicht hier.«

»Seh ich, mein Freund, aber ich will dir ein Foto zeigen.«

Ich hielt das DMV-Foto von Bev hoch. »Sie heißt Bev.«

»Wie gesagt, die ist nicht hier, also verpiss dich.«

»Ich such keinen Ärger. Ich will nur, dass Dren einen Blick auf das Foto wirft.«

»Du gehst jetzt besser, sonst bereust du's.«

Ich schaute über die Schulter des Gorillas. »Dren, ich weiß, dass du sie kennst. Sie hat für dich gearbeitet. Man hat mich bezahlt, um rauszufinden, wo sie ist.«

»Wir wissen gar nichts. Jetzt raus!«

Ich trat zur Seite, sah zu Dren und sagte: »Ich frage nicht dich. Ich will, dass Dren es mir sagt.«

Mit slawischem Akzent sagte Dren: »Lasst ihn durch.«

»Danke.« Ich reichte ihm das Bild. »Das ist sie. Sie hat für dich gearbeitet.«

Seine Augen verrieten ihn und er gab das Foto hastig zurück. »Die kenne ich nicht.«

»Schau noch mal genau hin.«

»Zeit, dass du gehst.«

»Komm schon, sag mir, wo sie ist.«

Dren drehte sich wieder zur Bar um und sagte: »Zeigt ihm den Weg nach draußen.«

Ich schlang meinen linken Arm um seinen Hals und zog mit der rechten die Glock aus dem Hosenbund. »Zurück, oder euer Boss ist tot!«

Drens Jungs zogen Waffen und die Billardspieler huschten zur Tür hinaus.

Dren blieb ruhig. »Du machst einen großen Fehler. Lass mich los und wir vergessen, dass das hier passiert ist.«

»Nicht bevor du mir sagst, wo Bev ist.«

»Ich hab dir gesagt, ich weiß es nicht.«

»Das kaufe ich dir nicht ab.«

Drens Schergen machten einen Schritt näher. Ich drückte ihm den Lauf der Pistole an die Wange. »Sag deinen Jungs, sie sollen zurück. Sofort!«

»Zurück!«

»Und jetzt sag mir, wo das Mädchen ist.«

»Ich habe dir doch gesagt, ich weiß nicht, wo deine Schlampe ist.«

Ich schlug ihm die Waffe gegen die Schläfe seines kahl rasierten Kopfes. »Wo ist sie?«

»Wir verkaufen sie an Igor, den Russen.«

Ich hatte schon ein paarmal mit einem Russen namens Igor gearbeitet. Er betrieb eine Fälscherbude für Papiere. »Wer zum Teufel ist Igor?«

»Er ist ein Geschäftsmann, so wie ich.«

»Was macht er mit Bev?«

»Weiß ich nicht, frag ihn.«

»Wo ist er?«

»Ich bin nicht sein Vater.«

Ich drückte meinen Unterarm in seine Luftröhre. »Wo ist er?«

»Er hat 'ne Bar am Mercy Drive.«

»Wie heißt sie?«

Es war der Igor, den ich kannte. »The Gator's Tail.«

»Du sagst mir besser die Wahrheit, sonst komme ich wieder. Ich schwöre, ich komme wieder.«

Dren lachte. »Bist jederzeit willkommen.«

Ich wedelte mit der Waffe zu seinen Männern hinüber. »Legt eure Waffen und Autoschlüssel auf den Billardtisch.«

Sie rührten sich nicht.

»Auf den Tisch damit!«

Dren nickte und seine Jungs legten ihre Knarren und Schlüssel auf den Billardtisch.

»Jetzt stellt euch an die Tür.«

Ich sagte zu Dren: »Komm bloß nicht auf Ideen.«

Ich ließ ihn los und behielt ihn weiter im Visier. Mit der freien Hand fegte ich die Waffen auf den Boden und kickte sie in eine Ecke. Die Autoschlüssel steckte ich ein.

»Du auch, Dren, gib mir deine Autoschlüssel.«

Er gab sie her und ich sagte: »Umdrehen.«

Ich stupste Dren mit dem Lauf meiner Pistole in den Rücken. »Los geht's.«

Als wir zur Tür gingen, sagte ich: »Alle raus.«

Draußen, hinter Dren und seinen Leuten, sagte ich: »Weitergehen und nicht umdrehen, bis ich's sage.«

Ich warf alle Autoschlüssel aufs Dach der Bar.

Als ich die Tür zu meinem BMW öffnete, rief ich: »Weitergehen.«

Als ich ins Auto stieg, peitschte der unverkennbare Knall eines Schusses durch die Luft.

Ich packte mir an den Oberschenkel. Blut rann durch meine Finger.

Ich rutschte auf dem Sitz nach unten und startete den Wagen. Dren und seine Männer rannten auf mich zu. Ich gab Gas und lenkte auf sie zu.

20

ICH PARKTE VOR DEM LOWDERMILK PARK UND HUMPELTE ZU Marios Wohnung.

Seine Augen traten hervor, als er die Tür öffnete. »Was zur Hölle ist passiert?«

»Ich wurde in Orlando angeschossen. Ist nicht schlimm, Tommy Larson hat einen Arzt draufschauen lassen. Zum Glück hat die Kugel nur die Außenseite meines Oberschenkels gestreift.«

»Heilige Scheiße! Wer hat das gemacht?«

Ich erklärte, was passiert war.

»Du hättest da nie allein hingehen dürfen. Das ist irre.«

»Ich dachte nicht, dass das so aus dem Ruder läuft. Und ich habe mir gedacht, wenn ich schon da oben bin …«

»Du bist echt der Hammer. Predigst mir ständig, extra vorsichtig zu sein, und dann machst du so was.«

»War ein Fehler.«

»Die Albaner werden das nicht vergessen, die werden dir nachstellen.«

»Ich war verkleidet. Alles, was sie wissen, ist, dass ich nach Bev gesucht habe, mehr nicht.«

»Und dein Wagen?«

»Ich habe ein abgelaufenes Texas-Kennzeichen benutzt und es auf dem Rückweg entsorgt.«

»Echt Glück gehabt, Mann.«

»Und wir haben wertvolle Infos über Bev bekommen.«

»Falls der Albaner keinen Mist erzählt.«

»Glaube ich nicht. Auf der Rückfahrt habe ich nachgesehen und es ist der Igor, mit dem wir zusammengearbeitet haben. Ich habe rausgefunden, dass er mal wegen Menschenhandels verhaftet wurde. Die Anklage wurde fallengelassen, weil die Mädchen, die Anzeige erstattet hatten, die Aussage verweigert haben.«

»Er hat sie bedroht.«

»Hundertpro. Wir müssen rausfinden, wie wir mit Igor umgehen.«

»Weißt du, vor ein paar Wochen habe ich gehört, dass ein paar seiner Jungs murren, die sind mit ihrem Anteil nicht zufrieden.«

»Hör dich ein bisschen um, aber der Reihe nach. In zwei Tagen ist der Angelwettbewerb, also gehen wir durch, was wir mit Atlas Crane vorhaben.«

―――――

AUF DEM STEUERSITZ DES BOOTS, das einem Freund von Larson gehört, sagte Mario: »Weißt du, vielleicht sollte ich mir wieder ein Boot zulegen.«

Ich sagte: »Wozu? Guck, wo wir sind. Beweis genug, dass es besser ist, einen Freund mit Boot zu haben, als selbst eins zu besitzen.«

»Irgendwie fehlt mir das.«

»Du hast es nicht genug benutzt. Wenn du drüber nachdenkst, tritt doch erst mal so einem Bootsclub bei und nutze deren Boote, um sicherzugehen.«

»Muss man vorher reservieren, aber ist keine schlechte Idee.«

»Da kommen Atlas und Tyler.«

Ich trat um die Kabine herum und flüsterte Laura zu, die sich sonnte: »Sie sind da.«

»Wie geht's deinem Bein?«

»Geht schon.«

»Gut. Soll ich sie kennenlernen?«

»Noch nicht. Bleib da und sonne dich, bis ich dir den Daumen hoch gebe.«

Atlas schaute vom Steg auf die Yacht und sagte: »Alter, was für ein Teil.«

»Kommt an Bord.« Sie reichten ihre Angelruten und ihr Zeug rüber und stiegen aufs Boot.

Ich schüttelte Atlas die Hand. »Was ist mit deinem Bein passiert?«

»Hab's mir aufgerissen.«

»Wie zum Teufel hast du das geschafft?«

»Glaub's oder nicht, ich stand auf 'ner Leiter und habe einen Deckenspot gewechselt. Beim Runtergehen habe ich eine Stufe verfehlt und bin an die Ecke eines Tisches geknallt.«

»Mann, mit Leitern musst du aufpassen.«

»Weiß ich jetzt.«

Er grinste und sagte: »Das ist mein Junge, Tyler.«

Ich streckte die Hand hin und sagte: »Freut mich. Ich bin Beck, und« – ich zeigte auf meinen Bruder – »das ist Mario.«

Atlas sagte: »Wer ist das da vorne?«

»Laura. Die Freundin, von der ich erzählt habe.«

»Ist sie deine Freundin?«

»Nee, wir sind nur Freunde.«

»Du hast echt gut aussehende Freundinnen, Beck.« Er lachte.

»Stelle ich dir später vor.«

»Die hat 'nen heißen Körper. Da würde ich gern mal ran.«

Ich wollte ihn über Bord werfen, sagte aber: »Lass uns rausfahren und die Schnüre ins Wasser kriegen.«

Atlas sagte: »Ja, ich bin bereit, das Ding zu gewinnen!«

»Ich auch. Mario, leg ab.«

Tyler sagte: »Gib mir dein Handy, ich mache noch ein Foto von dir, bevor wir rausfahren.«

Atlas gab ihm sein Handy.

»Wie ist die PIN?«

»Mein Geburtstag. Ich weiß, sollte man nicht, aber ich nehme die überall.«

Tyler machte das Foto, und das Boot setzte sich ruckartig in Bewegung.

Ich sagte zu Atlas und seinem Sohn: »Ihr könnt euer persönliches Zeug unten verstauen; ihr wollt ja nicht, dass euer Handy baden geht.«

Tyler drehte sich zu Atlas. »Gute Idee. Dad, gib mir dein Handy und dein Portemonnaie, ich lege das in die Pantry.«

Atlas gab sie seinem Sohn und sagte zu mir: »Hast du den Köder besorgt, den ich dir gesagt habe?«

Ich zeigte auf zwei Eimer im Schatten und sagte: »Jep, stehen da. Ich bin da ein bisschen untalentiert, also hoffe ich, du bist gut darin, die Haken zu beködern.«

»Klar. Kann ich mit geschlossenen Augen.«

»Super. Guck dir den Köder an und schau, ob der taugt, ich hol derweil Laura.«

Ich sah zu Tyler und nickte. Er ging nach unten, während ich rief: »Komm mal her, Laura, ich will dir jemanden vorstellen.«

»Was? Ich hör dich nicht. Der Motor ist zu laut.«

Ich stupste Atlas mit dem Ellenbogen an. »Komm.«

Wir hielten uns am Geländer fest und gingen dorthin, wo Laura lag.

Sie setzte ein gewinnendes Lächeln auf und stand auf.

»Laura, das ist Atlas.«

Sie kicherte. »Hey, Atlas.«

»Freut mich, dich kennenzulernen.«

»Bist du so stark wie der echte Atlas?«

»Glaub mir, realer geht's nicht.«

Sie lachte. »Ich meinte den Atlas aus der griechischen Mythologie.«

»Oh. Das war doch der Typ, der die Welt trägt.«

»So ungefähr. Er stellte sich im Krieg der Titanen gegen die Olympier auf die Seite der Titanen, und als sie verloren, bestrafte Zeus ihn damit, den Himmel auf ewig zu tragen.«

»Die Geschichte kannte ich nicht. Du kennst dich echt mit Mythologie aus.«

»Da gibt's viele gute Geschichten. Ich würd dir gern noch mehr erzählen.«

»Klar, Teach, auf das Angebot komm ich zurück.«

Ich sagte: »Das muss warten, wir haben einen Wettbewerb zu gewinnen.«

»Er hat recht. Das muss warten.«

Wir ließen sie zurück und Atlas flüsterte: »Wie alt ist sie?«

»Keine Ahnung, vielleicht achtunddreißig oder so.«

Er nickte. »Alter, was für'n Arsch die hat. Mit der würd ich mich gern einlassen.«

»Sie schien dich zu mögen.«

»Meinst du?«

»Auf jeden.«

Tyler kam an Deck. Sein Vater sagte: »Warst du die ganze Zeit da unten?«

Mir rutschte das Herz in die Hose.

Der Junge runzelte die Stirn. »Ich musste groß.«

Sein Vater klopfte ihm auf den Rücken. »Wenn man muss, dann muss man.«

»Atlas, willst du hoch auf die Brücke? Du kannst dir mal die Fischfinder-Technik anschauen, die das Teil hat.«

»Klar.«

Als er hochstieg, zeigte mir Tyler einen Daumen hoch.

———

WIR LIEFEN in den Yachthafen ein und machten fest. Tyler und Atlas stiegen von Bord. Wir reichten ihnen ihre Ausrüstung und Atlas sagte: »Ich kann immer noch nicht fassen, dass wir das nicht gewonnen haben. Die Drecks-säcke haben das Ding geschoben.«

Ich sagte: »Wir sind Zweite geworden, das ist nicht schlecht.«

»Ist scheiße, wir hätten den ersten Preis holen müssen.«

»Beim nächsten Mal kriegen wir sie.«

»Immer wenn du rausfahren willst, sag Bescheid.«

»Gern, sag mir einfach, wann.«

»Wie wär's mit Freitag?«

»Klingt gut.«

»Laura! Willst du am Freitag angeln gehen? Atlas kommt mit mir raus.«

»Ja, das wird Spaß machen.«

Sein Lottogewinner-Grinsen sagte alles.

Mario schob den Gashebel sanft nach vorn und wir legten vom Steg ab, während ich die Fender hochholte.

Ich winkte Laura herüber und wir versammelten uns um Mario, der fragte: »Hat der Junge erledigt, was er musste?«

»Ja. Lief wie geschmiert. Sein Vater hatte keinen Schimmer.«

Laura sagte: »Was für ein Vollidiot.«

Mario warf ein: »Ich kann immer noch nicht glauben, dass er den Fisch mit Bleien vollgestopft hat.«

Ich sagte: »Ist eigentlich 'ne ziemlich gute Art zu bescheißen.«

Laura sagte: »Er ist ein Ekelpaket. Er hat mich praktisch angesabbert.«

»Du hast es perfekt gespielt. Danke.«

»Hat Spaß gemacht, euch zu helfen.«

»Am Freitag bist du für eine weitere Rolle dran, und die hat's in sich.«

»Was?«

»Erzähl ich dir später.«

———

ICH SAß an einem der Außentische des Seventh South Waterfront, nippte an einem Tito's auf Eis und wartete auf Mario. Er kam mit über zwanzig Minuten Verspätung, fuhr auf den Parkplatz und in eine Lücke.

»Sorry, Mann. Hab mich irgendwie mit Susan aufgehalten.« Er lächelte.

»Ich will keine Details hören.«

»Wie läuft's bei dir und Laura, so, äh, sexmäßig?«

»Über so was rede ich nicht. Willst du was?«

Er nahm die Getränkekarte. »Ich nehm eins von diesen IPAs.«

Eine Bedienung kam rüber und Mario sagte: »Ich liebe den Namen. Ich probier mal einen Riptide Porpoise Party.«

Als die Bedienung wegging, schüttelte ich den Kopf. »Krasser Name für ein Bier.«

Ich verzog das Gesicht, als ich mein Bein bewegte. »Gutes Marketing.«

»Wie geht's dem Bein?«

»Nicht so schlimm. Hast du noch mehr über unseren russischen Freund rausgefunden?«

Mario wartete, bis die Bedienung sein Getränk abgestellt hatte. Er nahm einen Schluck und wischte sich mit dem Handrücken über die Lippen. »Das ist gut. Willst du mal probieren?«

»Nee. Was ist mit Igor?«

»Du hattest recht, es gibt eine Verbindung zur Bratva, der russischen Mafia aus New York. Die betreiben einen Menschenschmuggelring in die Staaten. Sie bringen Osteuropäer auf Schiffe, schleusen sie nach Kuba und andere Karibikinseln und von dort nach Südflorida.«

»Das passt zu den Infos, die Larson bekommen hat. Die verlangen astronomische Gebühren, um aus Ländern wie Moldau und Belarus rauszukommen, und wenn sie das nicht zahlen können, müssen sie es abarbeiten, indem sie als Prostituierte arbeiten.«

»Und wenn sie auf Drogen hängen bleiben, die sie ihnen umsonst geben, können sie's nie zurückzahlen.«

»Wie eng sind Igors Verbindungen zu denen?«

»Sieht so aus, als würde er nur ein paar seiner Mädchen von ihnen kaufen. Er operiert hauptsächlich von Orlando aus, hat aber auch Standorte in Tampa und Fort Myers.«

»Wie viele Frauen?«

»Schätzungsweise um die hundert.«

»Jesus. Was ist mit dem Ärger, den du bei seinen Leuten erwähnt hast?«

»Es gibt Gerüchte über eine mögliche Spaltung.«

»Ich weiß nicht, ob das für Bev gut oder schlecht ist.«

»Glaubst du wirklich, dass Bev dort oben festhängt?«

Ich schüttelte den Kopf. »Ich hoffe verdammt noch mal, dass sie es nicht ist, aber wir haben sonst nichts, woran wir uns halten können. Es ist, als wäre sie vom Erdboden verschluckt worden.«

»Na ja, in so 'nem Scheiß, den Igor da am Laufen hat, wäre sie perfekt versteckt. Sie wäre isoliert und–«

»Ich weiß. Glaub mir, ich weiß. Das macht mir Angst, und es passt dazu, dass sie weder einen Führerschein noch sonst irgendetwas hat, was Spuren hinterlässt.«

»Ich hoffe, es geht ihr gut.«

»Wir können nicht warten. Wir müssen etwas unternehmen.«

»Was meinst du? Sollen wir da hoch und Igor zur Rede stellen?«

»Das müssen wir, aber zuerst müssen wir uns um den Atlas-Crane-Fall kümmern.«

»Wie kann ich helfen?«

Ich beugte mich vor. »Du wirst eine kleine, aber entscheidende Rolle spielen.«

Er lächelte. »Gefällt mir jetzt schon. Erzähl mir davon.«

21

Ich fuhr am Magnolia Square vor und wartete im Schatten, bis Laura runterkam. Sie lächelte, setzte ihre Sonnenbrille auf und sprang in meinen BMW.

Sie gab mir ein Küsschen auf die Wange. »Wie geht's deinem Bein?«

»Ganz gut. Es hat schon eine Weile nicht mehr geblutet.«

»Das ist gut. Halt es sauber und wechsel jeden Tag den Verband.«

»Mach ich. Also, bist du bereit?«

Sie nickte. »Oh ja. Das ist so aufregend. Ich kann verstehen, warum dir das gefällt.«

Als ich auf die Livingston Road einbog, sagte ich: »Gewöhn dich nicht dran. Ich will nicht, dass du in so was reingezogen wirst.«

»Warum nicht?«

»Weil das ganz schnell nach hinten losgehen kann.«

»Ach, komm…«

»Laura, das ist nicht wie im Kino, das, was wir machen, ist gefährlich.«

»Wir werden Atlas nur blamieren, ihn wie den Vollidioten dastehen lassen, der er ist. Ehrlich, er hat's verdient.«

»Es ist viel mehr, als jemanden an der Nase herumzuführen.«

»Wie meinst du das?«

»Du wirst schon sehen, aber jetzt müssen wir das perfekt durchziehen.«

»Keine Sorge. Ich hab das im Griff.«

»Gehen wir's noch mal durch.«

»Ich hab dir gesagt, ich weiß, was zu tun ist.«

»Okay, dann lass es uns mir zuliebe noch einmal durchgehen, bevor wir bei Atlas zu Hause sind.«

ATLAS STAND IN SEINER GARAGE, als wir vorfuhren. Er winkte und schnappte sich seine Angelrute. Ich stieg aus dem Wagen. »Du musst keine Ausrüstung mitbringen. Ich hab die Ruten gekauft, von denen du meintest, sie seien die besten. Die liegen auf dem Boot, einsatzbereit.«

»Echt?«

»Ja. Ich hatte keinen Bock, ständig Zeug hin- und herzuschleppen.«

Er stellte seine Rute ab. »Muss schön sein, Geld zu haben.«

»Man kann's ja nicht mit ins Grab nehmen.«

Als ich wieder ins Auto stieg, stöhnte ich: »Autsch!«

Atlas sagte: »Dein Bein?«

»Ja, das macht heute wieder Ärger. Steig ein.«

Atlas stieg hinten ein. »Hey, Laura, wie läuft's?«

Sie klimperte mit den Wimpern. »Besser, seit du eingestiegen bist.«

Er lächelte. »Was ist los, macht dir Beck das Leben schwer?«

»Nee, ist nur schön, dich zu sehen.«

»Gleichfalls. Das wird ein super Tag.«

»Definitiv. Draußen ist es so schön.«

Ich bog auf die Livingston Road ab, da klingelte Lauras Handy.

»Hallo?«

»Oh, hi. Wie geht's?«

»Ich bin mit Beck und seinem gut aussehenden Freund unterwegs. Wir fahren mit Becks Boot raus. Warum?«

Sie hob die Hand. »Kein Problem. Wir sind, keine Ahnung, fünf Minuten von da entfernt.«

»Kein Problem. Wir bringen sie bei deiner Mutter vorbei. Keine Sorge, gute Besserung.«

Sie legte auf und ich sagte: »Was ist los?«

»Dreh um. Melissa ist spät dran und braucht jemanden, der Diane abholt. Sie geht auf die Community School an der Orange Blossom Drive.«

»Klar.«

Laura drehte den Kopf. »Du hast nichts dagegen, oder?«

Atlas sagte: »Natürlich nicht. Deine Freundin braucht Hilfe.«

»Danke. Ihre Mutter wohnt in Kensington, nur ein, zwei Meilen entfernt.«

»Kein Ding.«

Als wir auf den Parkplatz der Schule fuhren, sagte Laura: »Oh Mann, auf einmal dreht sich mir der Magen um.«

Ich sagte: »Was ist los?«

»Keine Ahnung, ich glaub, ich muss mich gleich übergeben oder so.«

Atlas sagte: »Mach dein Fenster auf, schnapp etwas Luft.«

Sie ließ das Fenster herunter und zeigte: »Da ist Diane.«

Ich sagte: »Ich hole sie.«

Laura sagte: »Nein. Du hast gesagt, dein Bein tut weh.«

»So schlimm ist es nicht.«

Laura rülpste gespielt. »Atlas, kannst du Diane für mich holen?«

»Klar. Welche ist sie?«

»Diane ist die mit den blonden Haaren, im blauen Top, die links steht. Ihre Mutter heißt Melissa.«

»Kein Problem.« Er öffnete die Autotür. »Bin gleich wieder da.«

Ich ließ mein Fenster runter und die Hitze strömte herein. Ich sah zu, wie Atlas ein paar Eltern in den Abholbereich folgte.

Er ging auf das Mädchen zu, das Laura benannt hatte, und sprach es an. Das Kind wich zurück und Atlas machte einen Schritt auf es zu, griff nach seiner Hand. Das Kind schrie und ein Mann stellte sich zwischen es und Atlas.

Zwei weitere Erwachsene eilten herbei. Atlas riss die Hände hoch und zeigte auf unser Auto. Ich steckte mein Handy ein und winkte.

Laura sagte: »Hast du das auf Video?«

»Ja.«

»Was willst du damit machen?«

Ich fuhr das Fenster wieder hoch. »Reden wir später.«

Atlas riss die hintere Tür auf. »Was zur Hölle war das? War das das richtige Kind?«

»Dachte ich, sie sah ihr ähnlich, aber Melissa hat gerade geschrieben, dass ihre Mutter sie abgeholt hat. Sorry, dass ich das verpasst habe.«

Atlas sagte: »Schon gut. Wie geht's deinem Magen?«

»Ein bisschen besser, aber ich glaube, auf ein Boot zu gehen, ist gerade keine gute Idee.«

Ich sagte: »Schon okay. Wir setzen dich ab und Atlas und ich fahren für eine Weile raus.«

————

NACHDEM WIR LAURA in einer anderen Wohnanlage abgesetzt hatten als der, in der sie wohnte, sagte ich: »Bist du bereit zum Angeln?«

»Auf jeden Fall, Mann. Lass uns loslegen.«

»Ich muss noch einen Stopp machen. Wenn das okay für dich ist?«

»Klar, Mann.«

Als wir nach Osten fuhren, stöhnte ich: »Mein verdammtes Bein macht wieder Zicken.«

»Kannst du immer noch angeln gehen?«

Als ich in eine Mobilheim-Siedlung einbog, sagte ich: »Hoffentlich. Ich muss das echt schonen.«

Ich hielt gegenüber von einem blauen Mobilheim mit einer Eingangstür ohne Fliegengitter. Ich streckte mich zum Handschuhfach und stöhnte: »Kannst du den Umschlag rausholen?«

Atlas öffnete das Fach.

Ich rutschte auf meinem Sitz hin und her und sagte: »Kannst du mir einen Gefallen tun und das für mich abgeben?«

»Klar, kein Problem.«

»Super, gib's einfach dem Typen, der die Tür aufmacht.«

Atlas stieg aus, und ich fing an, mit meinem Handy zu filmen. Er klopfte an, und eine Minute später machte Plas Berry auf. Atlas gab ihm den Umschlag und deutete auf mich, bevor er zum Wagen zurückkam.

»Der Typ wollte wissen, was das war.«

»Irgendwas, das ein befreundeter Anwalt mich gebeten hat abzugeben, irgendeine Zustellung oder irgendwas mit 'ner Klage.«

»'Ne Klage?«

»Ich weiß es nicht so genau, ich tue nur einem Freund einen Gefallen. Lass uns aufs Wasser.«

22

TYLER CRANE SAß AN EINEM TISCH VOR DEM KILWINS IM
Mercato. Vielleicht lag es an der Eiswaffel, an der er leckte,
aber trotz seiner vierundzwanzig Jahre war Tyler in meinen
Augen ein Kind. Wie ich hatte er seine Mutter tragisch
verloren. Da endete allerdings die Gemeinsamkeit. Um zu
überleben, musste ich straßenschlau werden, Tyler war
grüner als ein Granny-Smith-Apfel.

»Hey, Tyler.«

»Oh, hi, Beck.«

»Lass uns ein Stück gehen.«

Er nahm einen letzten Schlecker von seiner Waffel und
warf den Rest in den Müll.

Wir schlängelten uns durch einen endlosen Strom von
Touristen in Richtung Tap 42.

Tyler sagte: »Mein Vater meinte, er war wieder auf
deinem Boot.«

»Stimmt. Gehört alles zum Plan.«

»Also, wann passiert's?«

»Bist du dir immer noch sicher, dass du das durchziehen willst?«

»Ja, warum fragst du?«

»Ab hier wird's hart.«

»Solange er dafür in den Knast geht, dass er Mama umgebracht hat, ist mir egal, was passiert.«

»Hast du da geparkt, wo ich dir gesagt habe?«

»Ja.«

»Komm, wir gehen rüber.«

Wir gingen schweigend an der Seite von Rocco's Tacos entlang.

In der Nähe der Einfahrt zum Parkhaus fragte ich: »Wo steht dein Auto?«

Er deutete auf einen silbernen Honda Civic. Wir stiegen ein und er griff hinter den Fahrersitz und holte einen Laptop von der Rückbank.

Tyler tippte den Entsperrcode ein. »Hier.«

Ich nahm ihn entgegen. »Bist du sicher, dass du das durchziehen willst?«

»Ja, aber jetzt machst du mir Angst.«

»Das ist deine letzte Chance auszusteigen.«

»Nein. Er muss dafür bezahlen, dass er Mama umgebracht hat.«

Ich kramte einen USB-Stick aus meiner Tasche.

»Was ist das?«

»Musst du nicht wissen.«

Ich spielte die Dateien auf den Laptop seines Vaters.

Als ich ihm den Laptop zurückgab, sagte ich: »Spar dir, da reinzuschauen. Das ist mit einem militärischen Protokoll verschlüsselt.«

»Militärisches Protokoll? Was zum Teufel ist das?«

»Bring das sofort zurück ins Haus. Er darf nicht merken, dass es weg war.«

»Mach ich.«

»Ich mein's ernst. Fahr direkt zu ihm und leg den Laptop zurück. Achte darauf, dass er exakt da liegt, wo du ihn gefunden hast.«

»Okay.«

Ich zog ein Wegwerfhandy heraus und gab ihm die Nummer. »Schick mir jetzt ein Foto von deiner Mutter.«

»Was für ein Foto?«

»Egal, aber eins aus der Zeit, als sie ermordet wurde, wäre gut.«

Er scrollte durch sein Handy. »Das ist ein gutes. Das war ein Abzug und ich hab's mit dem Handy abfotografiert. Ich erinnere mich an den Tag, sie hatte richtig gute Laune.«

»Schick's.«

»Was machst du damit?«

»Schick's einfach.«

Das Wegwerfhandy vibrierte. Ich öffnete die Nachricht und schaute mir das Foto seiner Mutter an.

»Okay. Ich muss los. Fahr direkt zu deinem Vater.«

Ich ging zum Parkplatz von Whole Foods und stieg in mein Auto. Auf dem Wegwerfhandy hängte ich das Foto von Ana Crane an eine Nachricht.

Bevor ich sie schickte, fügte ich eine Botschaft hinzu: *Atlas, wir wissen, dass Sie sie getötet haben. Es ist Zeit zu gestehen.* Gerade als ich auf die Route 41 abbiegen wollte, pingte das Wegwerfhandy. Es war eine Antwort von Atlas: *Wer zur Hölle ist das?*

Ich warf das Handy auf den Beifahrersitz und lächelte.

———

DA DER SUGAR Shack der Downtown von Bonita Springs neues Leben eingehaucht hatte, fand ich zwei Blocks weiter einen Parkplatz. Auf der Bühne spielte eine Rockband, die eher Richtung Country ging. Ich suchte mir einen Tisch so weit hinten wie möglich und bestellte einen Tito's auf Eis.

Bevor mein Drink kam, zog Detective Moreno einen Stuhl heran. »Mann, die Musik ist hier höllenlaut.«

Ich winkte der Bedienung. »Und wie.«

Moreno bestellte ein Bier und sagte: »Also, was ist so heikel, dass du's mir nicht am Telefon sagen konntest?«

»Ich wollte dir etwas zeigen.«

»Was hast du?«

Ich hob die Hand und wartete, bis unsere Getränke abgestellt waren.

Moreno hob sein Glas. Ich stieß an und nahm einen Schluck von meinem Wodka.

Ich rückte mit meinem Stuhl näher heran und hielt mein Handy verdeckt in der Hand. »Schau dir das hier an.«

Ich ließ das Video laufen, das ich von Atlas Crane an der Naples Community School aufgenommen hatte.

»Was geht da ab?«

»Könnte eine versuchte Kindesentführung gewesen sein.«

Moreno rümpfte die Nase. »Mitten am helllichten Tag, mit Zeugen?«

»Er hat den anderen wohl gesagt, er holt sie im Auftrag der Mutter ab.«

»Wer ist der Typ?«

»Genau das ist der Punkt. Erinnerst du dich an den Mord an Ana Crane in den Livingston Estates vor ein paar Jahren?«

»Der, bei dem der Ehemann angeklagt wurde?«

»Ja. Der Typ ist der Ehemann, Atlas Crane. Er kam davon, als ein Schlüsselzeuge vor seiner Aussage bei einem Autounfall starb.«

Er nickte. »Stimmt, jetzt erinnere ich mich.«

»Ich finde, du solltest die Abteilung für Sexualdelikte einschalten.«

»Wenn das alles ist, was du hast, lachen die mich aus.«

»Nein, ich habe noch mehr. Schau dir das an.«

Ich spielte das Video ab, auf dem Atlas Crane dem Mann im Wohnwagen den Umschlag übergab.

»Okay. Was sehe ich mir da an?«

»Das ist wieder Atlas Crane, und der Mann, dem er den braunen Aktenumschlag reicht, ist John Hack.«

»Und was macht das so wichtig?«

»John Hack ist ein verurteilter Sexualstraftäter. Er hat mit Kinderpornografie gehandelt.«

Moreno schüttelte den Kopf. »Bastarde.«

»Man hat mir gesagt, Atlas Crane steckt im Vertrieb von Kinderpornos mit drin. Das ist etwas, dem du nachgehen musst.«

»Du weißt, wir bräuchten Beweise, um tätig zu werden, und diese Videos sind bestenfalls Indizien.«

»Ich habe außerdem den Tipp bekommen, dass Crane bei CubeSmart Self Storage eine Lagerbox hat, die er unter einem Alias gemietet hat. Wahrscheinlich hat er da einen Vorrat von dem Dreck liegen.«

»Wer hat dir das gesagt?«

»Mehr kann ich nicht sagen, außer dass die Quelle vertrauenswürdig ist. Jemand, der bisher jedes Mal richtiglag.«

»Mit dem, was du hast, wird es schwer, einen Durchsuchungsbefehl für eine Box zu bekommen.«

»Schau dir das hier an.«

Ich spielte ihm ein Video vor, das den Sexualstraftäter John Hack und einen anderen Mann bei CubeSmart Self Storage zeigt.

»Das ist derselbe Mann aus dem Wohnwagen. Wer ist der andere?«

»Steve Weintraub. Auch ein verurteilter Sexualstraftäter. Hat sechs Jahre wegen des Besitzes von Kinderpornografie abgesessen.«

Er verzog das Gesicht. »Was zum Teufel haben diese kranken Schweine von so 'nem Dreck?«

»Die sind psychisch krank. Solche Leute kannst du nicht ändern.«

»Weißt du, ich könnte nie im Dezernat für Sexualdelikte arbeiten. Das geht einem noch mehr an die Nieren als Mord.«

»Geht auf Magen und Kopf.«

»Bist du sicher, dass Crane diese Box für Pornos nutzt?«

Ich zog zwei Dokumente aus meiner Tasche und sagte: »Überzeug dich selbst. Er hat einen Führerschein mit seinem Foto, aber unter anderem Namen benutzt, um die Box zu mieten. Warum solltest du das tun, wenn du nichts zu verbergen hättest?«

Moreno begutachtete die Dokumente. »Das ist eine hochwertige Fälschung.«

Der Detective hatte recht, aber Igors Laden lieferte nun mal makellose Fälschungen. »Kannst du das Sex-Dezernat zu einer Razzia bewegen, um zu sehen, was in der Box ist? Es wäre großartig, diese Typen von der Straße zu holen.«

»Wir haben Durchsuchungsbefehle auch schon durchbekommen, wenn ein vertraulicher Informant eine Erfolgsbilanz hat. Gib mir die Quelle, dann sehe ich, was sich machen lässt. Wenn sie das vor Richter Kennedy bringen könnten, würde er einen Befehl unterschreiben.«

»Ich kann die Quelle nicht offenlegen. Außerdem brauchst du für den Richter den Namen des Informanten nicht.«

»Stimmt, aber bei den Jungs vom Sex-Dezernat halte ich dafür meinen Kopf hin.«

»Ich vertraue diesem Informanten. Es wird kein Reinfall, versprochen.«

»Ich weiß nicht.«

»Komm schon, Mo. Habe ich dich je auf die falsche Fährte geführt?«

23

ZWEI SCHWARZE SUVs BOGEN VON DER AIRPORT PULLING Road ab und rasten den World Trade Center Way hinunter. Detective Moreno, der im führenden Wagen saß, sagte: »Es ist direkt bei Smith and DeShields.«

Robert Ryan, der die Aktion leitete, deutete auf ein Gebäude mit rotem Dach. »Alles klar, los geht's.«

Er bog in die Einfahrt von CubeSmart Self Storage ein und hielt neben dem Büro des Unternehmens.

Er sagte: »Moreno, das ist Lagerbox 47A, oder?«

»Ja. Sieht so aus, als wär's rechts.«

Ryan ging für eine Minute ins Büro. Er kam heraus, als das Tor aufging.

Der Einsatzleiter lenkte zwischen zwei Gebäuden hindurch. Jeder Betonblockbau hatte ein Dutzend roter Garagentore. Er nahm Tempo raus und hielt vor der vorletzten Box. »Das ist es.«

Aus jedem der Fahrzeuge stiegen zwei Männer aus. Alle zogen Handschuhe an. Ein Beamter mit einem Bolzenschneider knackte das Vorhängeschloss. Eine behandschuhte Hand riss am Griff, und das Garagentor rollte hoch.

Die Stahlwände des golfcartgroßen Raums waren mit Pappkartons gesäumt. Ryan zeigte auf einen Aktenschrank. »Moreno, willst du dir den vornehmen?«

»Hab ich.«

»Ihr zwei, kümmert euch um die Kisten.«

Als die Beamten hineintraten, drehte Ryan sich um. »Wir haben Gesellschaft.«

Ein weißer Van mit dem WINK-News-Logo fuhr vor.

Ryan sagte: »Wer zum Teufel hat das durchgestochen?«

Während Moreno mit dem Schloss des Aktenschranks kämpfte, ging Ryan auf eine Frau zu, die aus dem Van stieg. »Bleiben Sie in Ihrem Fahrzeug!«

»Wir beobachten nur. Können Sie uns sagen, wonach Sie suchen?«

»Mehr kann ich nicht sagen; wir vollstrecken einen Durchsuchungsbeschluss.«

Der Kameramann, der sie begleitete, wuchtete seine Videokamera auf die Schulter und richtete sie auf die betreffende Box.

Die Reporterin fragte: »Wem gehört die Box?«

»Dazu äußere ich mich nicht weiter.«

»Wir kommen schon an die Infos, Officer.«

»Bleiben Sie zurück, sonst lasse ich Sie wegen Behinderung festnehmen.«

»Können Sie uns nicht ein kleines bisschen dazu sagen?«

»Halten Sie Abstand und bleiben Sie, wo Sie sind. Reizen Sie mich nicht. Kommen Sie noch einen Zentimeter näher, lege ich Ihnen beiden Handschellen an.«

Moreno hebelte das Schloss heraus und öffnete die

oberste Schublade. Leer. Er knallte sie zu und zog die nächste auf.

»Ich glaub, wir haben was.«

Moreno machte Fotos, während Ryan herüberkam.

Der Einsatzleiter fragte: »Sind das Festplatten?«

»Jep. Siehst du die Etiketten?«

Auf allen stand »Vertraulich«.

Moreno hob eine auf und drehte sie um. »Was soll das heißen?«

Darauf klebte ein Aufkleber mit einem Pfirsich.

Ryan sagte: »Das ist Pädo-Code für den Hintern eines Kindes.«

»Jesus.« Moreno nahm eine zweite heraus und drehte sie um.

»Sogar ich weiß, was Jalapeño heißt.«

»Pack die Platten ein.«

Moreno steckte sie in Asservatenbeutel und öffnete die letzte Schublade. Ein Manilakuvert mit der Aufschrift »Spezialsammlung« starrte ihn an. Er machte ein Foto und drehte es um. Ihm wurde schlecht, als er sah, was mit Edding darauf stand: »Unter sechs Jahren«.

Er nahm den Umschlag, hob die Lasche an und sah hinein. Leer. Er steckte ihn in einen Beutel und schloss die Schublade.

Ryan kniete neben einem Werkzeugkasten. Er zog ein Polaroid-Foto daraus, als ein anderer Beamter sagte: »Wir haben ein Handy.«

Ryan schüttelte den Kopf und sagte: »Ich fordere noch eine Einheit an.«

Zwei Stunden später zog ein Beamter das Garagentor herunter und versiegelte es mit Absperrband. Die Reporterin rief Fragen hinterher, während das Zugriffsteam in die Fahrzeuge stieg.

Zurück im Sheriffbüro von Collier County holten sie sich Kaffee und setzten sich um einen Konferenztisch.

Ryan nahm ein Klemmbrett in die Hand. »Gehen wir durch, was wir haben, und überlegen wir uns den nächsten Schritt.«

»Wir haben fünf Kisten mit neuem Spielzeug und Kuscheltieren.«

»Diese Schlange benutzt das, um Kinder anzulocken.«

»Wahrscheinlich, aber das ist verdammt viel Spielzeug. Wie viele Kinder hat dieser Bastard im Visier?«

»Was ist mit dem Handy?«

»Ein Wegwerfhandy, nur mit einem Kontakt: Willie Wonka.«

»Das ist ein richtig kranker Wichser. Am liebsten würd ich …«

»Die Forensik schaut sich das genauer an, aber sie haben einen Entwurf für eine nie versandte SMS gefunden. Darin wurde eine neue Lieferung angefordert.«

»Beliefert der Typ andere oder will er Pornos kaufen?«

»Noch unklar, aber die Karten mit markierten Schulen und Spielplätzen sind verdammt beunruhigend. Genau wie die Fotos von Kindern.«

»Die aus dem Venetian Village wurden mit einem starken Teleobjektiv geschossen. Vielleicht wohnt dieser Arsch da in der Nähe.«

Moreno sagte: »Wir haben genug, um ihn festzunehmen.«

24

MIT DER FERNBEDIENUNG REGELTE ICH DIE LAUTSTÄRKE DES Fernsehers und ging in die Küche.

Laura wusch im Spülbecken Spinatblätter und sagte: »Was ist mit dir los? Der Fernseher ist irre laut.«

»Ich will was in den Nachrichten sehen.«

Ich warf einen Blick auf den Fernseher. Hinter einem Pult sitzend sagte ein Nachrichtensprecher: »Den Wetterbericht fürs Wochenende gibt's gleich, nachdem wir Ihnen diese aktuelle Entwicklung gebracht haben. Schalten wir zu Katherine Rigby.«

Ich rannte ins Familienzimmer und setzte mich vor den Fernseher, als der Bildschirm das Bild einer Reporterin füllte. »Danke, Bill. Ich stehe hier vor dem CubeSmart Self Storage an der World Trade Center Way.«

»Die Abteilung für Sexualdelikte des Collier County hat einen bestimmten Container durchsucht.«

Videomaterial, auf dem Beamte Kartons und Tüten mit Beweismitteln trugen, ersetzte die Reporterin, die sagte:

»Die Ermittler haben die Lagerbox ausgeräumt und den Inhalt in ihre Lieferwagen geladen.«

»Wir haben den mutmaßlichen Einsatzleiter um ein Statement gebeten, aber er wollte nicht mit uns reden. WINK News konnte die Person identifizieren, die die Box bei CubeSmart Self Storage gemietet hat: einen gewissen Mr. Morris Fry.«

»WINK News versucht, Mr. Fry zu erreichen, bislang ohne Erfolg. Sobald wir mehr wissen, melden wir uns mit Details zur Beschlagnahme.«

Als der Nachrichtensprecher sagte: »Sieht so aus, als stünde uns ein Bilderbuch-Wochenende bevor. Den Wetterbericht gibt's gleich nach der Werbepause«, kam Laura ins Zimmer. »Hat diese Lagergeschichte irgendwas mit dir zu tun?«

»Nein.«

»Warum schaust du das dann?«

Sie war schwer an der Nase herumzuführen, aber ich schaltete schnell: »Detective Moreno meinte, er kommt im Fernsehen.«

»Oh. Hast du ihn gesehen?«

Ich schaltete die Nachrichten aus. »Ja, er hat was getragen, das sie aus einer Lagerbox beschlagnahmt haben.«

»Du triffst ihn später, oder?«

»Er will sich auf einen kurzen Drink treffen.«

»Warum?«

Sie wäre eine gute Verhörerin, aber ich bin von Natur aus gerissen. »Keine Ahnung, vielleicht will er sich in seinem TV-Auftritt sonnen.«

»Aber du hast ihn doch neulich erst gesehen.«

»Ja, aber vielleicht hat er Infos zu Bev. Er war derjenige, der sie bis nach Orlando aufgespürt hat.«

»Glaubst du, du findest sie?«

Mit den Schultern zuckend sagte ich: »Hoffentlich. Ich muss bei Dawn nach dem Rechten sehen. Es ist eine Woche her, dass ich Zeit hatte, dort mal kurz vorbeizuschauen.«

Sie verzog das Gesicht.

Ich sagte: »Was?«

»Du hast sie mir irgendwie aufs Auge gedrückt.«

»Nein, nein, nein. Das stimmt nicht. Ich schätze alles, was du für sie tust, aber ich habe das alles ins Rollen gebracht.«

»Das alles?«

»Na ja, dass ich sie gefunden habe und dafür sorge, dass sie und Abby nicht wieder auf der Straße landen. Ist mir egal, wenn ich dafür zahlen muss.«

»Dir ist schon klar, dass es nicht nur ums Geld geht. Dawn braucht ein Dach überm Kopf und was zu essen im Kühlschrank, aber noch wichtiger ist, dass sie jemanden braucht, dem sie vertrauen kann, jemanden, der sie an die Hand nimmt. Ihre Mutter hat sie verlassen, und auch wenn es beeindruckend ist, wie sie es geschafft hat zu überleben – um wirklich voranzukommen, braucht sie die Werkzeuge, um anständig ihren Lebensunterhalt zu verdienen, eine gute Mutter zu sein und sozial mit dem Rest der Welt klarzukommen.«

Ich starrte Laura an. Sie klang wie eine Sozialarbeiterin. »Ich weiß, dass es nicht nur ums Geld geht. Sie braucht ein stabiles Umfeld, und wenn wir Bev finden, schadet das nicht.«

»Bist du dir da sicher? Nach dem, was ich von dir gehört habe, hat Bev ihre ganz eigenen Baustellen.«

»Bestimmt, aber ich kann nicht zulassen, dass sie in dem Leben festhängt, in dem sie jetzt steckt.«

»Ich verstehe das, aber so schön es klingt: Bev wieder mit Dawn zusammenzubringen, muss für Dawn und Abby nicht gut sein.«

Ich warf die Hände hoch. »Was soll ich denn machen? Bev vergessen? Das kann ich nicht noch mal.«

»Ich sage nicht, dass du sie vergessen sollst, ich will nur, dass du verstehst, wie kompliziert das ist. Du musst …«

»Ich kann jetzt nicht darüber reden, ich muss zu Moreno.«

———

ROTE STREIFEN ZOGEN über den Himmel, als ein schmaler Sonnenstreifen den Horizont krönte. Auf einem Stuhl am äußersten Ende des Gumbo Limbo hockend nippte ich an meinem Wodka und wartete auf Detective Moreno.

Moreno winkte, als er herüberschritt. Er trug Shorts und ein Tommy-Bahama-Hemd. Wir schüttelten uns die Hand und er bestellte ein Bier.

Er sagte: »Ich war schon länger nicht mehr hier. Die Aussicht ist die beste in der ganzen Stadt.«

»Stimmt, aber in der Saison ist es zu voll. Eine Stunde auf einen Tisch warten? Mach ich nie im Leben.«

»Die meisten, die warten, wohnen eh hier, also ist das für die wohl kein großes Ding.«

»Und das Ritz verkauft ihnen währenddessen Drinks für zwanzig Dollar.«

Er fragte: »So viel nehmen die?«

»Keine Sorge, geht auf mich.«

Der Kellner brachte Morenos Bier und verschwand.

Ich senkte die Stimme. »Also, erzähl mir von der Razzia.«

Moreno nahm einen Schluck und sagte: »Sieht so aus, als wären die Infos, die du geliefert hast, erstklassig.«

Ich lächelte. »Hast du was anderes erwartet?«

Er schnaubte. »Wir haben eine Menge scheinbar belastenden Materials gefunden, darunter ein paar Festplatten.«

»Was war drauf?«

»Keine Ahnung. Die sind mit einer Verschlüsselung auf Militärniveau gesichert. Vielleicht müssen wir das FBI um Hilfe bitten.«

»Wow. Das ist verdächtig. Sonst noch was?«

»Wir haben haufenweise Fotos von Kindern gefunden und Karten, auf denen Schulen und Spielplätze markiert waren.«

»Jesus, der Typ ist ein übler Pädophiler.«

Moreno nickte. »Er hatte kistenweise Spielzeug und Aufkleber, von denen die Abteilung für Sexualdelikte sagte, dass sie in der Kinderpornoszene als Code gelten.«

Ich stieß die Luft aus. »Dieser Scheiß macht mich krank.«

»Da bin ich ganz bei dir.«

»Noch was Interessantes?«

»Ein Wegwerfhandy, aber nur mit einem Kontakt. Und halt dich fest: Der Kontakt war Willie Wonka.«

»Habt ihr mal geschaut, ob irgendwer diesen Alias benutzt?«

»Ach komm, klar haben wir das, aber wir haben nichts gefunden.«

»So war es nicht gemeint.«

Er nickte. »Wir gehen das Handy durch, um zu sehen, ob man Gelöschtes wiederherstellen kann.«

»Der Typ ist vielleicht mit dem Mord an seiner Frau davongekommen, aber jetzt kriegst du ihn dran.«

»Hast du irgendwem von der Razzia erzählt?«

»Ich? Wem denn?«

»Hast du Mario was gesagt? Larson?«

»Nein. Ich hab's für mich behalten. Warum?«

»Minuten nachdem wir bei der Lagerhalle vorgefahren sind, ist ein Übertragungswagen von WINK News aufgetaucht.«

Meine Augen wurden groß. »Echt jetzt?«

»Ja, ich dachte, du hättest vielleicht Mario was gesagt und der hätte es weitergesagt.«

»Ich hab kein Wort gesagt, und er würde das sowieso nicht tun.«

Moreno nickte. »Ich schätze, in der Abteilung für Sexualdelikte gibt es ein Leck, denn ich habe nicht mal dem Sheriff die Einzelheiten darüber gesagt, woran ich gearbeitet habe.«

»Wichtig ist, dass Crane nicht gewarnt wurde.«

»Auf jeden Fall. Wenn wir mit leeren Händen dagestanden hätten, wäre das für mich eine Katastrophe gewesen.«

»Wirst du Atlas Crane reinholen?«

»Ja. Sie warten nur noch ab, ob sie von den Festplatten und dem Handy irgendwas runterziehen können, bevor sie zuschlagen.«

25

ICH STIEG WIEDER IN MEINEN WAGEN UND SCHAUTE AUF DIE Uhr: 20:45 Uhr. War es zu spät, kurz bei Dawns Wohnung vorbeizuschauen? Sie hatte Abby inzwischen bestimmt ins Bett gebracht, aber wenn ich hinfuhr, weckte ich das Baby vielleicht auf.

Vergiss es. Ich versuch's morgen.

Ich startete den Wagen und öffnete das Handschuhfach. Ich holte das neue Wegwerfhandy aus der Verpackung.

Nachdem ich es aktiviert hatte, tippte ich eine Nachricht an Atlas Crane: »*Gesteh, dass du deine Frau, Ana, ermordet hast, sonst wirst du es bereuen. Glaub mir, für dich wird's noch viel schlimmer.*«

Ich drückte auf Senden und fuhr vom Bordstein weg.

Bevor ich zur nächsten Ampel kam, piepte das Wegwerfhandy. Ich grinste und nahm Tempo raus, um die nächste rote Ampel mitzunehmen.

Atlas Crane hatte geantwortet: »*Verpiss dich! Du Arschloch!*«

Ich tippte eine Antwort: »*Das ist kein Spiel. Gesteh den Mord an deiner Ex-Frau, solange du noch Zeit hast.*«

»*Wovon redest du? Ich bin unschuldig.*«

»*Wir beide wissen, dass du bis zum Hals schuldig bist.*«

»*Fick dich!*«

»*Wirst du gestehen?*«

»*Ich hab gesagt: Fick dich!*«

Das Auto hinter mir hupte, als ich bei meiner letzten Antwort auf Senden drückte: »*Du lässt mir keine Wahl.*«

Ich gab Gas und fuhr ein paar Meilen auf der Route 41, bevor ich auf den Parkplatz eines Walmarts einbog. In einer abgelegenen Ecke ließ ich den Wagen ausrollen, wählte eine Nummer und hielt mir einen Stimmenverzerrer vor den Mund.

Der WINK-News-Reporter ging ran: »Hallo?«

»Vertrauen Sie mir jetzt?«

»Wer ist da?«

»Derjenige, der Ihnen den Tipp zur Razzia bei CubeSmart Storage gegeben hat.«

»Oh. Danke. Haben Sie noch mehr?«

»Der Lagerraum gehört Atlas Crane. Er hat ihn mit einem gefälschten Ausweis gemietet.«

»Atlas Crane? Sind Sie sicher?«

»Zu tausend Prozent.«

»Woher wissen Sie das?«

Ich beendete das Gespräch und legte das Wegwerfhandy und den Stimmenverzerrer ins Handschuhfach. Mit meinem normalen Handy wählte ich eine weitere Nummer.

Atlas Crane meldete sich schon beim ersten Klingeln. »Beck?«

»Hey, Atlas, ich weiß, es ist spät, aber ich hab gerade

beschlossen, morgen angeln zu gehen, und wollte fragen, ob du mitkommen willst.«

Er zögerte. »Ähm, ich weiß nicht.«

»Was ist los? Du klingst gestresst oder so.«

»Ist nichts. Vergiss es.«

Sein finsterer Blick war leicht vorstellbar.

»Du kannst es mir sagen, Mann. Vielleicht kann ich helfen.«

Es verging eine lange Pause, bevor Atlas sagte: »Ich kriege diese verrückten Anrufe, also … es sind eigentlich Nachrichten. Aber das ist alles.«

»Wie meinst du das? Von wem?«

»Keine Ahnung.«

»Was schreiben die?«

»Jede Menge Scheiß, dass ich meine Frau umgebracht hätte und ich gestehen soll, sonst würden sie irgendwas tun.«

»Gestehen, dass du deine Frau getötet hast? Das ist doch irre.«

»Ich weiß. Ich hab ihnen gesagt, sie sollen sich verpissen, aber …«

»Vergiss die. Klingt nach 'nem Spinner, der eine Rechnung offen hat.«

»Wahrscheinlich hast du recht, aber das Ganze fühlt sich komisch an, weißt du?«

»Versteh ich, das macht dich nervös.«

»Ich weiß nicht, warum, aber ja.«

»Komm morgen mit aufs Boot, das ist genau das, was du brauchst.«

»Das klingt richtig gut.«

»Morgens hab ich was vor. Wie wär's, wenn wir uns so

gegen zwei treffen? Wir angeln ein paar Stunden und gehen danach noch was essen.«

»Ich freu mich drauf. Danke.«

»Kein Ding. Du bist wieder ganz der Alte, bevor der erste Fisch anbeißt.«

Er lachte und ich legte auf.

Ich wartete eine Stunde, bevor ich Atlas eine SMS schickte: »*Wenn du nicht gestehst, deine Frau getötet zu haben, wird man dir was noch Schlimmeres anhängen, viel schlimmer. Die Zeit läuft ab.*«

Seine Antwort kam sofort: »*Lass mich verdammt noch mal in Ruhe.*«

Ich schrieb zurück: »*Wir kriegen dich dran, also gesteh lieber, sonst wird's noch schlimmer für dich.*«

»*Hau ab, was soll schlimmer sein, als einen Mord zuzugeben? Zumal ich's nicht war.*«

»*Doch, das warst du. Und wenn du glaubst, es wird nicht zehnmal härter für dich, dann probier's aus.*«

»*Bitte lass mich in Ruhe.*«

Auf einmal hatte Atlas Manieren. Ich wartete, bis ich gerade ins Bett klettern wollte, bevor ich ihm vom Wegwerfhandy noch eine Nachricht schickte. Die letzte des Tages war kurz: »*Ticktack.*«

26

ICH SPRANG AUS DEM BETT. TOBY FOLGTE MIR IN DIE KÜCHE. Ich setzte die Kaffeemaschine auf, schnappte mir seine Leine und ein Wegwerfhandy.

Ich schaltete das Wegwerfhandy ein und sagte: »Komm, Großer. Wir gehen Gassi.«

Die Sonne lugte gerade über die Baumreihe, als Toby sich hinhockte. Während er sein Geschäft machte, schickte ich eine SMS an Atlas: »Dir bleibt nicht mehr viel Zeit, es aufzuhalten. Wirst du den Mord gestehen?«

»Niemals. Ich hab's nicht getan.«

»Du verdrängst es, und die Zeit ist fast um.«

»Mit deinem Scheiß legst du mich nicht rein.«

»Das ist kein Spiel, Atlas. Ich weiß, es ist hart, sich was Schlimmeres vorzustellen, als ein Mörder zu sein, aber du wirst es bereuen.«

Mit einem Kotbeutel hob ich auf, was Toby hinterlassen hatte, und knotete die Tüte zu. Ich gab ihm ein Leckerli und wir gingen zurück zum Haus.

Uns schlug der Duft von Kaffee entgegen. Ich goss mir

eine Tasse ein und dachte, dass ich ein paar Stunden frei hätte. Mit meinem normalen Handy rief ich Dawn an.

»Guten Morgen, Dawn.«

»Hey, wie geht's, Beck? Alles okay?«

»Ja. Alles gut. Ich wollte kurz vorbeikommen; bist du da?«

»Wann?«

»In 'ner Weile.«

»Äh, okay. Schätze schon.«

Ich war in weniger als einer halben Stunde da. Dawn war noch im Pyjama und es roch nach Pommes.

Nach einer kurzen Umarmung ließ ich den Blick durch den Raum schweifen.

»Ich muss aufräumen. Wollte ich auch, aber Abby hat Theater gemacht …«

Die Bude sah aus wie ein Saustall. Überall lagen Klamotten, und der Couchtisch war vollgestellt mit dreckigen Tellern und einer leeren Pizzaschachtel.

»Du kannst leben, wie du willst, aber pass auf, denn Abby wird sich deine Gewohnheiten abgucken.«

Ihre Augen funkelten vor Wut. »Ich war beschäftigt.«

»Wie läuft die Arbeit?«

Sie zuckte mit den Schultern. »Die haben mir so viel aufgebrummt, das stresst mich total.«

»Ich dachte, es wäre 'ne gute Idee, 'ne Ausbildung im medizinischen Bereich zu machen.«

»Medizinisch?«

»Weißt du, so was wie Röntgenassistentin oder jemand, der Ultraschall macht.«

»Schule ist nicht so meins, und außerdem muss ich mich um Abby kümmern.«

»Wir kriegen schon was für Abby hin. Ehe du dich

versiehst, geht sie selbst zur Schule und du hast massig Zeit.«

»Wenn es so weit ist, sehe ich zu, dass ich was anderes mache.«

Ich war versucht zu fragen, ob das auch die Wäsche einschließt, die sich vor dem Bad stapelte. »Du kannst nicht bis dahin warten. Du musst vorher die Weichen stellen, wenn du Erfolg haben willst. Fang jetzt an, dann bist du bereit, wenn es so weit ist.«

»Mir passt's so, wie es ist.«

»Hör zu, nimm's mir nicht krumm, aber diese Wohnung, das Essen und alles – das könntest du von deinem Gehalt nicht bezahlen.«

»Reib mir das nicht unter die Nase, okay? Ich hab dich nicht um Hilfe gebeten.«

»Weiß ich. Ich helfe euch gern. Ich will nur, dass du und Abby ein gutes Leben habt.«

»Wir kommen klar.«

Mein Handy pingte – eine SMS. Detective Moreno wollte wissen, ob ich frei zum Reden wäre.

Ich antwortete und sagte zu Dawn: »Ich muss los. Ich glaube, Laura schaut später vorbei.«

»Okay.«

»Denk über das nach, was ich gesagt habe – lern 'nen technischen Beruf, damit du vernünftig deinen Lebensunterhalt verdienen kannst.«

Sie verdrehte die Augen. Ich verabschiedete mich, ging nach draußen und fragte mich, ob das der Kram ist, mit dem sich Eltern rumschlagen müssen.

Ich wich einem Rasensprenger aus, sprang in meinen BMW und rief Moreno an.

»Hey, Mo, was geht?«

»Weil du uns überhaupt erst auf Crane gebracht hast, wollte ich dir sagen, dass wir ihn reinholen.«

»Gut. Weiß er's?«

»Noch nicht. Wir beobachten sein Haus und schicken um zwölf einen Wagen zu ihm.«

»Was ist mit einem Durchsuchungsbefehl? Habt ihr nicht Angst, dass er Beweise vernichtet?«

»Die meinten, wir hätten nicht genug, um einen Beschluss zu kriegen.«

»Kam von der Spurensicherung nichts?«

»Noch nichts.«

»Wie meinst du das? Was ist mit den Festplatten?«

»Selbst die Feds konnten die Verschlüsselung nicht knacken. Sie arbeiten noch dran, aber wir verlassen uns nicht drauf.«

»Der muss da richtig krasses Zeug draufhaben, wenn er so weit geht, es zu verstecken.«

»Das denken wir auch, und deswegen wollen wir mit ihm reden. Vielleicht knickt er ein.«

»Weiß nicht. Wenn der Typ in einem Mordprozess die Nerven behalten hat, wird er euch wahrscheinlich nicht viel liefern.«

»Das finden wir heute Nachmittag raus.«

»Ich wünschte, ich könnte Mäuschen spielen.«

Ich beendete das Gespräch und machte noch einen Anruf. In dem Wissen, dass ein entscheidendes Element meines Plans eintreten würde, raste ich nach Hause.

27

Toby wartete an der Tür zur Garage im Hausinnern. Er legte seine Pfoten auf meine Oberschenkel, und ich kraulte ihm den Kopf.

»Komm schon, Junge. Willst du mitfahren?«

Toby bellte, als ich ihm die Leine einklinkte.

»Wie wär's, wenn wir in den Park fahren?«

Ich fuhr zum North Collier Regional Park und ging, das Handy in der Hand, mit Toby spazieren. Als wir von den Fußballfeldern zurückkamen, kam eine SMS rein. Darin stand, dass sie in wenigen Minuten da sein würden.

»Los geht's, Junge.«

Toby lief vorweg zurück zum Auto. Das Timing schien perfekt. Ich fuhr auf der Livingston nach Süden und bog in die Straße ein, in der Atlas Crane wohnte.

Vor seinem Haus stand ein Wagen von WINK News. Als ich dahinter hielt, standen eine Reporterin und ihr Kameramann an der Haustür und redeten mit Atlas.

Crane trat kopfschüttelnd vor die Tür. Ich öffnete die

Autotür und hörte ihn sagen: »Keine Chance. Da liegt irgendein Fehler vor.«

»Warum hat die Polizei dann das Selfstorage-Lager durchsucht, das Sie gemietet haben?«

»Ich habe gar kein Lagerabteil.«

»Kommen Sie, Mr. Crane, Sie haben es unter falschem Namen gemietet.«

»Das ist doch verrückt. Ich checke überhaupt nicht, was hier abgeht. Das ist ein Fehler, Sie müssen mir glauben. Hier, das ist mein Freund, der weiß, was ich für ein Typ bin.«

Ich zog mir eine Baseballkappe auf und ging mit Toby hinüber, die Hand vor dem Gesicht, und sagte: »Ich will nicht vor die Kamera – und Atlas, es ist keine gute Idee, mit der Presse zu reden. Sag ihnen, sie sollen von deinem Grundstück verschwinden.«

Atlas nickte. »Ja, runter von meinem Grundstück! Sofort, bevor ich die Cops rufe.«

Die Reporterin gab dem Kameramann ein Zeichen, und sie gingen Richtung Straße.

Ich sagte: »Was wollen die?«

»Irgendein Missverständnis.«

»Was haben sie gesagt?«

Er gab einem Nachbarpaar, das sich gegenüber versammelt hatte, ein Zeichen. »Es ist ein Irrtum. Gehen Sie nach Hause.«

Er drehte sich zu mir. »Komm rein. Wir reden drinnen.«

»Ich kann nicht bleiben. Ich war mit Toby im Park und dachte, ich schaue kurz vorbei, um dir zu sagen, dass ich früher als um zwei Uhr angeln kann. Gehst du noch?«

»Heilige Scheiße!«

»Was?«

»Weißt du noch, dass ich dir erzählt habe, jemand droht mir?«

»Ja, warum?«

»Ich glaube, deshalb sind die hier.«

»Ich raff's nicht.«

Er schaute auf die andere Straßenseite, wo eine Gruppe Nachbarn mit der Reporterin redete.

»Lass uns reingehen.«

Wir traten in die Diele. Ich sagte: »Wieso ist WINK News überhaupt hier?«

»Die halten mich für so 'nen Perversling.«

»Was? Warum sollten die das denken?«

»Keine Ahnung. Die haben irgendwas erzählt von Sachen, die die Polizei in irgendeinem Lagerabteil gefunden hat, aber ich hab überhaupt keins.«

»Bist du sicher?«

»Natürlich bin ich sicher. Das ist irgendein Riesenfehler.«

»Du hast was von 'nem Typen erzählt, der dich anruft oder dir schreibt. Was hat's damit auf sich?«

»Nichts, nur irgendeine wütende Schlampe, die mir schreibt, ich soll Anas Mord gestehen, oder mir passiert was Schlimmeres.«

»Schlimmer, als zuzugeben, dass du jemanden umgebracht hast?«

Sein Handy klingelte, und er fummelte es aus der Tasche, dabei sagte er: »Ich weiß, total irre, oder?«

Ich sagte: »Geh ran. Ich wette, das sind die Leute, die dich nerven.«

»Hallo?«

»Ja, der bin ich.«

»Wie bitte? Warum?«

Ihm wich die Farbe aus dem Gesicht. »Welche Fragen?«

»Wann?«

»Was, wenn ich nicht kommen will?«

»Okay, okay. Ich komme.«

Er beendete das Gespräch. Ich sagte: »Alles okay?«

Atlas ließ den Kopf hängen.

Ich fragte: »Wer war das?«

»Die Polizei. Die schicken einen Wagen, um mich mitzunehmen.«

»Warum?«

»Die meinten, sie hätten ein paar Fragen an mich.«

»Worüber?«

»Haben sie nicht gesagt. Ich wette mit dir, es geht um Ana, was totaler Bullshit ist. Das ist längst erledigt.«

»Meinst du, die haben vielleicht neue Beweise oder so?«

»Mir egal, was die haben. Die können gar nichts machen wegen Ne bis in idem.«

»Ne bis in idem? Was ist das?«

»Man kann nicht noch mal vor Gericht gestellt werden, wenn man freigesprochen wurde – so wie ich.«

»Das ist doch super. Wovor hast du dann Angst?«

Er zuckte mit den Schultern. »Stimmt wohl.«

»Geh einfach hin und schau, was die wollen. Wenn's abdreht, nimm dir 'nen Anwalt und verklag sie wegen Belästigung.«

Er lächelte. »Gute Idee.«

»Sag mir, wie's gelaufen ist. Ich checke meinen Kalender, ob wir an einem anderen Tag angeln gehen. Vielleicht frage ich Laura, ob sie mitkommt.«

»Ja, das wär geil.«

Ich zog meine Kappe tiefer ins Gesicht, öffnete die Tür und trat nach draußen. Mit der Hand vor dem Gesicht sah ich ein Dutzend seiner Nachbarn um die Reporterin herumstehen. Die meisten drehten sich um und schauten zu uns herüber. Ein Mann zeigte die Straße hinunter.

Ein Streifenwagen kam die Straße herauf und hielt vor Atlas' Haus.

Ich sprang in meinen Wagen, während ein uniformierter Beamter aus seinem ausstieg. Ich ließ das Fenster herunter, als er zur Tür ging. Atlas machte auf, und der Beamte sagte ihm etwas. Atlas verschwand im Haus.

Eine Minute später kam Atlas heraus und folgte dem Cop zum Streifenwagen. Als er hinten in den Wagen stieg, rief einer der Nachbarn: »Sperrt den Triebtäter ein und werft den Schlüssel weg!«

Ein anderer brüllte: »Kastriert den Bastard!«

Ich fuhr einen Block weiter und hielt am Straßenrand. Mit dem Wegwerfhandy schickte ich Atlas eine SMS: *Gesteh den Mord an deiner Frau, oder du wirst es bereuen.*

28

MEIN MITSINGEN ZU STEELY DANS »PEG« WURDE VON DER Türklingel unterbrochen. Ich ließ Laura in der Küche zurück und lugte aus dem Fenster; es war Mario. Ich öffnete die Tür.

Mein Pflegebruder sagte: »Hier riecht's gut. Was kochst du?«

»Meine berühmten Koteletts. Willst du zum Abendessen dableiben?«

»Nee, kann ich nicht. Susan und ich gehen mit ihren Eltern ins Kino.«

Laura sagte: »Na, das ist doch nett. Wie oft siehst du ihre Mutter und ihren Vater?«

»Alle paar Wochen. Die sind cool. Ihr Alter ist ein richtig guter Bowler.«

»Mal 'ne Frage: Als ihr zusammengezogen seid, war das 'ne große Umstellung?«

»Weiß nicht, das ist irgendwie einfach so passiert, weißt du, wie ich meine?«

Ich wusste, dass ich mir gleich 'ne Ansage von Laura

einfange, und sagte: »Ich muss mit Mario reden. Das Wasser kocht, kannst du die Pasta reinschmeißen?«

Ein Zornblitz huschte über ihr Gesicht, aber sie sagte: »Klar.«

Ich tippte Mario gegen den Arm. »Komm, gehen wir auf die Lanai.«

Als ich die Schiebetür hinter uns schloss, fragte ich: »Wie lief's in Orlando?«

»Guck mal.«

Er reichte mir ein Foto.

»Heilige Scheiße. Das ist Bev.«

»Wo hast du das her?«

»Ich hab einem von den Albanern 'nen Tausender gezahlt.«

»Ich zahl dir das zurück.« Ich strich mit den Fingern über das Foto. »Ich fass es nicht. Siehst du die Jacke?«

»Ja.«

»Sie wollte immer Ballerina werden. Das ist großartig. Das heißt, sie lebt.«

»Ja.«

»Was ist los?«

»Wir haben ein Problem.«

»Was?«

»Weißt du noch, der falsche Führerschein auf Atlas Crane, mit dem wir das Lager gemietet haben?«

»Ja, was ist damit?«

»Rate mal, wer den Laden betreibt?«

»Das ist Blinkies.«

Mario schüttelte den Kopf. »Nö, er hat mir gesagt, er arbeitet für Igor.«

»Igor, der Russe?«

»Jep, und er ist stinksauer.«

»Scheiß auf ihn. Hat er Bev?«

»Wahrscheinlich. Aber er droht, den Bullen zu sagen, dass das Ding gefälscht war, wenn wir Druck machen.«

»Das wäre irre.«

»Ja, aber Igor ist ein irrer Wichser. Erinnerst du dich an die Scheiße, die er in Fort Myers abgezogen hat?«

»Also, er hat Bev und wenn wir Druck machen, will er uns verpfeifen?«

»So hat's mir Blinkie gesagt.«

»Warum zur Hölle würde er das machen?«

»Der ist irre.«

»Hast du rausgefunden, wo sie ist?«

»Nee, ich hab tausendmal gefragt, aber er hat nichts gesagt. Er meinte, Igor würde ihm erst die Zunge rausschneiden, bevor er ihn umlegt.«

»Was ist mit den Albanern? Hast du was rausgekriegt?«

»Sieht so aus, als hätten sie sie an Igor verkauft.«

Ich schüttelte den Kopf. »Verkauft? Hast du dafür 'ne Bestätigung?«

»Nicht genau für sie, aber zwei Leute haben mir gesagt, dass die so arbeiten. Die drücken Süchtige in die Prostitution, benutzen sie und verkaufen sie weiter, bevor sie auseinanderfallen.«

»Wir müssen Bev finden, und zwar schnell.«

»Was willst du machen?«

Laura schob die Schiebetür auf. »Die Pasta ist fertig. Ich hab Hunger, wie lange braucht ihr noch?«

»Wir kommen jetzt rein.«

Als sie sich umdrehte, senkte ich die Stimme und sagte zu Mario: »Wir können nicht riskieren, dass Igor den Crane-Fall sprengt. Also halt dich im Moment zurück. Ich muss mir das durch den Kopf gehen lassen.«

»Klar, Mann.«

Laura sagte: »Bist du sicher, dass du nicht zum Essen dableiben willst?«

»Ich kann nicht, wir treffen uns mit Susans Eltern.«

Das hatte er ihr vor fünf Minuten schon gesagt. Das war ihre Art, die Botschaft noch mal nachzuschieben.

Wir verabschiedeten uns und Mario ging. Ich wollte mit ihm gehen, schloss aber die Tür hinter ihm.

Laura kicherte.

Ich sagte: »Was ist so witzig?«

»Dich winden zu sehen.«

Ich öffnete die Kühlschranktür und nahm den Teller mit den Koteletts heraus. »Ich habe mich nicht gewunden.«

Sie schnaubte. »Doch, und wie.«

Ich gab etwas Olivenöl in die Pfanne auf dem Herd.

»Du weißt, es ist mir eigentlich egal, was andere machen. Mir geht's nur um uns.«

Ich zündete die Flamme an. »Besorgt?«

»Nicht besorgt, aber, du weißt schon, ich will einfach, dass wir vorankommen, so wie andere Paare auch.«

Ich wollte nicht herausstellen, dass sie sich selbst widersprochen hatte, was andere Leute anging. »Wir kommen doch voran.«

»Du hast meine Eltern erst so zweimal getroffen.«

Also, darum ging's ihr: ihre Familie. »Mach was mit ihnen aus, wenn dich das glücklich macht.«

»Echt?«

Ich erinnerte mich daran, wie Larson mir erzählt hatte, dass er Dingen zugestimmt hatte, um den Frieden zu wahren und seine Frau glücklich zu machen.

»Klar.«

»Wann willst du's machen? Vielleicht nächstes Wochenende?«

Ich ließ die Koteletts ins zischende Öl gleiten. »Frag sie und schau, wann sie können.«

»Egal, die werfen alles hin, um sich mit uns zu treffen.«

»Schlag einfach ein paar Termine vor und wir suchen uns einen aus.«

Sie nahm ihr Handy. Ich hätte mein ganzes Hab und Gut darauf gewettet, dass sie ihre Mutter anrief. Sie trat auf die Lanai und ich machte das Essen fertig.

WIR FINGEN AN, den Tisch abzuräumen. Ich sagte: »Die Koteletts sind heute gut gelungen.«

»Mir hat das Spinatpüree gefallen. Woher hattest du die Idee?«

Ich tippte mir an die Schläfe. »Das ist alles hier drin.«

Sie schüttelte den Kopf und ich schaute auf die Uhr. Ich ging ins Wohnzimmer, um den Fernseher anzumachen.

Der Beitrag sollte um 19:15 Uhr laufen. Ich rief an, aber die Mailbox sprang an und ich hinterließ eine Nachricht: »Hey, Mann, du hättest heute dabei sein sollen. Es war der Hammer. Ich hab vier Monster-Zackenbarsche gefangen. Ruf mich zurück. Ich hab ein paar Termine, die für Laura und mich passen; hoffentlich schaffst du's.«

Mit dem Geschirrtuch in der Hand sagte Laura: »Angeln? Wer war das?«

»Ich hab Atlas angerufen.«

»Du willst, dass ich wieder angeln gehe?«

»Ich halte ihn nur hin.«

»Aber du hast ihm gesagt, er soll ein paar Termine vorschlagen.«

»Der hat gerade ganz andere Sorgen.«

»Was ist los?«

Ich deutete auf den Fernseher und sagte: »Guck dir das an.«

»Was ist das?«

»Einfach gucken, okay?«

In einem dunklen Anzug und mit einer knallblauen Krawatte sagte ein Nachrichtensprecher: »Wir bringen Ihnen ein Update zu einer Story, die WINK Ihnen vor ein paar Tagen gebracht hat. Katherine Rigby ist live beim Collier County Sheriff's Office.«

»Danke, Brian. Heute wurde der Collier-County-Bewohner Atlas Crane zum Verhör gebracht. Herr Crane ist noch immer im Sheriff's Office.«

»Zur Erinnerung: Anfang dieser Woche habe ich über eine Geschichte vom CubeSmart Self Storage an der World Trade Center Way berichtet. Das Sheriff's Office hat dort eine Razzia in einem Lagerraum durchgeführt, den WINK News als unter falschem Namen angemietet enttarnt hat.«

Als eine Windböe ihr das blonde Haar ins Gesicht wehte, strich sie es zur Seite und sagte: »Nun heißt es, der Lagerraum sei von Atlas Crane angemietet worden, dem Mann, den Sie hier sehen, wie er zu einem Streifenwagen begleitet wird.«

Auf dem Bildschirm sah man, wie Atlas auf die Rückbank des Streifenwagens gesetzt wurde.

»Herr Atlas Crane wird bereits seit mehreren Stunden vernommen. Die Zuschauer erinnern sich vielleicht, dass Atlas Crane vor ungefähr vierzehn Jahren vom Mord an seiner Ex-Frau Ana Crane freigesprochen wurde.«

»Obwohl das Sheriff's Office keine Erklärung abgegeben hat, hat eine Quelle WINK News mitgeteilt, dass die Razzia vom Dezernat für Sexualdelikte durchgeführt wurde. Das Sheriff's Office hat die Anschuldigung weder bestätigt noch dementiert. Wir melden uns, sobald wir mehr wissen.«

»Hier ist Katherine Rigby, live vom Collier County Sheriff's Office.«

Der Nachrichtensprecher erschien wieder. »Danke, Katherine. Wir schalten live auf den Davis Boulevard, wo sich soeben ein Verkehrsunfall ereignet hat, bei dem eine Person ums Leben kam und mehrere Mitfahrende verletzt wurden.«

Ich drückte auf die Fernbedienung.

Laura sagte: »Sexdelikte? Und du hast mich mit ihm flirten lassen?«

Ich lächelte. »Hast du doch gehört: Ist nicht bestätigt.«

»Nein. Im Ernst, was ist los?«

»Ich hab dir gesagt, das ist kein Spiel. Wir werden dafür bezahlt, die Rechnung zu begleichen.«

»Wer hat dich angeheuert?«

Anstatt ihr zu sagen, dass ich's nicht sagen kann, sagte ich: »Larson hat das übernommen. Ich hab keine Ahnung.«

»Komm schon, Beck. Mach mir nichts vor.«

Meine linke Hosentasche vibrierte. In der bewahrte ich die Wegwerfhandys auf. Als ich danach griff, sagte ich: »Ich weiß es ehrlich nicht.«

Ich stand auf und sah auf das Telefon. Es war Tyler Crane. Hatte Laura einen sechsten Sinn?

Warum rief er an? Ein mulmiges Gefühl beschlich mich, als ich sagte: »Ich muss da rangehen.«

29

TOBY FOLGTE MIR ZUR TÜR. ICH TRAT AUF DEN gepflasterten Weg und zog die Tür hinter mir zu, womit ich ihn zurückließ.

Ich nahm den Anruf an. »Hey, Tyler. Wie läuft's?«

»Warum sagst du es *mir* nicht?«

»Ich bin nicht sicher, ob ich das verstehe.«

»Ein Freund hat mich angerufen. Er sagte, mein Vater sei zum Verhör mitgenommen worden. Das kam in den Nachrichten.«

»Stimmt. Und?«

»In den Nachrichten war von der Abteilung für Sexualdelikte die Rede. Was haben die mit dem Mord an meiner Mutter zu tun?«

»Hör zu, ich hab den Beitrag gesehen. Du kennst doch die Nachrichten, die machen alles für Quoten.«

»Befragen sie ihn wegen meiner Mom?«

»Weiß ich nicht.«

»Das können sie doch nicht, oder? Wegen Doppelbestrafung dürfen die doch nichts machen.«

»Das heißt nur, dass man ihn nicht noch mal anklagen kann. Nichts hindert sie daran, ihn zu vernehmen.«

»Schon. Ich fand nur diese Sexanspielerei daneben.«

»Ich hab dir mehrmals gesagt, dass das hässlich wird.«

»Ja, aber er ist doch nicht so ein Perverser, das ist ...«

»Fang jetzt nicht an, in Panik zu geraten. Wir haben das durchgesprochen. Ich hab dir mehrmals die Chance gegeben, auszusteigen, aber du wolltest es ihm heimzahlen, und genau das mache ich.«

»Aber nicht so.«

»Gehört zum Plan. Wie dachtest du denn, dass er gestehen würde?«

»Aber mir war nicht klar, dass so was passieren kann. Hätte ich das gewusst, hätte ich's nicht gemacht. Können wir das nicht ändern?«

»Zu spät, das läuft schon.«

Tyler sagte: »Wenn ich zur Polizei ginge und es ihnen sagen würde, dann ...«

»Die würden dich verhaften! Sei nicht bescheuert!«

»Mich verhaften? Wieso ...«

»Beruhig dich und hör mir zu. Du gehst zu niemandem und hältst den Mund. Vergiss nicht, du bist zu mir gekommen. Glaub mir, wenn du zur Polizei gehst, wirst du es so bereuen wie noch nie. Hörst du mich?«

Seine Antwort war kaum zu hören: »Okay.«

Ich legte auf. Während ich abwog, wer eher die Behörden informieren würde, Igor oder Tyler, vibrierte mein Handy. Es war Atlas Crane.

Ich holte tief Luft und wischte den Anruf weg.

Als ich wieder ins Haus ging, rief ich: »Komm schon, Toby. Lass uns 'ne Runde drehen.« Ich schnappte mir seine

Leine und mein Handy pingte mit einer Benachrichtigung. Atlas hatte eine Sprachnachricht hinterlassen.

Ich rief Laura zu, dass wir gleich wieder da sind, da zerrte Toby schon an der Leine und nach draußen. Ich wartete, bis wir ein Haus weiter waren, um Cranes Nachricht abzuhören.

»Beck, du musst mich sofort zurückrufen. Ich komme gerade vom Verhör bei der Polizei. Da läuft was und es ist übel. Ruf mich schnell an, sobald du das hier bekommst.«

Der sollte erst mal schmoren. Ich rufe ihn morgen an. Ich kramte mein Wegwerfhandy raus und schickte ihm eine SMS: *Ich habe dir gesagt, du sollst gestehen. Das ist deine letzte Warnung.*

30

MEIN HANDY SCHEPPERTE AUF DEM KÜCHENTISCH. ICH wischte den Anruf weg und griff nach meiner Kaffeetasse.

Laura sagte: »Das ist der dritte Anruf heute Morgen. Willst du nicht rangehen?«

»Ich rufe später zurück.«

»Wer ist es?«

»Hat mit Arbeit zu tun.«

Sie runzelte die Stirn. »Worum geht's?«

»Um Atlas. Die Schlinge zieht sich zu.«

»Welche Schlinge?«

»Er hat seine Frau umgebracht und ist davongekommen. Wir wurden angeheuert, um ihn zur Rechenschaft zu ziehen.«

»Wir? Bin ich da mit drin?«

Die ehrliche Antwort war: manchmal. »Du hast an dem Fall mitgearbeitet und warst eine große Hilfe, ihn abzulenken.«

Sie lächelte. »Heißt das, ich kriege 'nen Bonus?«

Ich griff nach ihrem Oberschenkel. »Klar. Willst du ihn jetzt oder später?«

Sie zog ihr Bein frei. »Ich meinte Geld.«

»Ich muss das erst über die Ziellinie bringen. Es sind ein paar, äh, Komplikationen aufgetaucht.«

»Lass mich dir helfen.«

Ich stand auf und stellte meine Tasse in die Spüle. »Vielleicht komme ich darauf zurück, aber ich muss erst rausfinden, was ich tun soll.«

»Ich kann helfen, also sag mir, was du brauchst.«

»Hat nichts damit zu tun, aber kannst du bei Dawn vorbeischauen? Die Bude ist ein Saustall, und ich fange an, mir Sorgen zu machen, dass sie – keine Ahnung – faul ist?«

»Unordentlich zu sein heißt nicht, dass man faul ist.«

»Ich weiß, aber ich hab ihr vorgeschlagen, eine Ausbildung zu machen, weißt du, so was wie Röntgentechnikerin, aber sie wollte nicht zur Schule gehen.«

»Sie sollte Klempnerin werden. Die verdienen gut, und sie kann es direkt bei der Arbeit lernen.«

»'Ne Klempnerin? Sie ist eine Frau.«

Sie stemmte die Hände in die Hüften und funkelte mich an.

»Es ist nur so, ich habe noch nie eine Klempnerin gesehen.«

»Es gibt eine Firma namens Three Sisters in Naples. Da arbeiten nur Frauen.«

»Meinetwegen. Wenn Dawn Klempnerin werden will, nur zu. Versuch einfach, mit ihr darüber zu reden, sich einen richtigen Job zu suchen. Ich habe nichts dagegen, ihr bei den Rechnungen zu helfen, aber sie muss ihr Selbstwertgefühl aufbauen, und am besten geht das, wenn man für sich selbst aufkommt.«

»Ich spreche es an.«

»Danke. Bis später.«

Ich setzte aus der Garage zurück und fuhr drei Blocks weit. Ich fuhr an den Bordstein und wählte eine Nummer.

»Hey, Atlas. Was ist mit der Polizei passiert?«

»Die hatten ein Video von der Schule. Haben Sie mich reingelegt oder was?«

»Welches Video?«

»Das, bei dem wir angeln gingen und diesen Jungen abholen mussten, weil Laurens Freundin krank war oder so.«

»Die Schule an der Livingston?«

»Ja. Die taten so, als hätte ich versucht, den verdammten Jungen zu entführen.«

»Das ist lächerlich.«

»Haben Sie das gefilmt?«

»Nein. Warum sollte ich das tun?«

»Wie sind die Cops da drangekommen?«

»Irgendwer filmt doch ständig mit dem Handy. Vielleicht war's ein anderes Elternteil.«

»Warum ist derjenige damit zur Polizei gegangen?«

»Alle sind auf der Hut. Ich glaube, wegen des ganzen True-Crime-Zeugs im TV.«

»Na ja, das ist totaler Bullshit.«

»Ich bin sicher, die merken, dass das ein ehrliches Missverständnis war. Was haben sie noch gesagt? Etwas zum Mord an Ihrer Frau?«

»Nein, aber das Ganze ist völlig irre. Die haben behauptet, ich hätte unter falschem Namen einen Lagerraum gemietet.«

»Was?«

»Die haben mir ein Foto eines Führerscheins gezeigt, mit meinem Bild, aber einem anderen Namen.«

»Das ist seltsam. Vielleicht hat irgendwer irgendein Bild benutzt. Aber was soll überhaupt der Aufriss um den Lagerraum?«

»Die meinten, sie hätten Sachen gefunden, die mit Kinderpornografie zu tun haben könnten.«

»Wow. Was für Sachen haben sie gefunden?«

»Haben sie nicht gesagt, nur, dass da ein paar Festplatten und ein Telefon und Spielzeug und noch irgendein anderer Kram waren.«

»Was war auf den Platten?«

»Wollten sie nicht sagen.«

»Komisch. Klingt, als würden sie im Trüben fischen.«

»Da läuft irgendwas. Erinnern Sie sich, dass ich Ihnen von den Nachrichten erzählt habe, die ich ständig bekomme?«

»Ja, was ist damit? Sie glauben doch nicht, dass das zusammenhängt, oder?«

»Ich weiß nicht, was ich denken soll. Aber ich denke, Anas Schwester, Pamela, steckt vielleicht dahinter. Die ist ein echtes Miststück und mochte mich von Tag eins an nicht. Als ich von der Mordanklage freikam, hat sie vor einer ganzen Menge Leute geschworen, dass sie mich eines Tages drankriegt.«

»Das erklärt's. Sie verbreitet wahrscheinlich Gerüchte über Sie bei der Polizei.«

»Ich weiß nicht, was ich machen soll. Ich glaube, ich nehme mir einen Anwalt, wie Sie gesagt haben.«

»Ihre Entscheidung, aber die sind teuer. Klingt nicht so, als hätten die Cops was, sonst hätten sie es schon gesagt.«

»Ich überlege, dieses Miststück Pam anzurufen und sie zur Rede zu stellen.«

»Sie wird es wahrscheinlich abstreiten, und am Ende behauptet sie, Sie hätten ihr gedroht.«

»Ich würd das Miststück am liebsten würgen. Die war immer so fies zu mir.«

»Beruhigen Sie sich. Ich hab das Gefühl, das wird sich legen.«

»Meinen Sie?«

»Auf jeden Fall. Die können mit so was nicht ihre Zeit vergeuden. Die sind dem, was Ihre Schwägerin gesagt hat, wahrscheinlich nur nachgegangen, um sich abzusichern.«

»Klingt logisch.«

»Ich muss schnell zum Flughafen. Ein Cousin von mir ist kurzfristig runtergeflogen. Seine Maschine kommt jeden Moment. Er bleibt ein paar Tage in der Stadt. Ich melde mich, wenn er wieder weg ist, und dann gehen wir angeln.«

»Alles klar.«

Ich hörte mir fünfzehn Minuten lang den Podcast The Daily Stoic an, bevor ich Atlas von einem Wegwerfhandy eine SMS schickte: *Ticktack. Die Zeit läuft ab. Heute ist Ihr letzter Tag, um zu gestehen.*

Atlas antwortete sofort: *Leck mich!!!!*

In dem Wissen, dass er derjenige sein würde, den es gleich erwischt, lächelte ich. Aber das gute Gefühl hielt nie lange, und diesmal war es weg, bevor ich das erste Stoppschild erreichte, als Mario anrief.

31

Mario sagte: »Hey, wo bist du?«

»Einen Block von meinem Haus. Was ist los?«

»Blinkie hat mir gesagt, Igor ist heute Abend in Fort Myers.«

»Was macht er da?«

»Wie meinst du das? Igor baut da seit zwei Jahren aus. Er hat zwei Bars, ein paar Puffs, und es geht das Gerücht, er will in Lehigh Acres 'ne Falschgeldnummer starten.«

Ich sagte: »Wenn wir Infos über die Falschgeldnummer kriegen, wär das ein super Druckmittel …«

»Ich hab gehört, die Albaner kriegen zehn Riesen für 'ne Prostituierte.«

Mir zog sich der Magen zusammen. »Hat Igor so viel für Bev bezahlt?«

»Wahrscheinlich so in der Art.«

»In welchem Jahrhundert leben wir denn, im verdammten Mittelalter? Wie können diese dreckigen Bastarde Menschen verkaufen?«

»Lebst du mit dem Kopf im Arsch, oder was? Menschenhandel ist ein Riesengeschäft, Beck.«

»Ist mir schon klar, es ist einfach scheiße, okay?«

»Musst du mir nicht erzählen. Ich war …«

Ich sagte: »Ich fahr zu Igor.«

»Willst du, dass ich mitkomme?«

»Nein. Ich will das nicht größer machen, als es ist. Guck mal, ob du rausfinden kannst, in welchem seiner Läden er sein wird.«

————

ICH FUHR den Colonia Boulevard entlang. Als ich an der Ecke mit dem El Patio Restaurant war, bog ich auf die Cleveland Avenue ab. Rechts lag die Edison Mall. Gegenüber waren ein paar Karosseriewerkstätten und die Bar, zu der ich unterwegs war.

Ich bog links ab und fuhr an einem Asia-Markt vorbei in eine dunkle Ecke des Parkplatzes. Vor der Royal Silk Bar and Grill standen ein paar Autos.

Ein Berg von einem Mann, der auch Sumoringer hätte sein können, stand vor der Tür. Er musterte mich, deutete mit dem Kinn und zog die Tür auf. Meine Augen gewöhnten sich an das rötliche Licht in der Bar.

Ich musterte den halbleeren Raum. An dem Laden war nichts Seidiges oder Königliches. Von zwei gelangweilten Barkeepern drang ein bisschen Spanisch herüber. Die andere Sprache, die ich hörte, klang nach Russisch.

Igor war nicht im Raum. Mein Blick blieb an einer Tür rechts von der Bar hängen. Ich ging zu einem Barkeeper.

»Was darf's sein?«

»Erst mal nichts, aber ich suche Igor.«

»Wer fragt?«

»Beck.«

Der Barkeeper sprach auf Spanisch mit dem anderen Mann hinter der Theke. Der nickte, tauchte unter die Theke und klopfte an die Tür, die ich erspäht hatte.

Er verschwand und tauchte Minuten später wieder auf. Er sagte auf Spanisch etwas zu mir. Ich sagte: »No hablo español.«

Er sagte: »Igor ist nicht hier.«

»Ich weiß, dass er hier ist.«

Er sagte dem anderen Barkeeper etwas auf Spanisch und lachte.

Ich ging zu der Tür und riss sie auf. »Igor! Ich bin's, Beck. Ich muss mit Ihnen reden.«

Drei Schläger stürzten herbei und zerrten mich zurück in den Hauptraum.

»Ich muss mit Igor sprechen. Er und ich machen Geschäfte.«

»Wenn Igor mit Ihnen reden will …«

Igor trat in den Türrahmen. »Lasst ihn rein.«

»Danke.«

»Beck, mein Freund, was kann ich für Sie tun?«

»Ich muss reden, unter vier Augen.«

»Kommen Sie.« Er ging in den Hinterraum und winkte zwei glatzköpfige Männer weg. Als seine Jungs raus waren, setzte er sich hinter einen Holztisch und wies auf einen Stuhl.

Ich ließ mich in den Sitz sinken und sagte: »Wir können jedes Missverständnis aus der Welt schaffen.«

»Kein Missverständnis. Sie wollen meine Geschäfte stören, und Igor kann das nicht zulassen. Igor darf nicht wie ein Idiot dastehen.«

Ich hatte schon ein paar Leute getroffen, die in der dritten Person über sich sprachen. Das nannte man Illeismus und diente dazu, Autorität zu markieren oder Abstand zu Dingen zu schaffen, für die sie verantwortlich waren.

»Wir kennen uns lange. Sie wissen, ich würde so was nie versuchen. Deswegen bin ich hergekommen, um von Mann zu Mann zu reden.«

»Igor hat Sie immer gemocht. Aber jetzt jagen Sie meine Mädchen?«

»Ich jage nicht irgendwelche Mädchen. Bev ist meine Pflegeschwester.«

Er zog die Augenbrauen hoch. »Schwester?«

»Ja. Wir wurden getrennt, als sie zehn war.«

»Das ist lange her. Sie gehört jetzt Igor.«

»Sie gehört niemandem.«

»Igor hat für sie bezahlt.«

»Ich zahle es Ihnen zurück. Wie viel haben Sie Dren bezahlt?«

»Igor zahlt zehntausend Dollar.«

»Okay. Ich bringe morgen das Geld.«

»Igor braucht vierzigtausend.«

»Vierzigtausend? Das ist das Vierfache von dem, was Sie gezahlt haben.«

»Igor hat Ausgaben.«

»Das ist Abzocke, aber ich lasse es durchgehen.«

Er nickte.

»Ich bin morgen mit dem Cash wieder da. Sorgen Sie dafür, dass Bev hier ist.«

Ich schwebte zurück zu meinem Wagen. Morgen Abend würde ich Bev sehen.

Kurz vor der Auffahrt auf die 75 South rief ich Mario an,

aber es sprang nur die Mailbox an. Ich bat ihn um Rückruf und wählte Lauras Nummer.

»Beck? Ist alles okay?«

»Tausendmal besser als okay.«

»Was ist passiert?«

»Ich hole Bev morgen ab.«

»Oh mein Gott. Echt?«

»Ja. Ich habe einen Deal gemacht, um sie aus dem Ring rauszuholen, in dem sie steckt.«

»Ring? Du hast gesagt, sie würde, äh, Drogen nehmen und ihren Körper verkaufen.«

»Der Scheiß ist jetzt vorbei.«

»Wie willst du verhindern, dass sie Drogen nimmt?«

»Wir besorgen ihr Hilfe. Ich bringe sie in ein Programm oder so.«

»Behalte im Hinterkopf, dass die Erfolgsquote nur bei etwa fünfzig Prozent liegt.«

»Damit kann ich leben.«

»Klar, aber eine Garantie gibt's nicht.«

»Also, was zum Teufel soll ich denn deiner Meinung nach tun? Sie da lassen, wo sie ist?«

»Natürlich nicht. Ich will nur sicher sein, dass dir klar ist, worauf du dich einlässt.«

»Meine Augen sind sperrangelweit offen, okay?«

»Ich bin nicht der Feind, Beck. Ich will, dass du weißt, ich tue alles, was ich kann, um ihr zu helfen, aber dir muss klar sein, das wird hässlich. Vom Zeug loszukommen ist hart und ziemlich dreckig.«

»Glaubst du, ich kenne hart und hässlich nicht? Meine Mutter wurde ermordet und mein Vater hat sich zu Tode gesoffen. Ich? Ich wurde von einer Pflegefamilie zur nächsten geschoben und habe links und rechts eins auf den Arsch gekriegt –«

»Immer mit der Ruhe, Beck! Hör auf, mich anzugehen. Ich bin auf deiner Seite.«

»Sorry.«

»Wir tun für sie, was wir können. Aber du musst realistisch bleiben.«

Das Hochgefühl, Bev fast gerettet zu haben, verdampfte wie eine Pfütze in Florida. »Ich weiß, das wird hart, aber Mario hat sich super gemacht, nachdem wir ihn in diese Einrichtung in Fort Myers gebracht haben.«

»Das ist was anderes. Bev nimmt wahrscheinlich seit Jahren; das steckt in ihrem Leben.«

»Sie hatte keine Wahl. Das System hat sie im Stich gelassen, so wie mich und Mario. Wir sind abgehauen und haben überlebt. Ich hätte sie mitnehmen sollen, obwohl sie zu jung war.«

»Du musst aufhören, dir die Schuld zu geben. Du warst erst sechzehn.«

»Auf dem Papier sechzehn, im Leben dreißig. Alles wäre anders gewesen, wenn ich nicht so egoistisch gewesen wäre.«

»Jetzt hör auf. Du hast nichts falsch gemacht, und jetzt –«

»Ich fühle mich mies, dass ich erst jetzt angefangen habe, sie aufzuspüren.«

»Was hast du neulich über den Blick zurück gesagt? Die Frontscheibe ist größer als der Rückspiegel – aus gutem Grund.«

Ich wollte es nicht hören, aber sie hatte recht. »Ich weiß, aber ich kann nicht aufhören, mich an dem festzubeißen, was ihr passiert ist.«

»Du tust jetzt was dagegen. Mehr geht nicht. Wir geben unser Bestes, um ihr zu helfen. Und vergiss nicht, was du für Dawn und Abby tust. Du gibst ihnen die Chance, den Kreislauf zu durchbrechen. Du bist ein Held.«

Ich schnaubte. »Held, am Arsch.«

»Na ja, ich bin stolz auf dich. Nicht nur dafür, was du für Bev, ihre Tochter und ihre Enkelin tust, sondern auch, weil du einem Kind zu Gerechtigkeit verhilfst, dessen Mutter ermordet wurde.«

»Das bezahlt die Rechnungen.«

»Deshalb machst du es nicht.«

Schon wieder hatte sie recht. »Wie auch immer, können wir das Thema wechseln?«

»Klar. Oh, ich war bei Dawn.«

»War es da ein Saustall oder was?«

»Es war ein bisschen chaotisch, aber du musst es locker sehen; niemand hat ihr beigebracht, wie man einen Haushalt und ein Baby meistert.«

»Was hat sie wegen einer Ausbildung oder so gesagt?«

»Sie meinte, sie denkt drüber nach. Dräng sie nicht, sonst macht sie dicht.«

»Bist du jetzt Psychodoktor oder was?«

»Nein. Aber du musst verstehen, dass sie wahrscheinlich Probleme mit dem Selbstwertgefühl und null Selbstvertrauen hat. So was wie eine Berufsfachschule macht ihr bestimmt Angst.«

»Hmmm.«

»Findest du nicht?«

»Nee. Ehrlich gesagt, ich habe da nie drüber nachgedacht.«

»Das ist was, das sie überwinden muss. Müssen wir alle.«

»Meinst du, du kannst mit ihr arbeiten?«

»Klar.«

»Ich habe Angst, was für einen Schaden Bev abbe-kommen hat. Allein der Gedanke, dass sie gekauft und verkauft wurde, macht mich krank. Ich will die Bastarde erschießen, die –«

»Eins nach dem anderen. Holen wir sie erst mal.«

»Du hast recht.«

»Hast du dir schon überlegt, wo sie unterkommt?«

»Äh, ich dachte, sie bleibt im Haus, damit wir ein Auge auf sie haben.«

»Ich weiß nicht. Vielleicht ist sie besser in einer Einrich-tung aufgehoben, wo Profis ihr helfen können.«

»Stimmt. Lass mich was organisieren. Vielleicht geht die Einrichtung, in der Mario war.«

»Gute Idee. Ich habe auch Gutes über Oasis Recovery gehört. Das ist in Fort Myers, in der Nähe von dem, wo Mario war.«

»Ich schaue es mir an.«

»Okay. Ich fahre kurz bei meiner Mutter und ihrer Freundin vorbei. Die beiden liegen mit Grippe flach und ich will sicher sein, dass alles okay ist.«

»Okay. Pass auf, dass du dich nicht ansteckst.«

32

ICH NAHM DIE AUSFAHRT PINE RIDGE UND FUHR RICHTUNG Wasser. Nachts auf einer sonst verstopften Straße zu fahren, war ein Vergnügen. An der Kreuzung mit der Airport Pulling Road sprang die Ampel auf Rot. Als ich abbremste, klingelte das Telefon. Es war Mario.

»Hey, wie lief's mit Igor?«

»Er will vierzig Riesen für Bev.«

»Vierzig? Er hat Dren nur—«

»Ist mir egal. Ich geb ihm, was er will, um sie zu kriegen. Außerdem hält er dann die Klappe über die Crane-Unterlagen.«

»Ich fass es nicht. Wir werden wieder mit Bev vereint sein. Mann, was wohl passiert, wenn sie uns sieht.«

»Meinst du, sie erkennt uns?«

»Oh ja. Wir sehen genauso aus wie früher.«

Das stimmte nicht. »Ich hab alles klargemacht, damit sie in die Oasis Recovery kommt.«

»Cool. Ich frag mich, was sie nimmt.«

Ich atmete aus und sagte: »Wahrscheinlich was Hartes.«

»Wenn's Heroin wär, wäre sie wahrscheinlich schon tot.«

»Nicht unbedingt. Aber wir kriegen das hin. Ich brauch dich jetzt bei mir zu Hause.«

Zwanzig Minuten später ließ ich Mario in mein Haus. Er sagte: »Ich komm morgen mit, um Bev abzuholen.«

»Ich glaub, das ist keine gute Idee.«

»Warum nicht?«

»Erstens ist Igor total durchgeknallt. Ich will in diesen Deal nichts Neues reinbringen. Und außerdem wissen wir nicht, wie Bev reagiert. Vielleicht hat sie Angst oder wer weiß was.«

»Aber wenn sie uns beide sieht, fühlt sie sich gut.«

»Mag sein, aber nach allem, was sie durchgemacht hat, hält sie uns am Ende für eine Bedrohung oder so.«

»'Ne Bedrohung? Wir retten sie doch.«

»Ich weiß, aber wir haben keinen Schimmer, wie sie denkt, und dazu kommt noch der Drogenkram.«

»Bist du sicher, dass sie in den Entzug geht?«

»Ich kann mir nicht vorstellen, dass sie nicht clean werden will.«

»Sei dir da nicht so sicher. So verrückt es klingt: Vielleicht glaubt sie, sie verdient die Situation, in der sie steckt.«

War jetzt jeder ein Psychologe? »Hoffen wir's nicht. Aber wenn sie sich weigert, setze ich Dawn und Abby als Druckmittel ein.«

»Gute Idee, Mann.«

»Lass uns den Tisch rüberschieben.«

Wir gingen an die gegenüberliegenden Seiten des Couchtisches und schoben ihn vom Teppich. Den Teppich rollten wir etwa zur Hälfte zurück, dabei kam der im Boden eingelassene Safe zum Vorschein.

»Mario, unter der Spüle sind 'n Haufen Publix-Tüten. Hol dir ein paar und mach sie doppelt.«

Mit meinen Fingerabdrücken und einem Code klickte es leise, dann ging ein blaues Licht an. Ich öffnete die Tür und griff in den Safe.

Nachdem ich Mario die Bündel Hunderter gegeben hatte, schloss ich den Safe. Mario reichte mir die Tüte mit dem Geld und ich stellte sie unter die Spüle.

Wir rollten den Teppich wieder aus und stellten den Couchtisch zurück.

Ich klopfte Mario auf den Rücken. »Um diese Zeit morgen sind wir alle wieder zusammen.«

»Das wird episch.«

»Und wie. Wir sind vielleicht 'n bisschen angeschlagen, aber wir haben's geschafft, Bro. Ich hoff nur, es ist nicht zu spät, um Bev zu retten.«

»Ich find, du solltest mich mitkommen lassen, um sie abzuholen.«

»Ich hab das im Griff. Wir müssen das für Bev so unauffällig wie möglich halten.«

»Sie könnte versuchen abzuhauen.«

»Warum sollte sie das tun? Ich will ihr doch helfen.«

»Sie vertraut keinem.«

»Mir hat sie mehr vertraut als jedem anderen. Weißt du noch, wie sie zu mir gerannt ist, damit ich sie vor diesem Tier, Bryant, beschütze?«

»Ich kapier bis heute nicht, wie jemand wie Bryant als Pflegevater zugelassen wurde.«

»Der Kinderschutz hat sich wahrscheinlich von seiner Frau blenden lassen.«

»Ja, die war nett.«

»Außer, dass sie nie für uns eingestanden ist.«

»Du hast immer gesagt, sie sei feige.«

Das stimmte. »Es hat mich wütend gemacht, aber inzwischen sehe ich, dass sie selbst gefangen war. Ich entschuldige sie nicht; sie hätte gehen und den Bastard anzeigen sollen.«

»Frag mich, was passiert wäre.«

»Zurückschauen lohnt nicht. Wir müssen nach vorn.«

»Schon, aber drüber nachzudenken ist trotzdem interessant.«

»Zeitverschwendung, nix als Kaugummi fürs Hirn. Das Heute und Morgen zählen.«

»Alter, mit Crane und Bev wird morgen ein megamäßiger Tag.«

»Einer für die Top Ten, wenn's läuft.«

Mario hob die Hand. »Ich drück die Daumen.«

»Hat nichts mit Glück zu tun. Absicht, Planung und Handeln bringen die Dinge in Bewegung.«

33

LAURA SCHLENDERTE IN EINEM KISS-T-SHIRT, DAS ICH VOR zwanzig Jahren auf einem Konzert gekauft hatte, in die Küche.

»Guten Morgen. Du bist früh auf.«

Ich holte gerade eine Kapsel aus der Schublade für meine zweite Tasse. »Morgen, willst du Kaffee?«

»Ja, bitte. Du warst die ganze Nacht wach.«

»Ich weiß, ich konnte einfach nicht einschlafen.«

Sie gab mir einen Kuss auf die Wange. »Dir geht zu viel im Kopf rum.«

»Wem denn nicht?«

»Komm schon, du denkst an Bev. Das ist normal.«

Während der Kaffee in ihre Tasse lief, sagte ich: »Es könnte eine Weile hart werden, aber ich hab das Gefühl, sie kommt klar.«

»Wann sagst du es Dawn?«

»Ich schwanke die ganze Zeit. Sie sollte es wissen, aber dann will sie Bev sehen, und wenn Bev total fertig ist, kann das nach hinten losgehen.«

»Wenn du jetzt nichts sagst, wann dann?«

Ich reichte ihr eine Tasse Kaffee. »Wenn Bev aus der Reha raus ist.«

Sie nahm einen Schluck und setzte sich. »Wie wär's, wenn du Bev sagst, dass du Dawn gefunden hast und sie ein Enkelkind hat?«

»Ich weiß nicht, was ich tun soll. Ich dachte, ich sollte die Reha fragen, was sie denken, aber dann ist mir klargeworden, die Situation ist so verrückt, da weiß doch niemand, was man machen soll.«

»Warum denkst du das?«

»Weil Bev in Pflegefamilien war, zurückgelassen wurde, süchtig und Prostituierte wurde, dann ihr Kind zurückließ, das obdachlos wurde – reicht das?«

»Ich weiß, es ist kompliziert, und du wirst nie jemanden finden, der exakt das Gleiche durchgemacht hat, aber all diese ›Dinge‹ sind Formen von Trauma.«

»Hast du dazu Kurse gemacht?«

»Ich hatte Psychologie als Nebenfach, aber ich hab viel durchs Lesen gelernt.«

»Meinst du, ich sollte in der Reha nachfragen?«

»Sprich zumindest mit ihnen über beide Situationen. Die haben Ideen, wie man das angeht.«

Da war ich mir sicher, aber wenn sie falschlagen, müsste ich mit den Folgen leben.

»Ich denke, wir sollten Dawn sagen, dass wir Bev gefunden haben. Sie wusste, dass wir nach ihr suchen und dass sie auf Drogen ist und so.«

Laura sagte: »Stimmt. Aber denk dran, sie wirklich zu finden, ist was anderes, als nur nach ihr zu suchen.«

»Ich warte, bis Bev in der Reha ist.«

»Okay.«

»Was Bevs Wissen über Dawn und ihre Enkelin angeht, frage ich vielleicht mal die Leute in der Reha.«

»Gute Idee, vielleicht denken sie, das motiviert sie, clean zu werden.«

Stimmte, aber ihre Tochter und Enkelin zu sehen und zu erfahren, dass sie obdachlos waren, würde sie an ihr Versagen als Mutter erinnern. Das könnte sie dazu treiben, sich noch mehr in Drogen zu verlieren – oder Schlimmeres.

———

IN DER MÜSLIABTEILUNG war nur noch ein anderer Kunde. Ich legte zwei Packungen Raisin Bran in meinen Wagen und zog das neue Wegwerfhandy raus, das ich gekauft hatte. Ich loggte mich in das offene WLAN von Publix ein. Als der einzige andere Käufer aus dem Gang rollte, ging ich auf die erste Social-Media-Seite, die Erwachseneninhalte zuließ, und loggte mich unter einem Alias ein.

Ich hängte fünf Bilder an einen neuen Post und tippte eine Überschrift dazu: *Atlas Crane bringt seine Frau um – und jetzt das?*

Ich musste keine Angst vor einer Verleumdungsklage von Crane haben, weil er es getan hat.

Bevor ich auf Senden drückte, bereitete ich Kopien der Nachricht vor, die auf drei weiteren Social-Media-Seiten gepostet werden sollten. Grinsend jagte ich sie ins Netz.

An der Schnellkasse bezahlte ich mein Müsli und fuhr direkt nach Hause. Ich fuhr in die Garage und checkte die erste Seite, auf der ich gepostet hatte.

Ich blinzelte. Die Zahlen waren krass: 2.000 Aufrufe, 110 Kommentare und fast 1.000 Shares. Das verbreitete sich schneller als ein Kindergarten-Schnupfen.

Die Zahlen auf den anderen Seiten, auf denen ich gepostet hatte, waren ähnlich. Ich ging zurück auf die ursprüngliche Seite. Jedes Mal, wenn ich die Seite aktualisierte, sprangen die Zahlen weiter nach oben.

Mit meinem normalen Handy machte ich ein Foto vom Bildschirm und rief an.

»Detective Moreno.«

»Hey, Moe, ich hab was, das du sehen musst.«

»Was gibt's?«

»Der Typ, der mich auf Atlas Crane und seine Verwicklung in Pornos hingewiesen hat, hat mir gerade einen Post geschickt.«

»Worum geht's in dem Post?«

»Warte kurz, ich schick dir einen Screenshot davon.«

»Okay.«

»Hast du's?«

»Kam gerade rein. Jesus Christus! Der Typ ist ein kranker Bastard.«

»Da sagst du was.«

Moreno sagte: »Und er hat auch noch die Eier, das abzustreiten. Ich sag's ungern, aber ich hätte es fast geglaubt.«

»Mir wurde gesagt, das stammt von seinem Handy, und auf dem Handy und seinem Laptop ist noch mehr.«

»Einen Durchsuchungsbefehl zu kriegen, wird jetzt kein Problem.«

»Gut. Wie lange, glaubst du, dauert's, bis ihr sein Haus durchsucht?«

»Einen Tag oder so.«

»Falls ihr noch mehr Beweise braucht, checkt Erwachsenenseiten wie MeWe, Reddit, Pictoa und Bluesky.«

»Meine Güte, wie viele Seiten gibt's denn davon?«

»Zu viele, wenn du mich fragst.«

»Da hast du recht. Ich lege dann mal los damit.«

»Halt mich auf dem Laufenden.«

Ich ließ den Rest des Plans noch mal im Kopf durchlaufen. Die Chancen standen gut, und jetzt war es Zeit, zu sehen, ob er funktionieren würde.

34

Ich schenkte der Idee, mir einen Kaffee zu machen, kurz einen Gedanken und ließ es bleiben. Es pumpte schon genug Adrenalin durch meinen Körper. Stattdessen holte ich mir eine Flasche Wasser aus dem Kühlschrank und ging ins Arbeitszimmer.

Am Schreibtisch schickte ich mit einem Wegwerfhandy eine Nachricht an Atlas: »*Ich hab dich gewarnt. Gesteh, oder es wird noch schlimmer.*«

Bevor ich auf Senden drückte, hängte ich einen Screenshot des Posts an, der gerade das Internet flutete.

Mit meinem Laptop bearbeitete ich das Pornobild und setzte schwarze Balken über alle Gesichter und intimen Stellen. Zufrieden, dass es Facebook-tauglich war, nutzte ich einen Alias-Account und streute den Beitrag in sieben Naples-Gruppen.

Ich musste an dem Abend nach Fort Myers rüber, um Bev abzuholen, aber es wäre schön gewesen, mitanzusehen, was ich da losgetreten hatte. Ich schnappte mir eine Lululemon-Tüte aus dem Schrank und packte das Bargeld ein, das ich unter dem Waschbecken versteckt hatte.

Ich steckte die Tüte in einen Rucksack und schob ihn unter den Schreibtisch. Zeit, bei Atlas nachzuhaken. Ich wählte seine Nummer, und er ging beim fünften Klingeln ran.

»Sorry, Beck.«

»Hey, Atlas, wenn's grad schlecht passt, kannst du mich zurückrufen.«

»Nein, daran liegt's nicht. Mein Handy explodiert förmlich vor Anrufen.«

»Warum das?«

Er zögerte. »Über mich kursiert gerade 'ne Menge Scheiße im Netz.«

»Du? Ich check's nicht.«

»Wer auch immer mich dazu bringen will, den Mord an Ana zu gestehen, haut Pornos raus und behauptet, die wären von mir.«

»Pornografie?«

»Ja, und glaub's oder nicht, es sieht nach Kinderpornografie aus.«

»Uff. Ah, jetzt check ich, warum die Cops die Razzia gemacht haben, und –«

»Ich hab mit dem Zeug nichts zu tun. Ich schwöre.«

»Kinderpornografie ist das Widerlichste, was es gibt.«

»Ich weiß, es ist ekelhaft.«

»Du musst das so schnell wie möglich angehen. Sowas spricht sich rum, dann wird's für dich heftig. Die Leute drehen durch. Hast du 'ne Waffe?«

»Ja. Warum?«

»Sei vorsichtig. Bei so was verlieren Leute den Verstand und machen dumme Sachen.«

»Du solltest mal die Kommentare unter den Posts sehen; da wimmelt's von Drohungen.«

»Genau das meine ich, es reicht ein Typ, der nicht alle Tassen im Schrank hat. Ein Spinner hält sich für 'nen Helden, wenn er einen Pädophilen ausschaltet. Halt die Augen offen.«

»Du glaubst, jemand würde mir nachstellen? Ich hab nichts gemacht.«

»An deiner Stelle würde ich ernsthaft darüber nachdenken, mir 'nen anderen Ort zum Unterkommen zu suchen, bis das vorbeigeht.«

»Echt jetzt? Ich fass die Scheiße nicht.«

»Tut mir leid, dir das sagen zu müssen, aber es wird wahrscheinlich übel, richtig übel.«

»Wie soll's noch schlimmer werden als jetzt?«

»Du meintest, der Kram in den sozialen Medien ist ziemlich frisch, oder?«

»Ja, warum?«

»Je mehr Leute mitkriegen, was sie über dich erzählen, desto größer ist die Chance, dass was passiert. Die Medien springen drauf, und deine Freunde – ich meine, deine Nachbarn – werden ausrasten.«

»Das ist so abgefuckt! Ich hab nichts getan. Ich würde mich nie mit so 'nem Scheiß einlassen. Ich bin kein widerlicher Spinner.«

»Ich weiß, aber leider spielt das grad keine Rolle. Die Leute urteilen nach dem, was in dem Post steht. Traurig, aber so ist die Welt.«

»Es hat gerade jemand geklingelt.«

»Ich würd nicht aufmachen.«

»Warum?«

»Weil die Leute verrückt sind.«

»Die Scheiße muss ein Ende haben.«

»Hey, Laura ruft an, ich muss sie abholen. Ich meld mich später wieder bei dir.«

Ich wechselte zum anderen Anruf, aber es war nicht Laura.

Es war Atlas' Sohn, Tyler Crane.

»Hey, Tyler.«

»Warst du das?«

»Was denn?«

»Diesen Müll über meinen Vater zu verbreiten? Er ist vieles, aber kein Pädophiler.«

»Warte mal kurz –«

»Ich kann nicht fassen, dass du so was gemacht hast. Sexuelle Perversion ist völlig daneben.«

»Hör zu, du hast mich gebeten, Gerechtigkeit für deine Mutter zu besorgen, und ich hab zugesagt. Ich hab dich gewarnt, dass es hart wird, und du meintest, das sei okay. Ich glaube, deine exakten Worte waren: ›Tu, was immer du tun musst.‹«

»Das war ein Fehler, und ich will, dass du aufhörst. Jetzt.«

»Dafür ist es zu spät.«

»Nee, ist es nicht. Ich geh zur –«

»Hör zu, du gerätst völlig grundlos in Panik. Sobald du weißt, wie das laufen wird, bist du dabei.«

»Also, sag mir, wie du das wieder geradebiegst.«

35

ALS ICH AUF DER ROUTE 75 NACH NORDEN FUHR, GING ICH
in Gedanken die Checkliste durch. Es fühlte sich an, als
fehlte etwas. Laura hatte es mit den Klamotten für Bev, die
sie im Entzug brauchen würde, übertrieben. Der Rollkoffer
lag im Kofferraum, zusammen mit Büchern, Schminke und
gesunden Snacks.

Bev war wahrscheinlich Raucherin, aber ich würde
warten, bis ich wusste, welche Marke sie rauchte. Ich fuhr
am Flughafen vorbei und nahm die Ausfahrt. Ich lotste mich
zu der Bar, die Igor gehörte, und fragte mich, ob Bev
drin war.

Falls wir schnell abhauen mussten, parkte ich rückwärts
in eine Lücke nahe dem Eingang ein. Ich hob mein linkes
Hosenbein, checkte das Holster und deckte es wieder ab.
Aus dem Handschuhfach holte ich eine zweite Pistole und
steckte sie mir hinten am Kreuz in den Hosenbund.

Ich atmete tief durch, nahm den Rucksack aus dem
Fußraum des Beifahrers, stieg aus und ging zur Tür.

Ich trat zur Seite, als ein Mann aus der Bar torkelte. Er

murmelte auf Russisch. Als ich die Bar betrat, blieb ich stehen und meine Wahrnehmung des Raumes schärfte sich. Vier junge Typen, alle mit kahl rasierten Köpfen und Tattoos, saßen um einen Tisch, auf dem eine Flasche Wodka thronte. Zwei Grüppchen älterer Männer, darunter ein paar, auf die ich schon bei meinem ersten Besuch gestoßen war, hockten an der Theke.

Der Laden wurde still, alle Augen auf mich gerichtet, als ich weiter hineinging.

Als ich zum Barkeeper rüberging, war das einzige Geräusch das Brummen eines Neonschilds über der Theke.

»Ich bin hier, um Igor zu sehen.«

»Er ist nicht hier.«

»Ich habe einen Termin mit ihm.«

»Wie gesagt, Igor ist nicht hier.«

»Kommen Sie schon. Sagen Sie ihm, dass ich hier bin.«

Der Barkeeper legte beide Hände auf die Theke und sagte: »Er war den ganzen Tag nicht hier.«

»Er wollte sich mit mir treffen.«

Er sprach mit dem anderen Barkeeper auf Spanisch und der andere meinte: »Alles, was wir wissen, ist, dass er nicht hier ist. Kommen Sie morgen wieder, vielleicht ist er dann da.«

»Hören Sie …« Ich hob den Rucksack. »Ich hab was für ihn. Rufen Sie ihn an, sagen Sie ihm, Beck ist hier.«

Zwei der Glatzköpfe kamen rüber. »Was wollen Sie?«

»Ich will keinen Ärger. Igor hat gesagt, er trifft sich heute Abend mit mir, um das hier abzuholen.«

»Was ist das?«

»Rufen Sie ihn an und sagen Sie ihm, Beck ist hier.«

»Was ist im Rucksack?«

Ich wich zurück. »Geld. Es gehört Igor. Also rufen Sie

ihn an, bevor ich gehe, und sagen Sie ihm, dass Sie die Kohle nicht wollten.«

Die Glatzköpfe redeten auf Russisch miteinander. Einer zog ein Telefon und rief an. Er sprach Russisch.

Er hielt die Hand über das Telefon. »Wie ist Ihr Name?«

»Beck. Sagen Sie ihm, dass ich hier bin.«

Er wechselte zurück ins Russische und legte auf.

»Igor ist in Tampa. Er sagt, kommen Sie morgen wieder.«

Die anderen Glatzköpfe am Tisch standen auf und gingen.

Ich sagte: »Wollen Sie mich verarschen?«

»So hat er es gesagt.«

»Hat er was über Bev gesagt?«

»Kommen Sie morgen wieder.«

»Rufen Sie ihn noch mal an. Ich muss mit ihm reden.«

»Igor ist beschäftigt.«

»Wo in Tampa ist er?«

»Ich weiß es nicht.« Er winkte zur Tür. »Gehen Sie. Gehen Sie jetzt nach Hause.«

Ich schulterte den Rucksack und schob die Waffe von meinem Kreuz nach rechts, neben den Bauchnabel. Ich machte zwei Schritte rückwärts, bevor ich mich umdrehte.

Ich riss die Tür auf, zog die Pistole und trat einen Schritt nach rechts. Kaum fiel die Tür zu, tauchten die zwei Glatzköpfe auf, die gerade gegangen waren.

Mit auf sie gerichteter Waffe sagte ich: »Zurück, oder ich bringe Sie beide um.«

»Geben Sie uns das Geld.«

Ich wich aus. »Gehen Sie wieder rein.«

»Igor hat gesagt, wir sollen das Geld holen. Rücken Sie es raus.«

Die Tür ging auf und die anderen Glatzköpfe tauchten auf.

Ich legte eine Hand an mein Auto und tastete nach dem Türgriff. »Ich will keinen Ärger, aber wenn Sie welchen wollen, bringe ich Sie um. Also keine Bewegung.«

Ich öffnete die Tür. »Rein jetzt! Oder ich schieße Ihnen die verdammten Kniescheiben weg!«

Als ich die Pistole auf ihre Beine richtete, wichen sie zurück. Ich sprang ins Auto und schoss vom Parkplatz.

Auf dem Heimweg fragte ich mich, wo Bev war. War Igor wirklich verhindert oder hatte er versucht, mich übers Ohr zu hauen?

Bevor ich auf den Highway fuhr, rief ich Mario an und brachte ihn auf den neuesten Stand.

Er sagte: »Verdammt!«

»Ich weiß nicht, ob Igor überhaupt vorhatte, dazusein.«

»Er ist kein Pfadfinder, aber wir konnten bisher immer mit ihm arbeiten.«

Auf der Auffahrt sagte ich: »Ja, aber das fühlte sich an, als könnte es eine Falle gewesen sein.«

»Es wäre verrückt von ihm, so eine Brücke wie die zu uns zu verbrennen. Ich rede mit ein paar Leuten, mal sehen, was ich rausfinden kann.«

»Alles klar. Ich rufe in der Klinik an und sage ihnen, dass sie heute Abend nicht kommt.«

»Okay. Wir sprechen später.«

Ich wählte Lauras Nummer. Sie ging beim ersten Klingeln ran.

Ich sagte: »Hey, wie läuft's?«

»Was ist passiert?«

»Sie war nicht da.«

»Was ist passiert?«

Ich erzählte ihr, dass Igor nicht aufgetaucht war, und ließ den Teil weg, in dem sie versucht hatten, mir die vierzig Riesen abzunehmen, die ich dabeigehabt hatte.

»Tut mir leid.«

»Schon gut. Wir versuchen, eine neue Übergabe zu arrangieren.«

»Wann?«

»Hoffentlich morgen.«

»Du musst bei Oasis Recovery anrufen –«

»Hab ich schon.«

»Wie fühlst du dich damit?«

»Wobei?«

»Dass du Bev nicht bekommen hast. Ich weiß, du hattest dir Hoffnungen gemacht.«

»Ich bin okay.«

»Es ist normal, enttäuscht zu sein.«

»Ich bin nicht enttäuscht.«

»Ich höre es an deiner Stimme, aber wenn du den Macho spielen willst –«

»Ich bin ein bisschen down, aber wir sehen morgen, was passiert.«

»Es ist gut, die Gefühle rauszulassen. Lass es raus, das macht die Dinge besser.«

»Gefühle machen gar nichts besser, Taten tun das. Das hier ist nicht vorbei, wir kriegen sie.«

36

Mein Handy klingelte. Es war einer von den Jungs, die wir für kleine, nicht vertrauliche Jobs einsetzten.

»Yo, Beck. Ich bin da. Hier geht's total ab. Eben ist ein Übertragungswagen vorgefahren.«

»WINK News?«

»Jupp, die sind da.«

»Perfekt. Ruf mich per FaceTime an. Aber sag meinen Namen nicht, wenn du redest.«

»Stimmt. Bleib dran.«

Ich schaltete meine Kamera aus und der Livestream von der Szene vor Atlas Cranes Haus erschien auf meinem iPad.

Er schwenkte über die Menge. Da standen bestimmt dreißig, vierzig Leute auf der Straße. Etwa ein Dutzend hielt Schilder hoch. Ich machte einen Screenshot und sagte: »Was steht auf den Schildern?«

Das wackelige Videomaterial blieb bei einer grauhaarigen Frau stehen, die ein weißes Plakat hielt. Die handgeschriebene Botschaft lautete: *Du bist krank, Atlas Crane. Verschwinde aus unserer Nachbarschaft.*

»Zeig mir noch eins.«

Mein Proxy sagte zu einem Demonstranten: »Entschuldigen Sie. Haben Sie was dagegen, wenn ich meinem Kumpel Ihr Schild zeige?«

Der Mann hatte den Körperbau eines Bodybuilders und sagte: »Nur zu.«

Wir kriegen dich, Atlas, du Perverser.

»Guck dir das hier an.«

Zwei großmütterlich wirkende Frauen hielten die Enden eines Schildes, auf dem stand: *Schützt unsere Kinder. Sperrt alle Sexualstraftäter für immer weg!*

Ich machte noch einen Screenshot und fragte: »Tut sich im Haus irgendwas?«

»Warte kurz. Das musst du sehen.«

Er schwenkte den Feed zu zwei blonden Mädchen, die vor vermutlich ihren Müttern standen. Die Kleinen hielten ein mit Wachsmalstiften beschriftetes Schild. Darauf stand: *Bitte schützt uns vor Leuten wie Atlas Crane.*

»Sorg dafür, dass die News-Leute die Kinder vor die Kamera kriegen. Und das Haus?«

Das Handy wackelte näher an Cranes Haus heran. »Die Jalousien sind alle unten, aber guck, was an der Garage steht.«

»Ich kann's nicht lesen. Kannst du ranzoomen?«

»Irgendein Typ hat ›Pädophiler‹ aufs Garagentor gesprüht.«

Es lief besser, als ich gehofft hatte. »Okay. Wir legen jetzt auf und pass auf, dass du mit niemandem redest, vor allem nicht mit Reportern.«

Nachdem FaceTime beendet war, rief ich meine Kontaktperson bei WINK News an. Die wollten die Story spätestens um 17 Uhr bringen, und sie meinte, sie würde in jeder Abendsendung laufen.

Ich sagte ihr, sie solle dauerhaft jemanden am Haus der Cranes lassen. Sie fragte, warum, und ich sagte, sie müsse mir vertrauen.

Es war Zeit, Atlas' Sohn Tyler anzurufen. Bevor ich anrief, schickte ich ihm eine SMS mit den Screenshots der Demonstranten und ihrer Schilder. Er ging gleich beim ersten Klingeln ran.

»Wer sind diese Leute?«

»Nachbarn und besorgte Bürger.«

»Das ist schlimmer, als ich dachte, wir können nicht …«

»Du musst zu deinem Vater. Er steht unter enormem Druck. Vielleicht ist er bereit zu gestehen, dass er deine Mutter ermordet hat.«

»Das ist surreal, ich hätte dich nie reinziehen dürfen.«

»Das wird schon.«

»Wie kannst du das sagen? Sein Ruf, unser Familienname, ist im Eimer. Der Makel geht nie wieder weg. Ich werde umziehen müssen, vielleicht meinen Namen ändern, das ist ein einziges Chaos. Ich …«

»Tyler, geh zu deinem Vater, bevor es noch schlimmer wird.«

»Wie soll's schlimmer werden als das hier?«

»Die Polizei wird sein Haus wahrscheinlich durchsuchen.«

»Und die finden noch mehr Sachen? Ich kann …«

»Geh zu deinem Vater! Wenn er jetzt gesteht, kriegen wir das alles wieder zurückgedreht.«

Es klingelte an der Tür. Durch das Fenster sah ich, dass es Mario war.

»Hey, komm rein.«

Wir umarmten uns und Mario sagte: »Ich hab rausgefunden, dass Igor heute in Fort Myers sein wird. Er soll so gegen vier da sein, hat man mir gesagt.«

»Bist du sicher?«

»Ja, das hab ich von zwei verschiedenen Leuten.«

»Und Bev? Wird sie da sein?«

Er schüttelte den Kopf. »Konnte ich nicht bestätigen. Sie könnte, äh, da oben arbeiten.«

»Was ist mit dem Versuch, mich auszurauben? Gibt es irgendwas dazu, ob Igor da mit drinhing?«

»Weiß ich nicht. Keiner schien zu wissen, was passiert ist, aber alle halten dicht. Igor versteht bei Leaks keinen Spaß.«

»Wenn's Igor war, hat sich das Spiel geändert. Dann können wir nicht länger mit den Russen arbeiten.«

»Könnte er sein. Weißt du noch, wie er die Kubaner hintenrum abgezogen hat?«

»Das war die Retourkutsche dafür, dass einer von Santos' Jungs über die geklauten Karren ausgepackt hat, die Igor durch Miami geschleust hat.«

»Echt? Wer hat dir das erzählt?«

»Du solltest mitkommen, wenn ich Bev abhole.«

»Klar.«

»Wenn Igor mit offenen Karten spielt, muss Bev in der Gegend sein.«

»Hast recht. Wann willst du los?«

»Lass uns so gegen sieben losfahren. Wenn's gut läuft, bringen wir Bev vor acht in die Entzugsklinik.«

———

Ich wartete auf einem Besucherparkplatz schräg gegenüber von Tyler Cranes Coach Home. Ich machte den *Practical Stoicism*-Podcast an. Während ich über einen Beitrag zu den Meditationen von Marcus Aurelius über inneren Frieden nachdachte, ging das Garagentor von Tylers Einheit hoch.

Als er in seine Garage fuhr, machte ich den Podcast aus und schickte ihm eine SMS. Er schloss das Garagentor und ging über die Straße.

Ich öffnete die Beifahrertür. Tyler stieg ein, und ich fragte: »Wie lief es mit deinem Vater?«

»Es war ein einziges Durcheinander. Seine ganzen Nachbarn standen auf der Straße. Sie haben mich angeschrien, als ich ins Haus ging. Ich glaube wirklich, dass irgendwer versuchen wird, ihm was anzutun.«

»Was hat er gesagt? Wird er gestehen?«

»Er will nicht.«

»Klar will er nicht. Aber wenn er diesen Albtraum beenden will, muss er.«

»Ich habe Mitleid mit ihm.«

»Er hat deine Mutter umgebracht. Halt dir das immer wieder vor Augen.«

»Ich weiß, aber diese Pädosache ist …«

»Was hast du zu ihm gesagt?«

»Ich hab ihm gesagt, er soll die Wahrheit sagen, dass ich weiß, dass er Mama umgebracht hat, und dass dieser Kinderporno-Kram vom Tisch wäre, wenn er es täte.«

»Hast du es genauso gesagt?«

»Ja, aber er wollte trotzdem nicht gestehen.«

»Schon okay. Er wird bald so weit sein.«

»Warum glaubst du das?«

»Die Sache wird sich zuspitzen.«

»Willst du mich verarschen?«

»Ich muss kurz rauf nach Fort Myers, aber bleib in Kontakt mit deinem Vater. Schau, ob er seine Meinung ändert und doch gesteht.«

»Sieht nicht so aus.«

»Doch, wird er. Ich muss los. Ich melde mich.«

So, wie ich das einschätzte, wusste Atlas, dass er richtig in der Klemme steckte. Seine Hoffnung, dass sich alles wieder klären würde, brauchte nur noch einen letzten Schubs, um zu verschwinden.

37

Mario joggte die Auffahrt seines Kondos hinunter und sprang in meinen BMW.

»Alter, draußen ist es so schwül.«

»Es müsste mal regnen.«

Mario klickte den Gurt ein. »Das ist so cool. Ich kann nicht glauben, dass wir Bev retten werden.«

»Sie aus den Händen dieser Bastarde zu holen, ist das eine. Aber sie wirklich zu retten, das macht mir Sorgen.«

»Glaub mir, ich weiß, von der Sucht loszukommen, wird für sie nicht leicht.«

»Sie wird lange Therapie brauchen.«

»Das hat Susan auch gesagt. Sie meinte, die Drogen sind das eine, aber sein Kind im Stich zu lassen und sich zu verkaufen, das wird hart zu verarbeiten sein.«

Hatten Susan und Laura darüber geredet oder sind Frauen einfach besser auf psychische Traumata eingestimmt?

»Erst mal bringen wir sie in die Entgiftung und sehen dann weiter. Einen Tag nach dem anderen.«

»Solange Igor uns nicht verarscht, sollte das zack, zack, zack gehen.«

Mit mehr Zuversicht, als ich hatte, sagte ich: »Wir müssen vorbereitet sein, aber ich erwarte keinen weiteren Ärger.«

»Ich auch nicht. Also, ist mit Atlas alles klar?«

»Es läuft. Ich sag dir, wäre es irgendwas anderes als Bev abzuholen, hätte ich es abgesagt.«

»Kaum zu glauben, dass wir einen der besten Teile dieses Jobs verpassen.«

»Ich weiß, aber ich habe gerade mit Katherine aufgelegt. Sie schickt uns das Video rüber.«

»Also kriegen wir ein Best-of?«

»Mehr als das, ich habe sie gebeten, mir alles zu schicken, was sie gedreht haben.«

»Cool. Dann haben wir was, worauf wir uns freuen können.«

Ich wartete einen Moment, bevor ich sagte: »Mir macht der Junge, Tyler, langsam Sorgen.«

»Was ist los?«

»Er fand den Anreiz, seinen Alten reinen Tisch machen zu lassen, gar nicht gut.«

»Das ist der Preis, den man zahlt.«

»Wir wissen das, aber Tyler macht Stress.«

»Was will er denn machen? Zur Polizei gehen?«

Ich erinnerte ihn: »Wir dürfen keine Aufmerksamkeit erregen.«

»Willst du, dass ich mit ihm rede?«

»Nein. Ich habe das im Griff. Wenn's haarig wird, habe ich noch ein Ass im Ärmel.«

»Immer vorbereitet, oder?«

»Ja, und apropos vorbereitet: Lass uns den Plan durchgehen, für wenn wir bei Igor sind.«

Wir spielten mehrere Szenarien durch und schlängelten
uns zu Igors Royal Silk Bar and Grill.

Ich parkte rückwärts in eine Lücke nahe dem Eingang
ein.

»In dem Raum, in dem ich Igor das erste Mal getroffen
habe, gibt's eine Hintertür.«

»Hast du mir schon erzählt.«

»Okay. Denk dran: Halte die Eingangstür offen und
bleib seitlich.«

»Hab ich.«

»Und sorg dafür, dass deine Pistole zu sehen ist.«

»Ja, Papa.«

Ich griff nach hinten auf den Rücksitz und schnappte
mir den mit Geld gefüllten Rucksack. »Alles klar, holen wir
Bev.«

Die Luftfeuchtigkeit war so drückend wie die Spannung,
als wir uns näherten. Ich riss die Tür auf. Mario klemmte ein
Stück Holz zwischen Rahmen und Tür, damit sie nicht zufiel.

Nur drei Männer lehnten an der Theke. Die gleichen
vier Glatzköpfe, die versucht hatten, mich auszurauben,
saßen am Tisch und spielten Karten. Sie im Blick, ging ich
zum Barkeeper.

»Sagen Sie Igor, dass Beck da ist.«

Der Barkeeper tauchte hinter der Theke ab und klopfte
an die Tür zum Hinterzimmer. Er öffnete sie einen Spalt
und steckte den Kopf hinein. Eine Sekunde später winkte er
mich heran. »Kommen Sie her. Er ist bereit, Sie zu sehen.«

Ich nickte Mario zu und ging in den Raum, in dem Igor
Hof hielt. Der Russe saß hinter einem Schreibtisch und zu

seiner Linken stand ein Mann mit Sonnenbrille, dessen Trainingsanzug an den Nähten spannte.

Igors Blick heftete sich an den Rucksack. Er grinste. »Beck, jetzt treffen wir uns nach so langer Zeit.«

»Ich war doch erst gestern hier.«

»War Verwechslung. Aber Sie sind jetzt hier bei Igor.«

Den Muskelprotz im Blick, sagte ich: »Wo ist Bev?«

»Sie sind nur Geschäft.« Er griff nach hinten zu einer Wodkaflasche auf einem Sideboard. »Trinken Sie erst einen.«

»Nein, danke.«

»Setzen Sie sich. Igor nimmt einen.«

Er schenkte sich ein Schnapsglas Wodka ein und kippte es runter.

»Ich fand's nicht lustig, dass Ihre Gorillas neulich versucht haben, mich auszunehmen.«

Er legte den Kopf schief. »Igor versteht nicht, sagen Sie Igor.«

»Die Truppe Glatzköpfe, die da Karten spielt, hat versucht, mich auszurauben.«

Sein Gesicht war schwer zu lesen. Er sagte etwas auf Russisch und der Schrank stand auf. Ich legte die Hand auf die Waffe in meiner Tasche und der Muskelmann verließ den Raum.

»Wir arbeiten schon lange zusammen, Igor, und ich dachte, wir respektieren einander.«

»Ja, Igor respektiert Beck.«

Die Tür ging auf. Ich sprang auf, als der Anführer der Glatzentruppe hereinkam.

»Ruhig, Beck. Igor will Wahrheit wissen.«

Igor stand auf und der Schrank legte dem Glatzkopf die Hand auf die Schulter und drückte ihn auf den Stuhl. Igor umrundete den Schreibtisch und setzte sich auf dessen Kante. Er sprach auf Russisch. Der Glatzkopf schüttelte den Kopf und murmelte.

Igor fuhr ihn an, und der Glatzkopf drehte sich zu mir und sagte: »Tut mir leid. Wir waren daneben.«

Ich nickte, während Igor die Wodkaflasche vom Schreibtisch schnappte. Er zertrümmerte sie auf dem Kopf des Glatzkopfs. Blut lief ihm die Stirn hinunter.

Igor sagte etwas auf Russisch, und sein Muskelmann packte den Blutenden unter der Achsel und führte ihn aus dem Raum.

Kopfschüttelnd sagte Igor: »Es ist schwer, heutzutage gute Männer zu bekommen.«

»Ich hab das Geld. Wo ist Bev?«

»Gut. Sie arbeitet ganz in der Nähe.«

»Wo?«

Er winkte mit der Hand. »Sie zahlen, Sie bekommen sie.«

»Das sollte besser kein Beschiss sein.«

»Igor hält immer sein Wort. Ohne Wort haben wir nichts. Nicht wahr, Beck?«

Ich griff in den Rucksack und holte das Geld heraus. Ich stapelte es auf seinem Schreibtisch. Igor fächerte vier der Bündel durch und nickte.

Er sagte seinem Schergen etwas auf Russisch und stand auf. »Okay. Boris bringt Sie zu ihr.«

38

Ich verließ das Zimmer und sah zu Mario, der am Vordereingang Wache stand. Ich zeigte ihm den Daumen hoch und seine Haltung entspannte sich.

»Wo ist Bev?«

Ich deutete mit dem Daumen auf den muskulösen Boris und sagte: »Schwarzenegger bringt uns zu ihr.«

»Wohin gehen wir?«

»Igor meinte, es sei gleich um die Ecke.«

Boris sagte: »Folgen Sie mir.«

Der Russe stieg in einen schwarzen Escalade und wir folgten ihm vom Parkplatz.

Ich wischte Tylers zweiten Anruf weg und erzählte Mario, dass Igor dem Anführer der Typen, die versucht hatten, mich auszurauben, eine Flasche über den Schädel gezogen hatte.

»Also steckte Igor nicht dahinter.«

»Glaube ich nicht.«

»Alleingänge sind keine gute Strategie, wenn du für Igor arbeitest.«

»Ich weiß, ergibt keinen Sinn.«

»Aber gegen Dummheit ist kein Kraut gewachsen.«

»Amen. Er biegt ab.«

Wir fuhren auf den Parkplatz eines zweistöckigen Motels, das seine besten Tage gesehen hatte – damals, als Kennedy Präsident war.

Der Russe fuhr in eine Parklücke vor einem Zimmer. Auf einem Klappstuhl vor der Tür saß ein dicker Mann und tupfte sich mit einem Lappen das Gesicht ab.

Während ich einparkte, sagte Mario: »Ich glaub's nicht. Wir haben sie wirklich gefunden.«

Mir zog sich der Magen zusammen. »Abgefahren. Komm.«

Der Russe deutete auf uns und der Übergewichtige klopfte an die Tür des Zimmers, das er bewachte. Ich verdrängte den Gedanken, dass Bev gerade einen Kunden bediente.

Der Pummelige öffnete die Tür und sagte: »Komm raus!«

Mein Blick schnellte zwischen der Tür und den beiden Männern hin und her.

Er brüllte ins Zimmer: »Los jetzt, wir haben nicht den ganzen verdammten Tag Zeit!«

Ich schob mich vor. »Ich regle das.«

Ich flüsterte Mario zu: »Bleib hier und bleib auf Zack.«

Als ich ins Zimmer trat, sagte ich: »Bev? Ich bin's, Beck, und Mario ist auch hier. Du bist jetzt in Sicherheit.«

Die Möbel waren abgewetzt und standen wohl schon seit der Eröffnung des Motels dort. Ein Bett nahm den Großteil des Platzes im dunklen Zimmer ein.

Die Tagesdecke war auf einer Seite zurückgeschlagen und ein Kissen eingedrückt. Auf dem Nachttisch stand eine

Dose Coke. Auf dem Boden lag eine weiße Lederjacke. Ein gestickter Aufnäher mit einem Paar Ballettschläppchen war auf die sichtbare Seite genäht. Das war die Jacke, die Bev auf dem Foto getragen hatte, das Mario von den Albanern besorgt hatte.

Ich hob sie auf. Am Bund war ein Blutstreifen. Ich ließ sie fallen.

»Bev, bist du im Bad? Ist alles okay?«

Rechts von einer Nische mit einer Stange voller leerer Kleiderbügel lag das Bad. Die Tür war zu. Unter der Tür schimmerte ein Streifen gelbes Licht.

Ich klopfte. »Bev?«

Keine Antwort. Ein Bild, wie sie mit aufgeschnittenen Handgelenken in der Badewanne lag, schoss mir in den Kopf. Ich verdrängte es und hämmerte gegen die Tür.

»Bev! Ich bin's, Beck, und Mario ist auch da. Du fährst jetzt nach Hause.«

Es kam keine Antwort. Die Tür war abgeschlossen. Ich zog den Arm an den Körper und rammte die Tür mit der Schulter. Sie splitterte.

Das Bad wirkte leer. Ich schob den Duschvorhang zur Seite. Nichts als eine leere Wanne mit einem Schmutzrand. Mein Blick fiel auf das offene Fenster.

Ich schnappte mir Bevs Jacke und schoss aus dem Zimmer. »Sie ist durchs Fenster raus.« Ich rannte zur Rückseite des Motels. »Schnell! Hintenrum.«

Ich bog um die Ecke des Gebäudes. Mit dem Blick die Fenster im Erdgeschoss abtastend, rannte ich zu dem offenen. Die Hecke unter dem Fenster war plattgedrückt. Mehrere Zweige waren mittendurch gebrochen.

Ich musterte den Parkplatz, als Mario und der Russe eintrafen. In einer Ecke standen zwei Müllcontainer. Ich lief auf sie zu. »Bev! Ich bin's, Beck. Du bist sicher. Ich will nur reden.«

Ich lief um die Container herum, hob beide Deckel an und wich vor dem Gestank zurück. Hinter dem Parkplatz verlief eine Straße. Ich schaute in beide Richtungen, aber von ihr war keine Spur.

»Komm. Wir müssen sie suchen.«

Wir sprangen in den BMW und ich fuhr direkt auf die Straße hinter dem Motel.

Mario sagte: »Bist du sicher, dass sie da war?«

»Ich hab ihre Jacke gefunden, die von dem Foto, das du von den Albanern bekommen hast.«

»Vielleicht hat Igor das absichtlich platziert.«

Daran hatte ich nicht gedacht. »Meinst du?«

»Keine Ahnung, aber möglich ist es.«

»Wenn er uns um vierzig Riesen beschissen hat, muss er wissen, dass wir ihn uns vorknöpfen würden.«

»Ja, schon, aber warum sollte sie weglaufen?«

»Sie hat Angst.«

»Vor uns?«

»Vor der ganzen Sache. Bev wurde herumgereicht, sie hat wahrscheinlich gedacht, es geht schon wieder los.«

»Hat Igor ihr nicht gesagt, dass wir sie holen?«

»Keine Ahnung, aber würdest du das glauben?«

»Ja, stimmt schon.«

»Schau dir ihre Jacke an, da ist Blut dran.«

»Blut?« Er griff sie vom Rücksitz und sah sie sich an.

»Sie sollte besser in Ordnung sein.«

Ich fuhr an den Bordstein. »Frag den Typen da, ob er sie gesehen hat.«

Mario sprang aus dem Wagen und ging zu einem Mann, der auf den Stufen eines Hauses saß. Der Mann schüttelte den Kopf, und Mario kam zurück. »Hat gesagt, er hat niemanden gesehen, aber ich glaube, er hat gelogen.«

Ich schlug mit der Handfläche aufs Lenkrad. »Wir schauen uns noch ein bisschen um, dann gehen wir zu Igor.«

Eine halbe Stunde später waren wir wieder in der Bar. Wir gingen rein und steuerten direkt auf den Hinterraum zu. Ein Barkeeper rief: »Hey, da können Sie nicht rein!«

Ich klopfte und riss die Tür auf. Igor telefonierte gerade.

»Wo ist sie?«

Igor runzelte die Stirn und beendete das Gespräch. »Was ist los?«

»Bev war nicht in dem Zimmer, zu dem Ihr Schläger uns gebracht hat.«

»Das ist seltsam.«

»Wollen Sie uns verarschen?«

»Igor macht einen Deal, Igor hält seinen Teil ein.«

»Tja, Ihr Teil der Abmachung hängt in der Luft.«

Igor rief jemanden an und sprach Russisch. Er legte auf.

»Sie war da, aber sie ist abgehauen.« Er zuckte mit den Schultern. »Die versuchen immer abzuhauen.«

»Ich will mein Geld zurück.«

»Wenn Igor sie findet, wird sie zahlen.«

»Sie dürfen ihr nichts antun!«

»Das ist die einzige Art, ihr eine Lektion zu erteilen.«

»Hat sie vorher schon versucht abzuhauen?«

»Die versuchen es alle.«

»An ihrer Jacke war Blut. Was ist passiert?«

»Igor weiß es nicht.«

»Fragen Sie Ihre Leute.«

»Die wissen nichts.«

»Woher wollen Sie das wissen, ohne bei ihnen nach-zufragen?«

»Igor weiß alles.«

»Ja? Und wo ist sie dann?«

»Igor wird sie finden, aber Sie zahlen Igors Kosten.«

»Das ist Bullshit. Sie haben Ihren Teil der Abmachung nicht eingehalten.«

»Igor wird sich umsehen.«

»Ich will, dass sie gefunden wird, und zwar schnell.«

Igor starrte mich wütend an und setzte sich, sagte aber nichts.

Wir stiegen wieder in meinen Wagen und Mario sagte: »Dem Mistkerl traue ich nicht.«

»Vertrauen ist Bullshit, okay? Wenn du dich auf Vertrauen verlässt, damit was erledigt wird, belügst du dich selbst. Es zählt, welchen Vorteil jemand von einer Sache hat.«

»Ach ja? Wir haben dem Mistkerl vierzig Riesen gezahlt.«

»Genau das meine ich.«

»Aber wir haben Bev nicht bekommen.«

»Kann sein, dass ich mich irre, aber ich glaube, Igor hat es kalt erwischt, als sie abgehauen ist.«

»Meinst du? Ich glaube, er spielt mit uns.«

»Das liegt nicht in seinem Interesse.«

»Er hat das Geld. Bev ist inzwischen wahrscheinlich in Jacksonville oder Atlanta.«

Ich hatte nicht daran gedacht, dass Igor sie in eine andere Aktion in einer anderen Stadt verlegen könnte. »Dann muss er uns das Geld zurückgeben.«

»Viel Glück damit. Er hat eine Menge Leute, und wer

weiß, vielleicht zieht er aus dem Bundesstaat weg oder zurück nach Russland oder so.«

39

ICH GING INS HAUS, UND TOBY KAM HERANGETRABT.

Laura rief: »Beck?«

Ich kraulte Toby den Kopf. »Ja.«

Laura kam ins Wohnzimmer und sah mich an. »Oje. Was ist passiert?«

Ich ließ mich aufs Sofa fallen, und sie legte den Arm um mich. »Erzähl mir, was passiert ist.«

Nachdem ich ihr erzählt hatte, dass es so aussah, als wäre Bev abgehauen, sagte sie: »Es tut mir so leid.«

»Wir suchen nach ihr.«

»Glaubst du, dass ihr sie findet?«

Ich zuckte mit den Schultern. »Ich kann's einfach nicht fassen.«

»Ich weiß, das ist enttäuschend, und ich sag's ungern, aber sie hat das schon mal gemacht.«

Als ob ich das nicht wüsste. »Wir waren so nah dran.«

»Gib nicht auf.«

Ich stand auf. »Das wäre das Letzte, was ich tun würde.«

»Ich weiß. Wenn ich irgendwas tun kann, um sie zu finden, sag Bescheid.«

»Danke. Ich muss mich um ein paar Dinge kümmern.«

»Oh, ich habe dir ganz vergessen zu sagen: In den Nachrichten gab's einen Beitrag über Atlas Crane. Was für ein Widerling der ist.«

»Kommt später bestimmt noch mal. Wenn ich meinen Kram erledigt habe, gucken wir ein bisschen fern.«

»Soll ich dir ein Glas Bourbon einschenken?«

»Das klingt jetzt gut.«

Mit meinem Drink in der Hand schloss ich die Tür zum Arbeitszimmer und klappte meinen Laptop auf. Ich klickte auf Proton Mail und ging in meinen Posteingang. Das Video von meinem Kontakt bei WINK News war eingetroffen.

Ich öffnete die Nachricht und drückte auf Play.

Über fünfzig Leute standen auf der Straße vor Atlas Cranes Haus. Die Kamera schwenkte über die Menge und die Schilder, die einige hochhielten. Die Sprüche waren wie die, die man mir per FaceTime gezeigt hatte, aber die Menge war gewachsen.

Der Bildschirm füllte sich mit einer blondhaarigen Frau in ihren Dreißigern.

»Hier ist Katherine Rigby, live aus den Livingston Estates. Wie unsere Zuschauer sehen können, haben sich Nachbarn und besorgte Bürger vor dem Haus von Atlas Crane versammelt, der im Verdacht steht, Verbindungen zu Kinderpornografie zu haben. WINK News hatte zuvor berichtet, dass das Sheriffbüro von Collier County eine Razzia durchgeführt und diverse Gegenstände aus einem Lagerraum beschlagnahmt hat, den Herr Crane gemietet hatte.«

»WINK News hatte exklusiv berichtet, dass der Lagerraum von Herrn Crane unter einem Alias angemietet wurde.«

»An den Namen Atlas Crane erinnern sich unsere Zuschauer vielleicht noch: Seine Frau wurde vor vierzehn Jahren ermordet, Herr Crane wurde damals verhaftet, aber freigesprochen.«

Die Reporterin sagte: »Okay, hier schneiden wir. Holen Sie eine Aufnahme, achten Sie darauf, dass es eine Nahaufnahme vom Garagentor ist. Danach machen wir ein paar Interviews.«

Der Kameramann sagte: »Okay. Hab ich, gehen wir weiter.«

Die Reporterin strich sich die blonden Haare hinters Ohr und lächelte in die Kamera. »Cranes Nachbarn wurden wütend, als die Vorwürfe öffentlich wurden. Wir lassen jetzt einige von ihnen zu Wort kommen.«

Die Kamera schwenkte zu einer Frau in den Vierzigern, die ein Schild hochhielt, auf dem stand: *Schützt unsere Kinder!*

»Das ist Tracy Mulligan, sie wohnt gegenüber. Frau Mulligan, warum protestieren Sie hier draußen?«

Mit vor Ekel verzogenem Gesicht sagte die Frau: »Wir wollen keine Pädophilen oder Sexualstraftäter in unserer Nachbarschaft. Ich habe gehört, sie haben in seinem Lagerraum widerliche Bilder gefunden. Meine Kinder spielen hier draußen. Sie haben ein Recht darauf, geschützt zu werden und von solchen Typen wie ihm ferngehalten zu werden.«

»Haben Sie jemals beobachtet, dass Herr Crane sich in irgendeiner Weise auffällig verhalten hat?«

Die hinter der Frau versammelte Menge wurde größer.

»Wissen Sie, früher habe ich mir da nicht viel bei

gedacht, aber er schlich hier ständig rum und glotzte den Kindern beim Spielen zu. Mir wird schlecht, wenn ich nur an ihn denke. Sie hätten sehen müssen, wie er sie angeguckt hat. Man konnte richtig sehen, wie sein kranker Kopf arbeitete, wissen Sie, was ich meine?«

»Was sollte Ihrer Meinung nach passieren?«

»Der gehört in den Knast, und den Schlüssel sollte man wegwerfen. Ich meine, verdammt, er hat seine Frau umgebracht, und jetzt das? Warum zum Teufel sitzt der nicht längst hinter Gittern?«

Die Reporterin nickte, und die Kamera ging zu einem Mann um die Sechzig mit Baseballkappe. »Sir, dürfen wir fragen, was Sie heute hergebracht hat?«

Mit New Yorker Akzent sagte der Mann: »Als er wegen des Mordes an seiner Frau davongekommen ist, habe ich gesagt, vielleicht ist er nicht schuldig und verdient eine zweite Chance. Aber jetzt, mit dem Dreck, den sie in seinem Lager gefunden haben? Da muss was passieren. Ich habe drei Enkel, sieben, neun und zehn Jahre alt. Meine Frau und ich passen jeden Tag nach der Schule auf sie auf.«

»Was sollte Ihrer Meinung nach dagegen unternommen werden?«

»Wo ich herkomme, wenn die Polizei sich nicht drum kümmert, dann tun wir's.«

Die Reporterin sagte: »Wie Sie sehen können, sind die Nerven zum Zerreißen gespannt. Wir warten auf eine Antwort des Sheriffbüros auf unsere Anfrage – Moment mal, es sieht so aus, als gäbe es eine Entwicklung.«

Als die Kamera den Blickwinkel änderte, waren Sirenen zu hören. Zwei Streifenwagen kamen die Straße herunter.

Als die Menge auseinanderging, sagte die Reporterin: »Die Polizei ist da. Mal sehen, ob sie etwas sagen.«

Das Bild wackelte, als die Reporterin auf die Beamten zuging.

»Entschuldigen Sie, Officer.«

Ein uniformierter Beamter ging an der Reporterin vorbei und die Kamera folgte ihm und drei weiteren Cops bis zur Haustür von Cranes Haus.

Die Reporterin sagte: »Sie sind nicht hier, um die Menge aufzulösen. Die Polizei klopft an Atlas Cranes Tür. Ich höre, wie sie ihn auffordern, die Tür zu öffnen. Die Tür bleibt trotz der Bitten der Beamten geschlossen. Ein Beamter hält ein Dokument hoch. Er sagt, sie seien hier, um einen Durchsuchungsbefehl zu vollstrecken.«

Die Tür ging auf, Crane wurde der Durchsuchungsbefehl gezeigt und die Beamten betraten das Haus. Die Menge drängte zum Haus hin. Ein Mann in den Dreißigern begann zu skandieren: »Sperrt ihn ein! Sperrt ihn ein!« Binnen zehn Sekunden stimmte die Menge ein.

Ich pausierte das Video. Es war Zeit, Tyler zurückzurufen.

Er ging ran und sagte: »Ich habe Sie zehnmal angerufen.«

»Es tut mir leid, aber ich hing in Fort Myers fest.«

»Die durchsuchen gerade das Haus meines Vaters.«

»Habe ich gehört. Das ist der perfekte Zeitpunkt, ihm zu sagen, dass er gestehen soll.«

»Ich hab ihn schon angerufen. Er meinte, auf keinen Fall. Er hat gesagt, die Cops würden nichts finden.«

»Das ist die falsche Entscheidung.«

»Mir ist das inzwischen egal, ich will einfach, dass es vorbei ist. Wenn er mit Mord davonkommt, muss ich das wohl hinnehmen.«

»Treffen Sie mich zum Lunch bei EJ's in Bayfront. Wie wär's mit ein Uhr?«

»Lunch? Bei allem, was gerade abgeht?«

»Wir können das besprechen.«

»Ich sehe keinen Sinn darin, uns zu treffen. Wir müssen das alles beenden.«

»Vertrauen Sie mir, ich weiß, es ist hart, aber Sie müssen nur noch ein kleines bisschen durchhalten. Das Ende ist nah.«

»Ich weiß nicht.«

»Hören Sie zu, Sie zahlen mir eine Menge Geld dafür, Ihnen zu helfen, und ich werde Ihnen liefern, wofür Sie bezahlt haben. Wir sind so gut wie durch. Den letzten Teil erkläre ich Ihnen morgen.«

»Die Leute fangen an, über mich zu reden, und ich hatte mit der ganzen Sache nichts zu tun.«

»Sobald Ihr Vater gesteht, und das wird er bald, erledigt sich der ganze andere Kram.«

»Wie können Sie sich da so sicher sein? Er hat gesagt, er würde niemals gestehen.«

»Weil ich es weiß. Sie werden es morgen schon sehen.«

40

DIE SONNE LUGTE ÜBER DIE BAUMKRONEN, ALS LAURA IN DIE Küche kam. »Guten Morgen. Du bist früh dran.«

»Ich konnte nicht schlafen.«

»Ich weiß, du hast dich die ganze Nacht hin und her gewälzt.«

»Sorry.«

»Schon gut. Ich weiß, du machst dir Sorgen wegen der Sache mit Bev.«

»Ich hoffe einfach, dass sie in Sicherheit ist.«

»Ich hoffe, dir ist klar, dass es sein kann, dass sie gar nicht gefunden werden will.«

»Das ergibt keinen Sinn. Warum sollte sie weiter dieses beschissene Leben führen wollen, das sie führt?«

»Ich sag ja nur, vielleicht sind die Schuldgefühle, weil sie Dawn verlassen hat, und die Scham wegen ihres Drogenkonsums und, äh, Lebensstils einfach zu viel.«

»Vergangenes ist vergangen, sie muss nach vorn schauen.«

»Manche können ihre Vergangenheit nicht hinter sich lassen.«

Meinte sie mich? »Ich bin kein Psychologe, aber wir zeigen Bev, dass uns egal ist, was passiert ist, und ich wette, sie kriegt die Kurve.«

»Das wird viel Arbeit.«

»Ich muss los.«

»Wohin gehst du? Es ist so früh.«

»Zu Larson.«

———

DER WACHMANN von Pelican Marsh winkte mich am Tor durch, und ich bog in eine Ecke der Wohnanlage namens The Arbors ab. Larsons Haus war nicht das größte, aber mein detailverliebter Freund und Vertrauter sorgte dafür, dass es strahlte.

»Komm rein, Beck.«

»Gehst du heute an den Strand?«

»Heute nicht. Bei der ganzen Luftfeuchtigkeit ist es wie im türkischen Bad.«

»Es muss bald regnen. Es liegt seit drei Tagen in der Luft.«

Ich folgte ihm in die Küche. »Willst du eine Tasse Kaffee?«

»Nein danke, ich hatte schon zwei.«

Wir setzten uns an einen Küchentisch mit Glasplatte. »Es tut mir wirklich leid, was mit Bev passiert ist.«

»Danke. Ich schätze, es war zu einfach.«

»Nichts, wofür es sich zu kämpfen lohnt, ist jemals einfach.«

»Das auf jeden Fall, aber hier, ich weiß nicht. Ich werde

das Gefühl nicht los, Igor könnte mich an der Nase herumgeführt haben.«

»Wieso kommst du darauf?«

»Zum einen hat Igor meine vierzig Riesen.«

Larsons Augenbrauen schossen hoch. »Wie ist das passiert?«

Ich erzählte ihm, dass ich das Geld übergeben hatte, bevor ich losgefahren war, um Bev zu holen.

Er sagte: »Ich bin überrascht, dass du darauf eingegangen bist.«

»Wir arbeiten schon eine Weile mit ihm zusammen.«

»Wach auf, Beck. Er ist ein russischer Krimineller. Welchen Teil von ›Man traut ihnen nie‹ hast du nicht verstanden?«

»Aber–«

Larson stand auf. »Was hast du dir gedacht? Wo war die legendäre Vorsicht, von der du immer redest?«

Ich fühlte mich wie ein Zweitklässler im Büro des Rektors. »Ich hole mir das Geld zurück.«

»Das Geld ist egal. Was mir Sorgen macht, ist die Tatsache, dass du bequem geworden bist oder, schlimmer, dass du zugelassen hast, dass deine Gefühle dein Urteilsvermögen trüben.«

Hatte er damit recht, was die Gefühle anging? »So war es nicht, Ray. Igor war eine Quelle. Wir haben ihn nur für die Crane-Unterlagen benutzt–«

»Und wann hast du ihn für diese Papiere bezahlt?«

Mir klappte die Kinnlade runter.

»Du hast ihn bezahlt, als er sie dir gegeben hat. Oder?«

Ich nickte.

»Ich fasse es nicht. Und das, nachdem sie versucht

haben, dich auszurauben. Sind da keine Alarmglocken angegangen?«

»Ich habe wohl die Wachsamkeit schleifen lassen.«

»Das ist untertrieben.«

»Entweder finde ich Bev oder ich hole mir mein Geld zurück.«

»Du weißt nicht mal, ob deine Pflegeschwester hier ist.«

»Doch. Wir haben ein Foto von ihr, als sie in den Händen der Albaner war.«

»Wer weiß, wann das aufgenommen wurde? Das kann fünf Jahre her sein.«

»Nein. Ich weiß, dass sie hier ist. Wir haben ihre Jacke, die, die sie auf dem Bild anhatte.«

»Ich bin mir nicht sicher, ob das was heißt.«

»Warum nicht?«

»Jacke und Foto können Teil einer Masche sein.«

»Nein, das kann nicht sein.«

»Ach ja? Wie ausgeklügelt sind deine eigenen Maschen?«

Meine Schultern sackten nach unten. Gedanken schossen wie Flipperkugeln durch meinen Kopf.

»Obwohl Igor ein Meisterfälscher ist, hast du das nie in Betracht gezogen, oder?«

Ich schob den Stuhl zurück und sagte: »Ich muss mal pinkeln.«

Ich stellte mich vor den Spiegel. Meine Wangen waren rot. Ich war hergekommen, um Hilfe zu bekommen, nicht um runtergemacht zu werden. Ich respektierte Larson, und das, was er gesagt hatte, ließ mich mies fühlen. Ich hatte es verbockt. Richtig übel.

Ich spülte und drehte den Wasserhahn auf, um Zeit zu schinden.

Die Stoiker sagen, Gefühle seien natürlich, aber sie

sagen auch, man dürfe sie nicht zu seinem Herrn werden lassen. Man muss seine Gefühle beiseiteschieben, erst nachforschen und analysieren, bevor man handelt.

Als ich das Wasser abstellte, wusste ich, dass Larson recht hatte. Ich hatte die Dinge für bare Münze genommen. Ich schaute zum Badezimmerfenster. Einen Moment lang überlegte ich, ob ich durchs Fenster schleichen sollte. Ich holte tief Luft und verließ das Bad.

Als ich in die Küche trat, sagte Larson: »Alles okay?«

Ich nickte. »Du hattest recht. Mein Herz ist mir in die Quere gekommen.«

»Normalerweise würd ich sagen, das ist normal, aber in dem Spiel, in dem du bist, können solche Fehler tödlich sein.«

»Ich weiß.«

»Lern draus und mach weiter.«

»Glaub mir, mach ich. Ich will mich nicht noch mal blamieren.«

»Das ist noch so ein Gefühl, das Menschen aus der Spur bringt.«

»Ich meinte, dass ich Gefühle nicht mehr dazwischenfunken lasse und alles mit höchster Vorsicht angehe.«

Larson fuhr mit der Fingerkuppe am Rand seiner Kaffeetasse entlang. »Ist dir klar, dass Bev vielleicht gar nicht gefunden werden will?«

»Ja, aber das liegt daran, dass sie Angst hat oder sich für das, was sie getan hat, schämt. Aber wir besorgen ihr die Hilfe, die sie braucht.«

»Und dir ist klar, dass es nicht leicht ist, eine Sucht zu besiegen, eine, die sich offenbar seit Jahren hinzieht?«

»Es wird hart, aber ich muss ihr die Chance geben, die sie verdient.«

»Das ist ehrenwert, aber pass auf, dass du nicht in noch mehr emotionale Fallen tappst.«

»Ich weiß, wie leicht man sich selbst verarscht, und nach dem ganzen Kram werde ich extra auf der Hut sein.«

Larson nickte. »Lass mich mit ein paar meiner Kontakte sprechen. Es ist entscheidend, dass wir verstehen, ob Igor mit offenen Karten spielt oder nicht.«

»Ich weiß das echt zu schätzen.«

Larson stand auf. »Ich hoffe, du findest sie.«

»Danke.«

»Heute sollte ein großer Tag im Fall Crane werden. Du solltest los.«

Ich folgte Larson zur Haustür. Statt nach der Klinke zu greifen, drehte er sich um und sagte: »Mir ist klar, dass ich hart zu dir war, aber ich musste das klarstellen.«

Das Ein-Mann-Erschießungskommando hatte seinen Punkt gemacht.

»Schon okay. Die Erinnerung war nötig.«

Mit angeknackstem Ego trat ich in den Sonnenschein. Ein Gecko in der Einfahrt stellte sich auf die Hinterbeine und flitzte in die Büsche.

Während ich Larsons Standpauke im Kopf noch mal abspielte, zog sich mir der Magen zusammen. Ich schwor mir, nie wieder in diese Lage zu geraten.

Ich stieg in mein Auto und holte das Wegwerfhandy raus, mit dem ich Atlas Crane schreibe. Ich tippte eine weitere Nachricht: *Ihnen läuft die Zeit davon. Das ist Ihre letzte Warnung, gestehen Sie jetzt!*

41

ICH BOG VON DER CRAYON ROAD AB UND DRÜCKTE AUF DEN Garagentoröffner. Als das Tor hochfuhr, klingelte mein Handy. Es war Detective Moreno.

»Hey, Moe. Was geht?«

»Nur ein kurzer Anruf, um dir zu sagen, dass sie unterwegs sind.«

»Super. Mach's gut.«

»Du auch.«

Ich ging ins Haus. Seufzend warf ich die Schlüssel in die Schale auf dem Tisch. Toby bellte. Er war hinten im Garten.

Laura sah über ihren Laptop hinweg. »Was ist los?«

»Nichts.«

»Was hat Larson gesagt?«

»Nicht viel.«

»Warum bist du dann hingefahren?«

Ich schob die Schiebetür auf und Toby schoss rein. »Nur ein paar Dinge zu klären, das ist alles.«

»Hast du ihm erzählt, was mit Bev passiert ist?«

Obwohl ich am liebsten Nein gesagt hätte, meinte ich:

»Ja. Er will ein paar Anrufe machen, um zu sehen, ob er helfen kann.«

»Was hält er davon, was da abging?«

Ich liebte sie, aber dieses Fragen im Dauerfeuer war ein Problem. »Er meinte, ich solle aufpassen.«

»Das war's?«

»Ja. Warum reitest du da so drauf rum?«

»Weil du aussiehst wie ein Welpe, der gerade zusammengefaltet wurde, weil er auf den Boden gepinkelt hat.«

»Wovon redest du?«

»Was hat er zum Geld gesagt?«

»Welches Geld?«

»Das Geld, das du gezahlt hast, um Bev zu kriegen.«

Ich zögerte. »Ich weiß nicht, wovon du redest.«

»Du hast mir gesagt, du würdest zahlen, um sie von den Leuten zurückzubekommen, die sie auf den Strich schickten.«

»Und?«

»Was ist mit dem Geld passiert?«

Anstatt zu lügen, ging ich in die Küche und holte mir eine Flasche Wasser aus dem Kühlschrank.

»Er kann ja kaum begeistert gewesen sein, dass du das Geld nicht zurückbekommen hast.«

»Was redest du da?«

Sie stand auf und ging in die Küche.

»Du hast das Geld, das unter der Spüle lag, genommen und in deinen Rucksack gepackt. Als du in jener Nacht heimkamst, hast du den Rucksack einfach stehen lassen. Er lag die ganze Nacht rum. Wenn er mit Geld vollgestopft gewesen wäre, hättest du ihn versteckt.«

Und genau da lag der Nachteil daran, dass sie endgültig

bei mir eingezogen war. »Es ist nicht so, wie du denkst. Das Geld ist nicht weg.«

»Hab ich auch nicht gesagt, aber du hast nicht bekommen, wofür du gezahlt hast, oder?«

»Du, das brauch ich grad echt nicht, okay? Erst Larson und jetzt du?«

»Oh. Jetzt verstehe ich. Er war nicht begeistert davon.«

Mein Handy klingelte. Ich kramte es raus. Es war Tyler Crane. Ich wischte den Anruf weg.

»Nur zu deiner Info: Wir haben nicht über das Geld geredet.«

»Worüber war er dann sauer?«

»Er war nicht sauer. Er wollte nur sichergehen, dass ich mir bei der ganzen Bev-Sache nicht von meinen Gefühlen in die Quere kommen lasse.«

»Was hat er gesagt?«

»Du, ich hab grad keine Lust, das wiederzukäuen, okay?«

Wieder klingelte das Handy. Tyler. Schon wieder. Ich wischte ihn weg.

Ich ging aus dem Zimmer. »Ich muss mich darum kümmern.«

Hinter meinem Schreibtisch tippte ich Tyler eine Nachricht: *Ich weiß über alles Bescheid. Wir regeln das beim Mittagessen.*

Eine Sekunde später klingelte mein Handy. Tyler. Ich wischte ihn weg und schickte noch eine Nachricht: *Bin beim Arzt und kann nicht reden. Wir sehen uns später.*

Ruf mich an, wenn du durch bist.

Am besten nicht antworten.

Ich hörte Laura rufen: »Ich fahr zu Publix. Brauchst du was?«

»Nee. Nichts Besonderes.«

»Okay.«

Ich wartete fünf Minuten, bevor ich das Arbeitszimmer Richtung Wohnzimmer verließ. Ich machte den Fernseher an und zappte durch die Kanäle, auf der Suche nach Nachrichten.

Nichts als eine Reihe von Vormittags-Talkshows und mies gespielten Seifenopern. Ich schnappte mir Tobys Leine. »Komm, Junge.«

Er rannte zu mir und setzte sich. Ich machte ihm die Leine dran und wir gingen raus spazieren.

Toby schnüffelte herum, als wäre er zum ersten Mal im Viertel. Wir gingen nach links, und als ich das Naturschutzgebiet sah, war ich wieder in jener Nacht, in der er Dawn und ihr Baby gefunden hatte.

Kaum zu fassen, welche Wendung mein Leben genommen hatte: Laura wohnte im Grunde bei mir, Dawn und ihr Kind waren auf mich angewiesen, Bev wiederzubekommen wurde real und ich hatte vierzig Riesen abgedrückt, ohne irgendwas dafür vorweisen zu können.

Abgesehen von der Kohle war alles positiv, aber eine miese Stimmung legte sich drüber.

Ich zog Toby von einem Frosch weg, den ein Auto plattgefahren hatte, und wusste genau, warum ich so down war. Unterm Strich hatte Larson mich zurechtgestutzt.

Ich wusste, dass er recht hatte, aber Larson zu enttäuschen, fühlte sich größer an, fast wie Verrat. Mein Respekt vor ihm hatte nichts mit dem Erfolg zu tun, den er erreicht hatte. Er war echt. Er hatte eine gute Ehe geführt, bevor er seine Frau an den Krebs verlor, und einen Sohn großgezogen, der ein guter Mann war und aus eigener Kraft erfolgreich.

Ich verließ mich darauf, mit Larson Dinge abzuklopfen, Privates wie Berufliches. Ihm erzählte ich Sachen, die ich Mario nicht sagen würde. Er war mehr als nur eine Vaterfigur. Wenn Larson weniger von mir hielte, würde das unsere Beziehung ruinieren.

——————

ICH GLITT in eine Parklücke an Bayfronts Hauptstraße. Tyler tigerte auf dem Gehweg vor EJ's Café auf und ab. Er kam auf mich zu.

»Sie haben meinen Vater verhaftet!«

Ich legte einen Finger an die Lippen. »Pssst.«

Tyler schaute in beide Richtungen und blieb an einer Frau hängen, die einen Kinderwagen schob. Die Dame drehte auf dem Absatz um und ging über die Straße.

Ich klopfte ihm auf die Schulter und sagte: »Lass uns schnell was essen.«

»Wie kannst du in so einer Situation essen?«

»Komm, du musst was essen.«

»Ich will nichts essen.«

Ich steuerte das Café an und er folgte.

Ich suchte hinten im Außenbereich einen Tisch aus und führte ihn zu einem Stuhl.

»Wohin haben sie ihn gebracht?«

»Wahrscheinlich ins County-Gefängnis.«

»Er braucht einen Anwalt.«

»Ja. Hast du jemanden im Sinn?«

»Ich kenne keine Anwälte. Du?«

»Keine Sorge, ich regele das. Ich kenne haufenweise Anwälte.«

»Er braucht einen guten, den besten.«

Ich hob die Hand, als die Bedienung rüberkam.

Ich sagte: »Ich nehme einen Jalapeño-Burger. Medium.«

Tyler sagte: »Ich will nichts.«

»Bringen Sie ihm ein Truthahn-Panini. Wenn du es nicht isst, kannst du es mit nach Hause nehmen.«

Die Bedienung ging und Tyler sagte: »Ich hab dir gesagt, das Ganze ist ein Fehler, und du hast immer gemeint, das wird schon, und jetzt sitzt er im Knast.«

»Hör zu, du bist zu mir gekommen, weil dein Vater mit dem Mord an deiner Mutter davonkommt. Es gibt keinen Zweifel, dass er es getan hat. Er ist ein Mörder.«

»Ich weiß, aber jetzt diese durchgeknallten Kinderporno-Vorwürfe, die du ihm angehängt hast, die sind schlimmer. Sie haben versucht, sein Haus niederzubrennen. Im Knast werden sie ihn angreifen. Vielleicht überlebt er die Nacht nicht.«

Ich beugte mich vor und sagte: »Jetzt hat er allen Grund zu gestehen.«

»Wenn er es tut, lässt du den ganzen Porno-Kram verschwinden?«

»Ja. Er ist dann da, wo er hingehört.«

»Okay.«

»Morgen früh wird er dem Haftrichter vorgeführt. Dann sollte er gegen Kaution rauskommen und wir regeln alles.«

»Wie kannst du dir da so sicher sein?«

»Ich hab mit ein paar Anwälten gesprochen. Er besitzt das Haus und obwohl er früher schon vor Gericht stand, ist er nicht vorbestraft. Sie sollten ihn rauslassen.«

»Und wenn nicht?«

»Das werden sie. Vielleicht muss er eine Fußfessel tragen. Aber wenn es sein muss, kriegen wir das hin.«

42

Toby wartete an der Innentür und sprang mich an, als ich aus der Garage hereinkam. Ich kraulte seinen Kopf und er rollte sich auf den Rücken und streckte mir den Bauch hin.

Ich kniete mich hin und rieb ihm den Bauch. Laura hämmerte auf ihrem Laptop herum. Der Esstisch war mit Papieren übersät.

Ich sagte: »Hast du ihn gar nicht beachtet?«

»Ich war wahnsinnig beschäftigt. Die Zentrale hat uns einen Haufen Fälle rübergeschoben. Damit sollte ich ganz gut verdienen.«

Das war Peanuts im Vergleich zu dem, was ich Igor übergeben hatte. »Das ist gut.«

Sie stand auf. »Oh, das wirst du nicht glauben.«

»Was?«

»Ich hab auf Facebook gesehen, dass Atlas Crane verhaftet wurde. Die Naples-Gruppen werden mit Posts dazu geflutet.«

»Wegen der Kinderporno-Geschichte?«

»Ja. Komm her, ich rufe es auf. Es ist unfassbar.«

Ich zog einen Stuhl dicht zu Laura heran und setzte mich.

»Hier, schau dir den an. In der Naples-Community-Gruppe gepostet.«

Gepostet von ImaNeopolitan

WIDERLICHE NACHRICHTEN:

Atlas Crane, ein Bewohner der Livingston Estates, wurde heute Morgen wegen mehrfachen Besitzes und der Verbreitung von Kinderpornografie verhaftet. Das Collier County Sheriff's Office bestätigte die Festnahme nach einer Ermittlung, die Durchsuchungen seines Hauses und eines von ihm gemieteten Lagerraums umfasste.

Vor etwa vierzehn Jahren stand Crane wegen des Mordes an seiner Frau vor Gericht. Er wurde freigesprochen, aber der Tod eines wichtigen Zeugen während des Prozesses könnte zu dem Urteil beigetragen haben. Der Fall ist weiterhin ungelöst.

Bitte bleibt in den Kommentaren respektvoll.

Kommentare:

- **Susan Miner:** *Ich fass es nicht. Er wirkte immer so nett. Das ist widerlich.*
- **Mike The OG:** *Ich wusste, mit dem Drecksack stimmt was nicht. Immer viel zu freundlich zu Kindern auf den Baseballfeldern in North Collier. Sperrt den Perversen weg!*
- **Jennifer B1962:** *Leute, fahrt mal runter, bis alle Fakten auf dem Tisch liegen. Unschuldig bis zum Beweis des Gegenteils, oder?*
- **Robert Kline:** *@Jennifer B1962, die Fakten liegen vor. Die haben tonnenweise Beweise gegen ihn gefunden. Er ist krank.*

- **Tina the Dog Lover:** *Mir bricht das Herz für die Opfer. Unsere Kinder müssen geschützt werden. Anscheinend ist Naples doch nicht so sicher, wie wir denken.*
- **Sea Shells 99:** *Oh nein! Ich arbeite im Mel's Diner und er kam ständig rein. Er hat immer versucht, uns anzufassen.*

[Kommentare gehen weiter ...]

Laura sagte: »Die Kommentare kommen rein wie verrückt. Gucken wir mal, was die Naples-Vibe-Gruppe dazu hat.«

Laura tippte auf die Tastatur und Naples Vibe, eine weitere beliebte Facebook-Gruppe, füllte den Bildschirm. Sie sagte: »Oh mein Gott, da sind schon tausend Kommentare.«

Ich las den ersten Beitrag.

Gepostet von Sunny Daze

WICHTIGES UPDATE: Atlas Crane, der widerliche Typ, der mit dem Mord an seiner Frau davongekommen ist, wurde wegen Besitzes von Kinderpornografie verhaftet. Mein Mann arbeitet bei der Naples PD und er sagte, der Sheriff von Collier County habe handfeste Beweise von Cranes Computer und Handy.

Dieser Drecksack lebt hier sein ganzes Leben. Wie konnte der überhaupt in die Nähe unserer Kinder gelassen werden?

Ich bin fassungslos. Was geht in unserer Stadt vor?

Kommentare:

- **FerrariRules:** *Das ist irre. Verbrennt ihn auf dem Scheiterhaufen.*
- **RachelE.:** *Ich habe nie geglaubt, dass er im Fall seiner*

Frau unschuldig war. Und jetzt das? Er ist ein Sexualstraftäter. Sperrt ihn weg.

- **DanaZ1969**: *@Rachel Evans, er wurde FREIGESPROCHEN. Lass uns das nicht wieder aufwärmen. Aber ja, das neue Zeug ist furchtbar, falls es stimmt.*
- **CarlosBuildsSandcastles**: *Wie kann so einer immer wieder durch die Maschen rutschen? Erst die Sache mit der Frau, jetzt DAS? Die Cops müssen mal liefern.*
- **SophiaZ**: *Mein Mitgefühl gilt den Kindern, die ausgenutzt wurden. Das ist so traurig und unnötig.*
- *[Kommentare gehen weiter ...]*

Laura sagte: »Hattest du etwas damit zu tun, ihn als das zu entlarven, was er ist?«

Ich stand auf. »Manchmal dauert's, aber die Wahrheit kommt immer ans Licht.«

»Ist das ein Ja oder ein Nein?«

»Mach weiter. Ich geh mit Toby eine Runde, bevor ich losfahre.«

»Wohin gehst du?«

Kaum dass ich die Schublade öffnete, in der ich Tobys Leine aufbewahrte, stand er auf. »Fort Myers.«

———

WIR WAREN EINEN BLOCK GELAUFEN, als Larson anrief.

»Hi, Ray.«

»Hallo, Beck, kannst du reden?«

»Klar. Was gibt's?«

»Ich habe ein paar Infos über Igor bekommen.«

Ich blieb wie angewurzelt stehen. »Was hast du raus-gefunden?«

Toby zog an der Leine, als Larson sagte: »Ich höre, er hat sich übernommen.«

Ich setzte mich wieder in Bewegung und ließ Toby den Weg bestimmen. »Wie denn?«

»Igor hat zu schnell expandiert, zu viele Bordelle eröff-net, an zu vielen Standorten, in zu kurzer Zeit, und dazu noch ein Glücksspielgeschäft aufgezogen. Er hat nicht richtig geplant, die nötige Führungsebene nicht aufgebaut, und ihm fehlte das Betriebskapital. Das ist der klassische Fehler von Leuten ohne Führungsqualitäten, egal in welcher Branche sie unterwegs sind.«

»Er ist knapp bei Kasse?«

»Ja. Drei seiner umsatzstärksten Häuser wurden dicht-gemacht, und sein Stellvertreter, Vladimir, macht jetzt sein eigenes Ding.«

»Er hat gerade mehrere Bälle in der Luft. Ein guter Zeit-punkt, ihn unter Druck zu setzen.«

»Vielleicht. Geh mit Vorsicht vor. Igor steht unter Druck, was ihn unberechenbar und gefährlich macht.«

43

FÜR ETWAS ZU BEZAHLEN UND ES DANN NICHT ZU BEKOMMEN, macht die meisten Leute stinksauer, mich eingeschlossen. Noch schlimmer war, dass man mir das Wiedersehen mit Bev verweigert hatte.

Ich hätte Igor das Geld nicht geben sollen, aber wie Larson schmerzhaft anmerkte, war ich von Gefühlen abgelenkt. Da ich in der Unterzahl war, war nicht klar, wie ich ihn hätte zwingen sollen, das Geld zurückzugeben.

Eins wusste ich: Schläger riechen Schwäche. Igor wusste, dass ich heiß drauf war. Zu heiß. Und ich hatte es von Anfang an signalisiert – nicht nur, indem ich Bev hinterherlief, sondern auch, indem ich mich darauf einließ, für sie viel zu viel zu zahlen.

Nachdem Larson mich zur Schnecke gemacht hatte, dachte ich viel über die Lage nach. Mein größter Fehler war, Igor wissen zu lassen, wie sehr ich Bev finden und retten wollte.

Mario und ich haben ein bisschen nachgeforscht und Larsons Informationen stimmten: Igor stand unter

Beschuss. Ihm hatte der Abgang von Vladimir und den Leuten, die Vladimir mitnahm, zugesetzt.

Ein verwundetes Tier ist gefährlich. Mit Larsons Rat, mit Vorsicht vorzugehen, als Flüstern im Ohr, konnte ich mich des Gefühls nicht erwehren, dass Igor auch verwundbar war.

Als er schnell einem Treffen zustimmte, wertete ich das als gutes Zeichen.

———

AUF DER INTERSTATE 75 war viel Verkehr, was mir reichlich Zeit gab, meine Entscheidung zu überdenken, Mario nicht mitzunehmen. Igor würde verständlicherweise nervös sein, aber allein stellte ich eine kleinere Bedrohung dar. Es war sein Revier, doch eine Schießerei oder ein Verschwinden- lassen würde Druck von den Strafverfolgern bringen. Und zusätzlichen Druck konnten Igors Geschäfte im Moment am wenigsten gebrauchen.

Flackernde Bierreklamen und kahl rasierte Köpfe waren die einzige Konstante in der Royal Silk Bar and Grill. Aber statt der üblichen vier Glatzen waren es nur zwei. War die Hälfte seiner Eierköpfe zu Vladimir übergelaufen?

Der Laden roch nach Zigarettenqualm. Die Barkeeper waren dieselben und einer nickte, als ich näherkam.

»Ich bin wegen Igor hier.«

»Moment.«

Er ging zur Tür, klopfte und steckte den Kopf rein. Eine Sekunde später winkte er mich her. Der Boden vor der Theke war klebrig, als ich hinüberging.

Ich betrat den Hinterraum. Igor fuhr mit dem Finger über ein Kassenbuch und sprach Russisch mit einem Kerl, der eine verspiegelte Brille trug, um zu kaschieren, dass er eigentlich noch zu jung war, um sich zu rasieren.

Sie hoben die Köpfe und Igor sagte: »Beck, mein Freund. Wollen Sie etwas trinken?«

»Nein danke.«

Igor steckte einen Bleistift in die Falz des Buchs und klappte es zu. Er schickte den Schläger raus und sagte: »Igor hat sie noch nicht gefunden, aber wir sind nah dran.«

»Ich hörte, Sie haben ziemlich große Probleme.«

»Jeder hat große Probleme. Aber wissen Sie, Igor behält lieber seine eigenen, anstatt die Probleme anderer zu übernehmen.«

»Wie laufen die Geschäfte?«

»Gut, aber es kann immer besser laufen, oder?«

»So habe ich es nicht gehört.«

Igor ließ einen Fingerknöchel knacken, sagte aber nichts.

Ich beugte mich vor. »Sie müssen mir nichts vormachen. Wir kennen uns seit Langem.«

»Also, die Geschäfte sind ein bisschen mau. Das kommt immer wieder vor.«

»Diesmal ist es anders.«

»Vielleicht, vielleicht auch nicht. Keiner weiß es.«

»Ich habe Ihnen vierzigtausend Dollar für Bev bezahlt. Entweder Sie geben mir mein Geld zurück oder Sie bringen mir Bev.«

»Igor hält sich immer an Abmachungen.«

»Geben Sie mir mein Geld zurück und ich zahle Ihnen, wenn Sie Bev übergeben.«

Igor schüttelte den Kopf. »Kommt nicht infrage.«

»Das liegt daran, dass Sie die Kohle nicht haben. Und

sagen Sie nicht, Sie hätten sie, denn ich weiß, dass Sie Geld-probleme haben.«

»Jedes Geschäft hat das, was ihr Amerikaner Cashflow-Probleme nennt.«

»Das kann sich nicht hinziehen. Wenn Sie Bev nicht in ein, zwei Tagen liefern können, will ich mein Geld zurück.«

»Igor mag keine Fristen.«

»Sie wissen, ich bin eng mit den Cops und den Staatsan-waltschaften in Lee und Collier. Es wäre schade, wenn die noch mehr Druck auf Ihre Geschäfte machen.«

Er schlug mit der Faust auf den Tisch. »Drohen Sie Igor nicht.«

Ich stand auf. »Das ist keine Drohung, mein Freund. Das ist ein Versprechen.«

———

KAUM WAR ICH ZU HAUSE, rief ich Mario an.

»Hey, Beck. Wie lief's mit Igor?«

Ich brachte ihn auf den neuesten Stand und er sagte: »Du hast ihm gesagt, du würdest seine Läden verpfeifen?«

»Ich wusste, dass er keine weiteren Schließungen verkraften würde.«

»Aber er könnte die gefälschten Crane-Unterlagen auspacken, mit denen wir den Lagerraum gemietet haben.«

»Ich weiß, aber ich denke, er ist zu abgelenkt, um noch eine Front gegen uns aufzumachen.«

»Wahrscheinlich hast du recht.«

»Ich brauch dich, um rauszufinden, was du über Vladimir ausgraben kannst. Versuch, rauszukriegen, wen er mitgenommen hat. Nach dem, was ich gesehen habe, hab ich das Gefühl, Igor hat mehr als nur ein paar Jungs verloren.«

»Die Albaner haben vielleicht was dazu.«

»Sollten sie.«

Ein weiterer Anruf kam rein. Es war Tyler.

»Mario, ich muss auflegen, Tyler versucht durchzukommen.«

»Sein Alter legt ein Geständnis ab?«

»Ich sag dir Bescheid.«

Ich nahm den anderen Anruf an.

Nachdem ich aufmerksam zugehört hatte, gab ich mein Bestes, die Sache noch zu drehen.

Ich beendete das Gespräch und warf das Handy aufs Sofa. Ausgerechnet das, was ich für ausgeschlossen gehalten hatte, passierte. Ich hatte für alle Eventualitäten geplant und dieses Szenario nie auf dem Schirm gehabt.

Was jetzt?

Ich schnappte mir das Handy und scrollte zu Larsons Nummer. Statt zu wählen, legte ich es wieder aufs Sofa. Zu ihm zu gehen und um Rat zu fragen würde als Schwäche ausgelegt werden.

Laura wirbelte mit einem Arm voller Einkäufe ins Haus. Ich nahm ihr zwei Tüten ab und stellte sie auf die Arbeitsplatte.

Sie sagte: »Ich hab auf dem Rückweg von Dawn noch bei Whole Foods angehalten.«

»Wie geht's ihr?«

»Ganz gut, aber es sieht so aus, als hätte Abby vielleicht eine Ohrenentzündung oder so. Sie hat leichtes Fieber.«

»Sie muss zum Arzt.«

»Dawn will erst mal schauen, was in den nächsten paar

Stunden passiert. Wenn das Fieber schlimmer wird, bringen wir sie zum Kinderarzt.«

»Bleib bitte bei Dawn dran.«

»Mach ich. Was machst du gerade?«

»Ich versuche, ein Problem zu lösen.«

»Was für ein Problem?«

»Ist was Geschäftliches.«

Sie stemmte die Hände in die Hüften. »Sag mir, was los ist.«

Ich wollte ihr sagen, es sei vertraulich, aber das hätte sie nur auf die Palme gebracht. »Schon gut, es ist heikel.«

»Warum redest du nicht mit Larson?«

Ich zuckte mit den Schultern. »Das sollte ich allein hinkriegen.«

»Du glaubst, er denkt schlechter von dir, wenn du um Hilfe bittest?«

Sie kannte mich zu gut. Ich war mir nicht sicher, ob das gut war. »Nein.«

Sie lächelte und ging den Flur hinunter.

Als sich die Badezimmertür schloss, nahm ich mein Handy und sagte: »Komm schon, Großer. Gehen wir Gassi.«

Ich ließ Toby erst schnüffeln, als wir beim Naturschutzgebiet waren. Es war Zeit, den Anruf zu tätigen.

»Hey, Ray. Haben Sie kurz Zeit?«

»Klar, Beck. Was liegt Ihnen auf dem Herzen?«

»Es gibt eine Entwicklung im Fall Crane.«

»Schießen Sie los.«

»Tyler hat seinen Vater im County-Gefängnis besucht. Trotz allem weigert sich Atlas zu gestehen.«

»Haben Sie dem Jungen gesagt, was er ihm sagen soll?«

»Ja.«

»Dann ist es an der Zeit, dass Sie selbst mit Atlas reden. Sie sind gut darin, Leute zu überzeugen.« Er schmunzelte.

Das Kompliment tat gut. »Ich wollte mich eigentlich bedeckt halten.«

»Der Zeitpunkt ist gut.«

»Meinen Sie?«

Larson sagte: »Ja. Man hat mir gesagt, Crane kommt gegen Kaution frei.«

»Hab ich auch gehört. Sein Anwalt sagte, er wäre morgen draußen.«

»Warten Sie, bis er zu Hause ist. Rufen Sie an und melden Sie sich als Freund. Im Moment kann er einen Verbündeten gebrauchen.«

»Das auf jeden Fall.«

»Setzen Sie bei ihm etwas von Ihrer berühmten Magie ein.«

Ich musste grinsen. »Danke. Ich sag Ihnen Bescheid, wie's läuft.«

Nachdem ich aufgelegt hatte, fühlte ich mich bereit für die zwei Herausforderungen, die vor mir lagen.

Larson hatte mich aufgeputscht.

Die Spannung fiel dann deutlich ab, als mir klar wurde, dass Larson mich womöglich nur gelobt hatte, um wettzumachen, dass er vorher hart mit mir umgesprungen war.

44

»Hier ist Katherine Rigby, live vom Collier County Courthouse.«

Die Kamera schwenkte über die Menge der Demonstrierenden, die sich vor dem Gerichtsgebäude versammelt hatten.

»Besorgte Bürger sind in großer Zahl erschienen, um ihrem Unmut über die bevorstehende Freilassung von Atlas Crane Ausdruck zu verleihen. Heute Morgen fand eine Kautionsanhörung statt, und Richter Whitmore stimmte zu, Mr. Crane gegen eine Kaution in Höhe von 300.000 Dollar freizulassen.

»WINK News hat erfahren, dass Mr. Crane sein Haus als Sicherheit eingesetzt hat. Als Bedingung für seine Freilassung muss Mr. Crane eine elektronische Fußfessel tragen und sich innerhalb von Collier County aufhalten.

»Die Verteidigung stellte außerdem den Antrag, den Prozess um neun Monate zu verschieben. Die Staatsanwaltschaft legte Einspruch ein, und Richter Whitmore zeigte sich ihren Argumenten gegenüber aufgeschlossen. Er gewährte der Verteidigung zwei zusätzliche Monate zur Vorbereitung, und der Prozess steht nun für den 15. Januar im Kalender des Gerichts.«

Die Reporterin wurde durch einen Ruf abgelenkt: »Da kommt er!«

Die Kamera zoomte auf den Eingang des Gebäudes. Mit gesenktem Kopf war Crane von vier Männern umringt. Die Menge drängte auf den Angeklagten zu. Uniformierte Beamte hielten die Demonstrierenden zurück.

»Atlas Crane hat das Gericht verlassen. Er wird zu einem schwarzen SUV geleitet. Es sieht so aus, als würden weder er noch sein Anwalt eine Stellungnahme abgeben.«

Die Kamera folgte Crane, als er zusammen mit seinem Anwalt in den wartenden Wagen huschte. Als das Fahrzeug losfuhr, sagte die Reporterin: »WINK News wird diese Geschichte weiterverfolgen und die Zuschauer über jede Entwicklung auf dem Laufenden halten.«

Ich schaltete den Fernseher aus, erleichtert darüber, dass Crane freigelassen worden war. Jetzt kam der schwierige Teil.

Während ich mir überlegte, was ich zu Crane sagen wollte, wenn ich mit ihm sprach, klingelte mein Telefon.

»Hey, Mario, Crane ist heute Morgen rausgekommen.«

»Cool. Hör zu, ich hab gerade was gehört.«

»Was?«

»Ich bin mir nicht sicher, ob das hundertprozentig stimmt.«

Warum zögerten Leute immer, einem zu sagen, was sie wussten? War das ein Machtspielchen?

»Raus mit der Sprache, Alter.«

»Ich hab gehört, Bev ist zu Vladimir gegangen, als es mit Igor zum Bruch kam.«

»Wer hat dir das erzählt?«

»Jemand, der früher mit Igor gearbeitet hat.«

»Und wer ist dieser Jemand?«

»Erinnerst du dich an Yenta Eddie?«

»Hatte der nicht vor ein paar Jahren einen Schlaganfall?«

»Ja, das ist inzwischen fast zwei Jahre her.«

»Was soll der denn wissen?«

»Er hält noch Kontakt zur alten Truppe. Ich bin seiner Frau in der Waschanlage an der Pine Ridge über den Weg gelaufen. Ich hab nach Eddie gefragt, und sie meinte, er sei beschäftigt. Ich hab mir seine Nummer geben lassen und gedacht: Ach, was soll's, mal sehen, ob er was weiß. Im schlimmsten Fall frage ich, wie es ihm geht.«

»Das war gut mitgedacht. Aber glaubst du wirklich, dass er weiß, was abgeht?«

»Er meinte, alle würden zuschauen und sehen wollen, wie sich dieser ganze Bruch entwickelt.«

»Und er hat gesagt, Bev sei zu Vladimir gegangen?«

»Er sagte, Bev sei mit Vlad eng gewesen, und von Igor habe sie die Nase voll gehabt, weil er ständig versucht habe, die Mädels auf Heroin zu bringen.«

»Hat er was dazu gesagt, wie es Bev geht? Hat sie was genommen?«

»Er meinte, ihr gehe es ziemlich gut. Sie sei so was wie eine Managerin oder so.«

»Glaubst du, der sagt die Wahrheit? Ich kenn ihn nicht gut. Ich erinnere mich nur, dass er nie den Mund gehalten hat.«

»Klang glaubwürdig. Aber ich würde mich nicht komplett drauf verlassen.«

»Alles klar. Das war echt gut mitgedacht von dir.«

»Findest du, es ist gut, wenn sie zu Vlad gegangen ist?«

»Schwer zu sagen. Igor ist eine bekannte Größe. Vladimir war ein Vollstrecker. Er wird sich als Anführer erst beweisen müssen.«

»Stimmt. Das macht ihn gefährlich.«

»Könnte sein. Ich hoffe nur, dass es Bev gut geht.«

»Ich schätze, sie hilft wirklich, den Laden zu schmeißen, weißt du, mit den anderen Mädchen.«

»Sie tut, was sie tun muss, um zu überleben.«

»Was hast du vor?«

»Ich fahre noch mal zu Igor.«

»Willst du, dass ich mitkomme?«

»Nein, passt schon. Ich kriege das hin.«

Ich legte auf und dachte über die Situation mit Bev und den Russen nach. Igor und Vlad bekämpften einander. Normalerweise öffnete das eine Lücke, aber Bev war eine der Figuren, um die sie stritten. Sie war aufgestiegen und mehr als nur eine Geldbringerin.

Wer sie in seiner Hand hatte, hatte damit nicht nur jemanden, der beim Management des illegalen Geschäfts half, es sendete auf der Straße auch die Botschaft, wer das Sagen hatte.

45

DER DUFT VON KNOBLAUCH UND ZWIEBELN LAG IN DER Luft. Ich ging in die Küche. Auf der Arbeitsplatte stand eine Heißluftfritteuse und Laura stand vorm Herd und briet irgendetwas an.

»Riecht gut. Was machst du?«

»Grüne Bohnen.«

Ich lugte über ihre Schulter. »Sicher, dass du weißt, was du tust?«

»Du bist hier nicht der Einzige, der kochen kann.«

»Was ist in der Fritteuse?«

»Hähnchenfrikadellen. Deck den Tisch, in fünf Minuten ist alles fertig.«

»Wir essen ja früh wie die alten Leute.«

»Du hast gesagt, du wolltest bis fünf essen.«

»Nur Spaß.«

Nach dem Essen zog ich mich ins Arbeitszimmer zurück und rief Atlas Crane an.

Er sagte leise: »Beck?«

»Ja, ich bin's. Ich weiß, bei dir lief's hart, und ich wollte mal nach dir schauen.«

Er schnaubte. »Eine ganze Ecke beschissener als nur hart.«

»Wie geht's dir, Kumpel?«

»Nicht gut. In meiner letzten Nacht im Knast, wäre nicht ein Wächter dazwischengegangen, hätte ich richtig aufs Maul bekommen. Sie mussten mich in eine Einzelzelle stecken.«

»Mann. Tut mir echt leid.«

»Es ist eine totale Shitshow. Ich sag's dir, Mann, ein Albtraum, von dem ich mir wünsche aufzuwachen, und er wäre vorbei. Aber das ist er nicht.«

»Verdammt, das ist hart. Ich weiß nicht, wie du das aushältst.«

»Gar nicht. Ich versuche, positiv zu bleiben, aber ich bin so down, Mann.«

»Hast du mit Familie oder Freunden geredet?«

»Willst du mich verarschen? Die Leute machen einen Bogen um mich.«

»Bullshit. Das waren von Anfang an keine Freunde.«

»Ich kann das alles nicht fassen.«

»Heute Abend geht's nicht; ich bin in Fort Myers, aber ich kann morgen früh rüberkommen und dich aufmuntern.«

»Das kann ich gebrauchen.«

»Bis morgen.«

———

EIERGROSSE REGENTROPFEN PRASSELTEN auf die Windschutzscheibe, als ich an der Hertz Arena vorbeifuhr.

Der Verkehr wurde langsamer, während meine Scheibenwischer Mühe hatten mitzuhalten.

Der Wolkenbruch ließ nach, als ich an der Ausfahrt zum Flughafen vorbeifuhr.

Ich fuhr von der Interstate ab und schüttelte den Kopf, als ich auf den Colonial Boulevard einbog. Knochentrocken. Typisch Florida: hier Monsun und eine halbe Meile weiter kein einziger Tropfen.

Der Parkplatz von Igors Bar war wie ausgestorben. Ich zählte fünf Wagen und fragte mich, ob einer davon den Barkeepern gehörte.

Ich wollte gerade die Tür aufreißen, da knallte eine Autotür. In Erwartung eines möglichen Hinterhalts fuhr ich herum. Ein Mann mit gut fünfzig Pfund zu viel auf den Rippen wankte zum Eingang. Er nahm einen Schluck aus dem Bier, das er in der Hand hielt. Der Betrunkene ließ die Dose auf den Asphalt fallen und zerdrückte sie mit dem Fuß.

Ich biss mir die Standpauke auf der Zunge ab. Es war nicht die Zeit, den Müllpolizisten zu spielen, also ließ ich's gut sein und ging dem Ferkel hinterher nach drinnen.

Das Schwein winkte dem Barkeeper und marschierte schnurstracks aufs Klo.

Die gleichen zwei rasierten Schädel saßen an ihrem Stammplatz. Verließen die den Laden überhaupt mal?

Ein einzelner Barkeeper hob den Blick vom Handy und sagte: »Was darf's sein?«

Ohne langsamer zu werden, sagte ich: »Ich will zu Igor.«

Ich klopfte an die Tür zum Hinterzimmer und meldete mich, bevor ich sie öffnete. Hinter seinem Schreibtisch telefonierte Igor. Ein junger Schläger, die Hand im Sakko, trat vor.

»Er erwartet mich.«

Zwischen zwei offenen Kassenbüchern lag eine Pistole aus Edelstahl. Sie sah aus wie die SIG Sauer P229, die ich mal besessen hatte. Eine kräftige 9-mm-Pistole mit einem 15-Schuss-Magazin. Ihre Präsenz und die fehlenden Schnapsgläser auf dem Schreibtisch signalisierten, in welcher Klemme Igor steckte.

Igor beendete das Gespräch und warf sein Handy auf den Tisch. Er lachte. »Beck, vielleicht sollten Sie nach Fort Myers ziehen.«

»Die Fahrt hier hoch ist kein Problem, außer in der Saison.«

»Also, sagen Sie Igor, was Ihnen auf dem Herzen liegt.«

Ich sah seinen Bodyguard an. »Ich glaube, es ist besser, wir reden unter vier Augen.«

Igor sagte etwas auf Russisch. Der Scherge verzog das Gesicht, bevor er den Raum verließ.

Ich zog einen Stuhl näher an den Schreibtisch und setzte mich.

»Ich nehme an, Sie haben keine Spur von Bev.«

»Die Leute sind informiert. Igor wird sie kriegen. Sie müssen geduldig sein.«

»Wäre ich vielleicht, wenn Sie nicht mein Geld hätten.«

»Keine Sorge, Igor ist ehrenwert.«

»Mich beunruhigt nicht Ihre Ehre, sondern die Probleme, die Sie gerade haben.«

Er schnaubte. »Ärger gehört zu diesem Leben, es hat sich nichts geändert.«

Ich senkte die Stimme. »Diesmal ist es anders. Vladimir hat Sie verraten.«

Seine Augen wurden schmal. »Dieser Hund ist ein

undankbarer Mistkerl. Igor hat so viel für ihn getan. Er sollte besser aufpassen.«

»Vlad hat viele Ihrer Leute mitgenommen. Sie haben eine Menge Schlagkraft verloren.«

Er warf die Schultern zurück. »Igor hat noch Macht. Sie werden sehen.«

»Das höre ich anders.«

»Also verlieren wir ein paar nutzlose—«

»Die Typen, die gegangen sind, waren wichtig. Vladimir war Ihre rechte Hand.«

Er nahm einen Stift und sagte: »Igor wird klarkommen.«

»Und dieser Schläger Boris, der immer bei Ihnen war, der ist auch mit Vlad gegangen.«

»Der war nur Muskeln, nichts weiter.«

»Er war mehr als das. Sie haben ihn losgeschickt, uns zum Motel zu bringen. Und jetzt ist er bei Vladimir. Das muss wehtun.«

Er fing an, mit dem Stift auf den Schreibtisch zu tippen. »Igor hat viel Verrat gesehen, aber Igor ist immer noch hier.«

»Glauben Sie, dass Bev für Vlad arbeitet?«

»Vielleicht ist sie einfach weggelaufen.«

»Wissen Sie, was ich denke? Dass Sie reingelegt wurden. Ich glaube, Boris hat uns zum Motel gebracht, obwohl er wusste, dass sie nicht da war.«

»Wie hätte er das wissen können?«

»Weil er und Vladimir vorher geregelt hatten, dass man sie abholt.«

Igor murmelte auf Russisch und zerbrach den Bleistift in zwei Hälften.

Ich sagte: »Kommen Sie schon, Igor, Sie wissen, sie ist

mit denen gegangen. Geben Sie es zu, und vielleicht kann ich Ihnen bei der Sache mit Vladimir helfen.«

»Sagen Sie mir: Wie wollen Sie helfen? Sie spielen nicht dasselbe Spiel wie wir.«

»Stimmt, aber wenn wir Vladimir schwächen können, ist das gut für Sie.«

»Und wie machen Sie das?«

»Wir nehmen ihm Bev ab. Sie bringt ein paar der Frauen in seinem Stall dazu, auch zu gehen.«

»Das ist nur eine Frau; selbst wenn fünf andere gehen, ist das keine große Sache.«

»Aber sicher ist es das. Überlegen Sie, wie das aussieht; jeder, der darüber nachdenkt, Sie zu verlassen und zu Vladimir zu wechseln, wird sich das zweimal überlegen.«

Er rieb sich den Kiefer.

»Außerdem besorgen Sie mir Infos, wo Vladimirs Geschäfte laufen, und ich sorge dafür, dass die Cops Druck machen, richtigen Druck.«

Igor lächelte.

»Lassen Sie uns Bev holen und das ins Rollen bringen. Vladimir muss wissen, dass Sie sich holen, was Ihnen zusteht.«

Er beugte sich vor und stützte beide Ellbogen auf den Schreibtisch. »Vladimir braucht eine Tracht Prügel. Eine ordentliche.«

»Können Sie herausfinden, wo Bev ist?«

»Igor braucht ein, zwei Tage.«

46

EINE HANDVOLL PROTESTIERENDER TRIEB SICH AUF DEM Gehweg vor Atlas Cranes Haus herum. Ich parkte fünf Häuser weiter und schickte mit dem Wegwerfhandy eine SMS an Crane: »Schau dir das an. Wir wissen, dass du es warst.« Ich hängte das Video an, das Larsons Sohn Tommy für mich aufbereitet hatte.

Eine Minute später antwortete Crane: »Ich wurde vollständig freigesprochen.«

»Gesteh, und wir lassen die Pornografie-Anklagepunkte verschwinden.«

»Lass mich in Ruhe!«

»Du landest sowieso im Knast. Wenigstens kannst du dann mit reinem Gewissen schlafen.«

Dreißig Sekunden später schrieb er: »Fahr zur Hölle!«

Bevor ich aus dem Wagen stieg, tippte ich eine Nachricht, dass er derjenige wäre, der den Satan treffen würde. Ich überquerte die Straße mit einer Tüte Bagels in der Hand.

Es ergab keinen Sinn, die Nachbarn weiter zu reizen. Ich

schickte Crane von meinem normalen Handy eine SMS, dass ich da sei und er an der Tür warten solle.

Kaum setzte ich einen Fuß auf seinen Zuweg, ging das Geschrei los: »Was machst du hier?« »Bist du auch ein Pädophiler?« »Lass unsere Kinder in Ruhe.«

Crane öffnete die Tür, und ich huschte hinein.

»Mann, sind die Leute aufgebracht, oder was?«

»Es war schon viel schlimmer. Hättest du mal gesehen, wie's gestern war, als ich heimkam. Ich bin kaum rein-gekommen.«

Ich deutete auf ein zertrümmertes Fenster. »Was ist da passiert?«

»So ein verdammter Vollidiot hat 'nen Ziegel oder so geworfen. Gott sei Dank ist das ein hurrikanfestes Fenster.«

»An Bekloppten da draußen herrscht echt kein Mangel.«

»Da sagst du was.«

Ich reichte ihm die Tüte. »Ich hab ein paar Bagels mitge-bracht. Die sind fast so gut wie die in New York.«

Er holte einen Teller und kippte die Tüte aus.

Ich schnappte mir einen mit Sesam, riss ein Stück ab und aß es. »Kann ich etwas Wasser haben?«

»Ja, klar. Willst du Kaffee?«

»Nee, nur Wasser.«

Er füllte ein Glas mit dem feinsten Wasser, das Naples zu bieten hatte, und reichte es mir.

»Nimmst du keinen?«

»Ich hab keinen Hunger.«

»Du musst was essen.«

»Vielleicht später.«

»Was sagt dein Anwalt?«

»Er meinte, wenn einer von denen das Grundstück betritt, soll ich die Polizei rufen.«

»Nein, ich meine: Was sagt er zum Fall?«

Er runzelte die Stirn. »Er sagt, es wird hart, aber er glaubt, dass wir gewinnen können.«

»Glaubt?«

»Ich weiß. Ich hab mit Pornografie überhaupt nichts am Hut. Ich hab mir so was noch nie, nie angesehen – und mit kleinen Kindern? Komm schon, ich bin Vater.«

Er war auch Ehemann. Einer, der seine Frau zu Tode erstochen hatte.

»Es ist widerlich.« Ich deutete mit dem Daumen nach vorn zum Haus. »Deshalb stehen die da draußen.«

»Er versucht, den Prozess in einen anderen County verlegen zu lassen, vielleicht rauf in die Gegend um Sarasota.«

»Wegen der ganzen Berichterstattung?«

»Ja.«

»Hat sich dieser Typ wieder gemeldet, der dich bedroht hat?«

»Der Typ, der will, dass ich gestehe, Ana umgebracht zu haben?«

»Ja.«

Er nahm sein Handy. »Der Bastard hat mir kurz bevor du gekommen bist, noch 'ne SMS geschickt.«

»Was stand drin?«

»Die haben irgendein Scheißvideo. Die sagen, das bin ich am Haus in der Nacht, als Ana getötet wurde. Meinten, wenn ich's gestehe, lassen sie die Sex-Anklagen verschwinden.«

»Wow. Dürfen die das?«

Er zuckte mit den Schultern. »Ich weiß nicht mehr, was ich glauben soll.«

»Hast du jemals darüber nachgedacht, zu gestehen?«

»Warum sollte ich?«

Er sagte nicht, dass er unschuldig war. »Weil es so aussieht, als hätten sie dich mit dem Kinderporno-Kram reingelegt.«

»Verdammte Scheißkerle.«

»Das könnte das kleinere Übel sein.«

»Was?«

»Den Mord zu gestehen.«

»Wie soll das das kleinere Übel sein?«

»Siehst du all die Leute da draußen? Im Knast wird's tausendmal schlimmer. Was die drinnen mit Pädophilen machen, ist ... na ja, so widerlich, wie's nur geht.«

Er schlug mit der Faust auf den Tisch. »Ich bin verdammt noch mal kein Pädophiler!«

»Das spielt keine Rolle, entscheidend ist, dass die Leute das von dir denken.«

»Wir müssen diese Anklagepunkte doch wegkriegen. Die haben nichts gegen mich.«

»Laut den Nachrichten haben sie mehr als genug. Und du weißt nicht, womit sie dich im Prozess noch über-raschen.«

»Die Nachrichten hier unten sind voreingenommen. Die sind von Anfang an gegen mich. Deshalb versuchen wir ja, das Ganze aus Collier County rauszuverlegen.«

»Ich sag's ungern, aber ich glaube nicht, dass es eine Rolle spielt, wo der Prozess ist. Mit Social Media verbreitet sich so was schneller als das Licht.«

»Das ist nicht fair.«

»Weißt du, selbst wenn du das gewinnst, wirst du die Vorwürfe nicht los. Ein Prozess wird bis zum Gehtnicht-mehr ausgeschlachtet. Leute, die bisher nichts davon wissen, kriegen es mit, und dein Ruf ist im Eimer.«

»Meinst du?«

»Auf jeden Fall. Und wenn du wegen dieser Sexualdelikte verurteilt wirst, sitzt du mindestens dreißig Jahre, und drinnen machen dir die anderen Insassen die Hölle heiß.«

»Das hat Tyler auch gesagt.«

»Dein Junge hat recht. Ich weiß, du willst das nicht hören, aber deine Frau wurde erstochen – was, so zynisch es klingt, deutlich besser ist, als erschossen zu werden. Glaub's oder nicht, die Höchststrafe dafür sind fünfzehn Jahre. Das ist viel weniger als bei Kinderpornografie, da gibt's fünf Jahre pro Anklagepunkt. Außerdem müsstest du dich für den Rest deines Lebens als Sexualstraftäter registrieren. Egal, wo du hingehst, jedes Mal, wenn du umziehst, müsstest du dich registrieren, und, äh, man würde dich jagen.«

Er ließ den Kopf in die Hände sinken. »Wie kann das passieren?«

Ich klopfte ihm auf die Schulter. »Ich weiß, das ist verrückt, aber du musst die ganze Verrücktheit jetzt mal ausblenden und die Konsequenzen und Optionen ohne Emotionen durchdenken. Es geht um den Rest deines Lebens.«

»So oder so bin ich am Arsch.«

»Du hast Optionen. Die sind vielleicht nicht das, was du willst, aber wenn du ehrlich zu dir bist, ist die eine deutlich besser als die andere.«

»Ich fass es nicht, dass ich überhaupt drüber nachdenke. Das Ganze ist verrückt. Ich mein, ich bin wegen Mordes freigesprochen worden.«

»Ich weiß, aber ist dir klar, dass ein Geständnis am Ende besser für dich ist?«

»Ja, ich hör dich, ich hör dich. Ich muss mit meinem Anwalt drüber reden.«

»Wenn du willst, kenne ich den besten Strafverteidiger in ganz Florida. Der hat 'ne Menge Mordfälle gemacht. Ich kann mit ihm über das Ganze reden.«

»Das wär super, Mann.«

»Kein Ding. Es wird interessant sein zu hören, was er sagt.«

»Ich bin gegen ein Geständnis, aber es kann nicht schaden zu hören, was er zu sagen hat.«

47

Iᴄʜ ᴡᴀʀᴛᴇᴛᴇ ʙɪs Mɪᴛᴛᴀɢ, ʙᴇᴠᴏʀ ɪᴄʜ ᴢᴜ Cʀᴀɴᴇ ꜰᴜʜʀ.

Vor seinem Haus standen etwa ein Dutzend Demonstrierende auf der Straße.

Mit gesenktem Kopf schickte ich Crane eine SMS und ging zügig zur Tür.

Crane öffnete die Tür einen Spalt und sagte: »Kommen Sie rein. Was ist los?«

Ich huschte hinein. »Ich dachte, es wäre besser, das persönlich zu besprechen.«

»Worüber?«

»Ich habe gerade mit Joe Bruno telefoniert, dem Strafverteidiger, von dem ich Ihnen erzählt habe.«

»Bruno? Ja, von dem habe ich gehört.«

»Sollten Sie kennen; er hat den Deal für die Frau eingefädelt, die die Freundin ihres Mannes erschossen hat.«

»Oh, stimmt. Die hat eine kurze Haftstrafe bekommen, wenn ich mich richtig erinnere.«

»Hat sie. Ich sag Ihnen, Bruno ist der Beste.«

»Was hat er zu meiner Lage gesagt?«

»Er meinte, es wäre leicht, einen Deal auszuhandeln. Er erinnerte sich an den Mord und sagte, weil der noch unaufgeklärt und vierzehn Jahre alt ist, wären die Staatsanwälte heiß auf eine Lösung. Das lässt sie gut aussehen, wissen Sie, so nach dem Motto: Sie geben nicht auf. Damit könnten sie in der Community Punkte sammeln.«

»Okay, aber wie sieht's mit der Haftzeit aus?«

»Bruno sagte, ein Deal über zehn Jahre wäre ein gutes Ergebnis, und den könnte er hinkriegen.«

»Zehn Jahre? Oh Mann, das ist eine lange Zeit.«

»Auf den ersten Blick schon, aber ich kenne ihn und vertraue ihm. Also habe ich ihm die Anklage wegen Kinderpornografie vorgelegt.«

»Was hat er gesagt?«

»Dass Sie mit mindestens zwanzig Jahren rechnen müssten. Er meinte, in Fällen von Kinderpornografie gäbe es selten Deals, und wenn doch, müsse der Angeklagte einer chemischen Kastration zustimmen, um die Haftzeit zu drücken.«

Er warf die Hände hoch. »Chemische Kastration? Scheiß drauf, das mach ich niemals.«

»Bruno sagte, Collier County ist bei Sexualstraftätern knallhart.«

»Ich bin doch kein verdammter Sexualstraftäter! Ich habe nichts getan. Sie kennen mich noch nicht so lange, aber glauben Sie, ich könnte so was tun?«

»Nein, glaube ich nicht. Aber wie gesagt: Es geht nicht darum, ob Sie es getan haben oder nicht; die Öffentlichkeit hält Sie für schuldig.«

»Das ist Bullshit, und dagegen werde ich kämpfen. Das bügle ich vor Gericht aus, so wie ich schon den Mordvorwurf abgewehrt habe.«

Ich bat darum, die Toilette zu benutzen, und als ich zurückkam, spielten wir eine Weile Pingpong darüber, ob er gestehen sollte. Es wurde klar, dass Crane nicht gestehen würde. Wieder eine Situation, mit der ich nicht gerechnet hatte. Verlor ich meinen Riecher für Rache?

Ich schob die Zweifel beiseite und stand auf. Es gab noch eine letzte Karte, die ich ausspielen konnte.

———

DER JOB ERFORDERTE ein frisches Wegwerfhandy. Ich fuhr direkt zu dem Lagerraum, den wir in Lee County hatten. Wir hatten nur noch drei neue Wegwerfhandys. Ich schnappte mir eins und nahm mir vor, Mario den Bestand auffüllen zu lassen.

Auf dem Parkplatz eines nahe gelegenen Walmarts aktivierte ich das Handy. Ich ging in den Laden und kaufte ein billiges Tablet.

Ein junges Paar warf mir böse Blicke zu, als ich den Wagen dicht an den Eingang setzte. Ich startete das neue Tablet und loggte mich ins kostenlose WLAN des Ladens ein.

Mit einem Fake-Facebook-Profil postete ich in vier Naples-Gruppen:

Gepostet von *The Justice Warrior*

Das Folgende habe ich von einem Freund mit hervorragenden Polizeikontakten.

Ob ihr es glaubt oder nicht: Es ist der Beweis, dass der abartige Atlas Crane immer noch mit Kinderpornografie handelt. Es stammt aus dem Darknet, aus einem dieser sogenannten Foren, in denen Pädophile rumhängen. Warum gibt es so etwas überhaupt?

SeXplicit4Sale: Hast du das neue Laufwerk gecheckt?

CraneBuys12: Hab's gestern bekommen.

SeXplicit4Sale: Wie haben dir die neuen Bilder gefallen?

CraneBuys12: Noch besser als die erste Ladung.

SeXplicit4Sale: Gut. Da kommt noch reichlich, inklusive krassem Zeug aus Thailand.

CraneBuys12: Wie viel?

SeXplicit4Sale: Zwei Riesen.

CraneBuys12: Kein Ding, lass mich erst was von dem neuen Kram verkaufen.

SeXplicit4Sale: DM, wenn du so weit bist.

————

Crane ist ein kranker Typ. Warum haben die Bullen ihn laufen lassen?

Wir müssen dafür sorgen, dass die Polizei den widerlichen Mist findet, den der Typ versteckt, und ihn hinter Gitter bringt.

Los, Naples, macht Lärm deswegen!!! Die Sicherheit unserer Kinder steht auf dem Spiel!!

Ich ging zurück in die erste Gruppe, in der ich gepostet hatte, und die Kommentare liefen schon ein.

SunAlwaysShines1962: Ein Ekelpaket mit großem E!

NaplesGal1955: Mir kommt gleich das Kotzen! Wir müssen verlangen, dass die Polizei was gegen diesen Pädophilen unternimmt!

Die Zahl der Teilungen kroch langsam nach oben. Ich loggte mich aus und fuhr vom Eingang weg, hinter den Laden. Mit dem Burner rief ich beim Sheriff's Office von Collier County an und bat um das Dezernat für Sexualdelikte.

»Dezernat für Sexualdelikte, hier ist Detective Grimes.«

»Ähm, ich will etwas melden.«

»Ihr Name?«

»Ich muss das anonym machen.«

»Okay. Worum geht's?«

»Kennen Sie den Mann, Atlas Crane, den Sie wegen Kinderpornografie festgenommen haben?«

»Ja. Was ist mit ihm?«

»Er legt schon wieder los. In den Naples-Gruppen auf Facebook gibt's Posts über ihn. Hören Sie zu, die Posts stimmen. Ich weiß, dass er mehr von diesem Pornokram bei sich zu Hause hat.«

»Und woher wissen Sie das?«

»Glauben Sie mir, er hat's mir erzählt. Er sagte, er hat gerade neuen Kram bekommen. Er ist ein richtig übler Typ.«

Ich beendete das Gespräch und fuhr los. Ich nahm die Ausfahrt Immokalee Road und hielt an einer Tankstelle bei The Strand, um zu tanken. Nachdem ich die Zapfpistole eingesteckt hatte, rief ich Detective Moreno an.

»Hey, Moe.«

»Beck, wie läuft's?«

»Ich hab gehört, Atlas Crane legt schon wieder los.«

»Die Leitungen glühen, die Leute rufen pausenlos an.«

»Hab ich mir gedacht. Auf Facebook gab's ein paar Posts.«

»Es ist auch ein Hinweis reingekommen. Wir beantragen einen zweiten Durchsuchungsbefehl.«

»Echt? Meinst du, ihr habt was übersehen?«

»Wir hören, es könnte was Neues sein.«

»Er ist gerade erst rausgekommen. Alle schauen auf ihn. Der müsste ja bekloppt sein.«

»Niemand hat gesagt, dass Crane die hellste Kerze auf der Torte ist. Außerdem können diese Pädos einfach nicht anders, das ist bei denen eine Obsession.«

48

Der Parkplatz von Igors Bar war mehr als halb•voll. Lief da eine besondere Happy Hour?

Das Gemurmel im Laden verstummte merklich, als ich hineinging. Alle Köpfe drehten sich zu mir.

Der Laden war voller Schläger. Florida war sonnig, aber voller zwielichtiger Gestalten. Die Frage war: Waren das Gäste oder hatte Igor seine Reihen wieder aufgefüllt?

Ich nickte dem Dutzend bulliger Kerle zu, das an der Theke lehnte, und steuerte auf die Tür zum Hinterzimmer zu. Ich stellte fest, dass der Tisch der Glatzköpfe wieder vollzählig war, als einer von ihnen aufstand, um mich abzufangen.

»Was wollen Sie?«

»Igor wartet auf mich.«

»Was wollen Sie?«

»Sagen Sie ihm, Beck ist hier.«

Er klopfte an die Tür und trat für einen Moment hinein. Die Tür schwang auf. »Gehen Sie rein.«

Zwei Männer, mit Schädeln, auf die eine Bulldogge stolz

gewesen wäre, standen zu beiden Seiten von Igors Schreibtisch. Eine Flasche Wodka und mehrere Schnapsgläser standen auf der rechten Seite des Tisches. Die beiden waren frische Rekruten. War Igor wieder vollzählig?

»Beck, setzen Sie sich. Wollen Sie was trinken?«

»Nein. Ich bin hergekommen, um zu reden.«

Igor schnippte mit den Fingern und die Schläger verließen den Raum.

»Haben Sie sich wegen Bev umgehört?«

»Ja.«

»Wo ist sie?«

»Igor hat gute Ahnung, wo.«

»Gute Ahnung? Nichts Konkretes?«

»Vladimir hat vier, vielleicht fünf Orte höchstens.«

»Und wo sind die?«

»Alle in Fort Myers, einer in Cape Coral.«

»Was für Läden sind das?«

»Bars, Strip-Schuppen, wissen Sie, so Läden, die wir Massagesalon nennen.«

Er schlug auf den Schreibtisch und brüllte vor Lachen.

»In welchem ist Bev?«

»Igor kriegt Wort, sie geht zwischen zwei Läden hin und her, dem Strip-Schuppen und dem Puff in Fort Myers.«

Die Worte stachen. Konnte Bev sich von so einer befleckten Vergangenheit befreien?

»Wie heißen die?«

»Keine Details nötig, Igor holt sie.«

»Kommen Sie schon, Sie haben mein Geld. Das Mindeste ist, dass Sie mir sagen, wo sie ist.«

Igor schüttelte den Kopf. »Igor regelt das. Sie bekommen Ihr Mädchen.«

»Wann?«

»Drei Tage. Igor braucht die Zeit für mehr neue Schläger.«

»Wie wollen Sie sie von Vladimir wegkriegen?«

Er lächelte. »Es wird chaotisch, aber spaßig. Vielleicht lesen Sie davon in den Zeitungen.«

»Warum lassen Sie mich nicht helfen? Sagen Sie mir, wo er Geschäfte macht, dann kann ich die Cops auf ihn ansetzen.«

»Nein, Igor muss das regeln. Igor muss keinen Zweifel lassen, wer das Sagen hat.«

Es war sinnlos, Igor dazu zu bringen, mir zu sagen, wo Bev war. Nach einem letzten Versuch schloss ich mit: »Sie haben gesagt, Sie geben mir Bev in drei Tagen, richtig?«

»Ja.«

»Okay, drei Tage also. Wir sehen uns dann.«

Ich sprang in meinen Wagen und fuhr zu einer Tankstelle. Aber ich war nicht da, um zu tanken. Ich machte einen Anruf. »Hey, Mario.«

»Beck, wie lief's mit Igor?«

»Sieht so aus, als hätte er 'ne Menge neuer Jungs eingesackt. Er meinte, er hat eine Spur, wo Bev ist.«

»Super. Wo ist sie?«

»Wollte er nicht sagen. Ich glaube, er plant was. Er meinte, er hätte sie in drei Tagen.«

»Ist schon okay, schätze ich.«

»Nee. Ist es nicht. Ich weiß nicht, was er im Schilde führt, aber es fühlte sich an, als wollte er Vlad eine Lektion erteilen, weißt du, mit einer Machtdemonstration.«

»Ein guter alter Krieg der russischen Mafia?«

»Ich will das nicht riskieren. Bev landet am Ende mittendrin.«

»Was willst du machen?«

»Igor sagte, sie arbeitet entweder in 'nem Strip-Schuppen in Fort Myers oder, äh, in einem Bordell, das Vlad betreibt. Wir brauchen Infos, wo die sind.«

»Willst du versuchen, sie zu befreien, bevor Igor da aufkreuzt?«

»Nicht versuchen. Wenn die Sache zwischen Igor und Vlad hässlich wird, will ich sicher sein, dass Bev nirgends in der Nähe ist.«

»Lass mich schauen, was ich auftreiben kann. In Fort Myers gibt's so um die fünfzehn Strip-Schuppen, aber Massagesalons gibt's wie Sand am Meer. Ich setze mich sofort dran.«

»Wenn Bev da ist, muss es einer von Vlads besser laufenden Läden sein. Er würde sie in der Nähe haben wollen, um die Mädchen im Blick zu behalten.«

»Guter Punkt, Mann.«

»Wir haben keine Zeit zu verlieren.«

49

»Hier ist Katherine Rigby von WINK News, live aus den Livingston Estates.«

Die Kamera zoomte auf Atlas Cranes Haus. Zwei uniformierte Beamte standen vor einer offenen Haustür.

»Vor etwa zwei Stunden hat das Sheriffbüro von Collier County einen Durchsuchungsbefehl in einem Haus ausgeführt, das Atlas Crane gehört. Das ist die zweite Durchsuchung von Herrn Cranes Zuhause. Die Zuschauer erinnern sich vielleicht an die erste Durchsuchung, die zur Festnahme von Herrn Crane wegen Kinderpornografie führte.

»Herr Crane wurde vor zwei Tagen gegen Kaution freigelassen und bereitete sich auf einen Prozess vor. Unsere Quellen sagen uns, dass bei der Sondereinheit für Sexualdelikte des Sheriffs ein anonymer Hinweis eingegangen ist, der den Antrag auf eine zweite Durchsuchung ausgelöst hat.

»Unklar ist, was die Polizei im Haus vermutet und ob sie es bei der ersten Durchsuchung übersehen hat oder ob Herr Crane es erst kürzlich angeschafft hat.«

Die Reporterin zeigte in Richtung des Kameramanns,

der sich umdrehte und über eine große Menschenmenge schwenkte.

»Die Bewohnerinnen und Bewohner hier in den Livingston Estates protestieren, seit wir diese sich entwickelnde Story gebracht haben. Wie Sie sehen, sind sie wieder in großer Zahl draußen, um ihre Empörung über einen ihrer Nachbarn auszudrücken.

»Wir haben vor dieser Sendung mit ein paar Nachbarn gesprochen und eine häufige Beschwerde war, warum es so lange dauert, Herrn Crane hinter Gitter zu bringen. Einige erwähnten auch, dass Atlas Crane wegen des Mordes an seiner Frau vor Gericht gestanden habe, und sie fanden, die Jury habe falsch entschieden, als sie Crane von dieser Mordanklage freisprach.

»WINK News bleibt bei dieser wichtigen Geschichte dran und meldet sich, sobald wir Neues berichten können.«

Ich schaltete mit der Fernbedienung ab, als Laura aus dem Bad kam. Ihr Haar war in ein Handtuch gewickelt.

»Was guckst du?«

»Die Nachrichten. Die Bullen durchsuchen Atlas' Haus.«

»Schon wieder?«

Ich lächelte. »Japp.«

Sie verzog das Gesicht, wickelte das Handtuch von ihrem Kopf und sagte: »Ich fahre zu Dawn. Willst du mitkommen?«

»Nee, kann ich nicht, ich habe ein paar Sachen zu erledigen.«

»Du hast sie seit Tagen nicht gesehen.«

»Es war hektisch.«

»Sie muss wissen, dass sie dir wichtig ist.«

»Ich versuche doch, ihre Mutter zu finden, oder?«

»Ich weiß, aber du kannst dir trotzdem die Zeit–«

»Wie lange wirst du da sein?«

»Keine Ahnung, warum?«

»Ich fahre mit, aber ich muss spätestens um eins wieder hier sein.«

———

DAWN ÖFFNETE die Tür und legte den Finger an die Lippen. »Abby ist endlich eingeschlafen.«

Die Wohnung war so unordentlich wie beim letzten Mal, als ich dagewesen war.

Laura sagte: »Hat Abby letzte Nacht geschlafen?«

Sie schüttelte den Kopf. »Es war ein Albtraum. Sie war weinend die ganze Nacht wach.«

Ich sagte: »Dann stimmt was nicht. Sie muss zum Arzt.«

Laura lächelte. »Sie zahnt, mehr ist es nicht. Hast du den Beißring benutzt, den ich ihr besorgt habe?«

»Oh, stimmt. Daran habe ich gar nicht mehr gedacht. Ich suche ihn mal.«

Laura ging zum Kühlschrank. »Ich habe ihn hier reingetan. Die Kälte betäubt den Schmerz im Zahnfleisch.«

Dawn sagte: »Das wusste ich nicht.«

»Das hat mir meine Mutter beigebracht, als wir auf das Baby meiner Cousine aufgepasst haben.«

Dawns Gesicht verzog sich. »Ich tue, was ich kann. Ich hatte keine Mutter oder irgendwen, der mir sagt, was ich tun soll.«

Laura legte den Arm um sie. »Wir wissen das, Schatz. Du machst das super.«

Ich stimmte ein: »Wirklich, Dawn. Abby ist perfekt.«

Sie zuckte mit den Schultern. »Es ist so schwer herauszufinden, was man tun soll. Manchmal weiß ich es einfach nicht.«

Es entstand ein unangenehmes Schweigen, das ich füllte, indem ich sagte: »Es wird leichter, wenn ich deine Mutter finde. Du wirst sehen, sie weiß, was zu tun ist.«

Dawn fing an zu weinen, und Laura schüttelte den Kopf, während sie Dawn fester an sich drückte. Sie formte stumm die Worte, ich solle rausgehen, und ich trottete kleinlaut zur Tür.

Ich zog mich in den Schatten eines überdachten Parkplatzes gegenüber zurück. Laura kam heraus und winkte mich zurück.

Ich eilte rüber. »Geht es ihr gut?«

»Ja, aber du musst aufpassen, was du in ihrer Gegenwart sagst. Du weißt doch, dass sie verlassen wurde.«

»Hör zu, wenn jemand weiß, dass das ein sensibles Thema ist, dann ich. Ich will doch nur helfen.«

»So hilfst du nicht.«

»Wie kannst du das sagen? Ich riskiere meinen Arsch und vierzig Riesen, um Bev für sie zurückzuholen.«

»Ach ja?«

»Was?«

»Das machst du alles für Dawn?«

»Ja.«

»Komm schon, Beck. Du machst das für dich. Du versuchst aus Schuldgefühlen, Bev zu retten. Aber du tust so, als wärst du ein Ritter in glänzender Rüstung auf Rettungsmission.«

Mir klappte die Kinnlade herunter. »Ich ... nein. So ist es nicht.«

»Doch, genau so ist es.«

In dem, was sie sagte, steckte zu viel Wahrheit. »Dann

erkläre mir mal, warum ich erst nach Bev gesucht habe, nachdem ich Dawn gefunden hatte.«

»Die alten Wunden sind wieder aufgerissen, als du Dawn gefunden hast. Sie sieht aus wie Bev, und als dir klar wurde, dass sie denselben Nachnamen hat, kam die ganze Schuld wieder hoch.«

Warum ist es so befriedigend, jemandem das Offensichtliche unter die Nase zu reiben, aber beschissen, wenn man es selbst abbekommt?

»So war es nicht. Außerdem hätte ich ohne Dawn keine Ahnung, wo Bev ist oder ob sie überhaupt noch lebt.«

»Ach komm, ich versteh nicht, warum du's nicht einfach zugeben kannst.«

»Können wir uns bitte darauf einigen, dass es kompliziert ist und mit dem Streit aufhören?«

»Ich streite doch nicht. Ich will nur–«

Das Klingeln meines Handys bremste sie aus. Selbst wenn es Spam war, würde ich rangehen. Ich schaute auf das Display.

»Ich muss da rangehen, das ist Larson.«

Sie drehte sich um, und ich ging ran.

»Hey, Ray.«

»Hallo, Beck. Ich habe gerade erfahren, dass das Sheriffsbüro auf X mit einer Stellungnahme zur Durchsuchung bei Crane live geht.«

»Die machen das in den sozialen Medien?«

»Die haben seit einem Jahr einen Social-Media-Koordinator. Über eine Social-Media-Plattform zu gehen, bringt mehr Reichweite, als eine Pressekonferenz abzuhalten. Das ist ein guter Weg, dem Druck, den sie von den Facebook-Gruppen hier abkriegen, etwas entgegenzusetzen.«

Ich öffnete die X-App und sagte: »Ist schon zeitsparend,

nicht hinfahren zu müssen. Und wir müssen nicht warten, bis es in den Nachrichten läuft.«

»Zeit ist das einzige Gut, das man nicht auffüllen kann. Viel Erfolg.«

Er hatte recht, was die Zeit anging. Sie war wie Schlaf, ein Defizit ließ sich nicht nachholen.

Ich tippte Collier County Sheriff's Office in die Suchleiste von X. In einem Livestream trat gerade eine Beamtin ans Pult.

»Mein Name ist Katy Washburn. Ich bin Pressebeauftragte im Sheriffsbüro. Ich möchte allen hier Anwesenden danken, ebenso denen, die online zuschauen.«

»In den letzten achtundvierzig Stunden sind der Behörde Informationen bekannt geworden, und es ging ein anonymer Anruf ein. Die Kombination aus beidem veranlasste die Behörde, eine richterliche Durchsuchungsgenehmigung zu beantragen, die auch erteilt wurde.«

Sie ließ den Blick durchs Publikum schweifen, bevor sie fortfuhr: »Heute haben wir eine zweite Durchsuchung im Haus von Atlas Crane durchgeführt.«

»Herr Crane wurde gegen Kaution entlassen, während er wegen mehrerer Anklagepunkte im Zusammenhang mit Kinderpornografie auf seinen Prozess wartet.«

»Bei der erneuten Durchsuchung fanden wir einen USB-Stick, der im Spülkasten versteckt war, sowie ein Set, um keine Fingerabdrücke zu hinterlassen. Die erste Durchsuchung umfasste eine gründliche Kontrolle des Badezimmers, einschließlich des Spülkastens.«

»Daraus schließt die Behörde, dass die heute beschlagnahmten Materialien in dem kurzen Zeitraum versteckt wurden, in dem Herr Crane auf freiem Fuß war.«

»Das Material auf dem USB-Stick wird derzeit ausgewertet, um festzustellen, ob Herr Crane möglicherweise weitere strafbare Handlungen begangen hat.«

»Wir informieren Sie, sobald wir belastbare Informationen haben. Danke schön.«

Als sie vom Podium heruntertrat, riefen die anwesenden Reporter Fragen: »Wird Herr Crane erneut festgenommen?« »Welche Art von Informationen haben Sie erhalten?«

Das Video endete. Das Dialogfenster wurde schwarz, und eine Taste zum erneuten Abspielen erschien.

Ich ballte die Faust, froh, dass endlich mal was zu funktionieren schien. Die Ablenkung gab mir den Schub, den ich brauchte, um mich Laura zu stellen.

Gerade als ich nach der Türklinke griff, klingelte mein Handy. Es war Tyler.

»Hey, Tyler, wie läuft's?«

»Die haben das Haus von meinem Vater wieder durchsucht. Die Polizei meinte, sie hätten einen USB-Stick und noch was gefunden.«

»Hab ich gerade erst gehört.«

»Warst du es, der das da hingelegt hat?«

»Ich? Wie kommst du darauf, dass ich damit was zu tun habe?«

»Komm schon, Beck. Du hast den ganzen Mist losgetreten.«

»Nicht so schnell. Du hast das angefangen, nicht ich. Aber um fair zu sein: Angefangen hat es dein Alter, indem er deine Mutter umgebracht hat.«

»Okay, okay. Ich mache mir nur wegen dieser Sexvorwürfe Sorgen. Du weißt, was sie mit ihm im Knast machen.«

»Er muss nur gestehen, dann verschwinden die Anklagen.«

»Bist du dir da sicher?«

»Ja. Wir sorgen dafür, dass alle wissen, dass ihm das untergeschoben wurde. Am Ende kriegt er dafür wahrscheinlich noch Mitleid.«

»Warum muss alles so kompliziert sein?«

»Leben, Beziehungen, dein Körper – alles ist kompliziert. Keine Sorge, der Plan wird funktionieren.«

»Bist du sicher?«

»Absolut.«

»Ich kann's kaum erwarten, bis das vorbei ist.«

»Hör zu, ich muss los. Also, atme tief durch und lass den Plan einfach laufen.«

Laura und Dawn waren in der Küche. Die Mikrowelle summte.

Flüsternd sagte ich: »Schläft Abby noch?«

Laura sagte: »Sie regt sich, sie ist gleich wach.«

Dawn steuerte das Schlafzimmer an. »Ich höre sie, sie ist wach.«

Ich hörte nichts.

Die Mikrowelle piepte und Laura nahm die Flasche heraus. Sie ließ etwas von der Milch auf ihren Unterarm tropfen und nickte. »Perfekte Temperatur.«

Ich sagte: »Wo hast du das gelernt?«

»Meine Mutter hat's mir gezeigt, als ich mal auf das Baby einer Freundin aufpassen musste.«

»Mütter wissen alles.«

Sie lächelte. »Ja, das tun sie.«

Als Dawn Abby in den Raum trug, pingte mein Handy –

'ne Nachricht. Es war Mario.

Ich schrieb zurück und bat um einen Anruf in zwanzig Minuten.

Ich lehnte mich zu Laura rüber und flüsterte: »Ich muss los.«

Laura fragte: »Muss sie gewickelt werden?«

»Oh ja.«

Laura lächelte. »Vielleicht kann Beck das ja machen.«

»Ach, hör auf. Das Kind hat Hunger. Ich bräuchte dafür 'ne Stunde.«

Laura breitete eine Babydecke auf dem Tisch aus. Dawn legte Abby hin und ich deutete mit dem Daumen zur Tür.

Laura sagte: »Die Milch ist fertig. Wir müssen jetzt los, Dawn. Wir sehen uns in 'nem Tag oder so.«

———

WÄHREND ICH DARAUF WARTETE, dass sich das Garagentor öffnete, klingelte mein Handy. Es war Mario.

Laura sagte: »Du gehst nicht ran.«

Ich fuhr in die Garage. »Ich rufe ihn zurück.«

»Ist das nicht der Grund, warum wir gefahren sind? Damit du reden kannst?«

Wer brauchte noch KI-Implantate, wenn es weibliche Intuition gab?

»Du weißt, dass ich noch wohin muss.«

»Wohin?«

»Komm schon, Laura. Das geht jetzt nicht.«

Sie gab mir einen Kuss auf die Wange. »Na los, ruf ihn zurück.«

Statt ihr zu sagen, dass ich nicht um ihre Erlaubnis

bitten musste, sagte ich: »Danke. Mach die Tür nicht zu. Ich komme gleich rein.«

»Hey, Mario. Sorry. Was gibt's?«

»Ich habe handfeste Infos, wo Bev sein könnte.«

»Wo?«

»Höchstwahrscheinlich arbeitet sie entweder im Allure Strip Club oder bei Oasis Massage.«

»Wie sicher bist du dir?«

»Bombensicher.«

»Woher hast du das?«

»Von den Albanern. Ich habe ihnen gesagt, wir wollten die Cops auf Vlad hetzen, weil er uns bei einem Deal, den wir mit ihm gemacht haben, verarscht hat.«

»Guter Einfall.«

»Dachte ich mir. Also, wie ist der Plan?«

»Tut mir leid, Larson ruft an. Ich nehme das eben und melde mich gleich wieder.«

»Klar, Bro.«

Ich nahm das andere Gespräch an.

»Hallo, Ray.«

»Hallo, Beck. Ich habe gerade die Nachricht bekommen. Es geht innerhalb der nächsten Stunde los.«

51

WÄHREND ICH HASTIG INS HAUS EILTE, FOLGTE MIR TOBY,
und ich schaltete den Fernseher ein.

Ich öffnete die hintere Schiebetür. »Komm her, Junge.
Mach dein Geschäft hinten draußen. Später gehen wir
spazieren.«

Mit einem Ohr beim Fernseher und den Augen bei Toby
beobachtete ich, wie er sich den perfekten Platz suchte, um
sich zu erleichtern. Als er fertig war, sprang er herein und
ich gab ihm ein Leckerli.

Auf der Sofakante hockend, scrollte ich durch die
Naples-Facebook-Gruppen. Ich aktualisierte den Feed ständig, aber es kam nichts.

Der Wetteransager von WINK News leierte über die
Möglichkeit von Regen. Das Wetter war fast jeden Tag
nahezu perfekt, aber sie mussten die Chance auf Wolken-
brüche einstreuen, damit die Zuschauer dranblieben.

Meine Augen wurden schon glasig, als am unteren Bild-
schirmrand ein rotes Band mit einer Eilmeldung durchlief.

Die Wetterkarte wich einem männlichen Nachrichtensprecher in kobaltblauem Sakko.

Hinter einem Pult sitzend, sagte er: »Nach diesem Sonderbericht kommen wir zurück zum Wetter. Übernimm, Katherine Rigby.«

Die Reporterin stand vor Cranes Haus.

»Danke, Jake. Ich berichte hier aus den Livingston Estates, wo vor wenigen Augenblicken das Sheriffbüro von Collier County einen Mann aus Naples festgenommen hat.«

»Atlas Crane wurde, soweit wir wissen, wegen mehrerer neuer Anklagepunkte wegen Kinderpornografie in Gewahrsam genommen. Herr Crane war gegen Kaution auf freiem Fuß und wartete auf seinen Prozess, als eine zweite Durchsuchung des Hauses, das Sie hinter mir sehen, weitere Beweise zutage förderte.«

»Atlas Crane war in einen weiteren aufsehenerregenden Straffall verwickelt. Vor etwa vierzehn Jahren wurde Herr Crane wegen des Mordes an seiner Frau Ana vor Gericht gestellt. Herr Crane wurde freigesprochen und der Fall ist bis heute ungelöst.«

Mein Handy fing an, mit Facebook-Benachrichtigungen zu pingeln, als die Reporterin sagte: »Unser Rechtsexperte hat bestätigt, dass Herr Crane morgen dem Haftrichter vorgeführt wird, und er geht davon aus, dass das Gericht ihm die Kaution verweigern wird.«

Die Korrespondentin legte einen Finger ans Ohr, hielt kurz inne und sagte dann: »Wir schalten jetzt live zum Sheriffbüro für eine Stellungnahme.«

Ein Livesignal füllte den Bildschirm: ein uniformierter Polizist, der hinter einem Podium stand.

Der Polizist sagte: »Atlas Crane wurde erneut festgenommen und wird derzeit im County-Gefängnis dem

Aufnahmeverfahren unterzogen. Bei einer zweiten Durchsuchung seines Hauses haben unsere Beamten weitere Beweise gefunden, die die abscheulichen Anklagepunkte gegen Crane sowohl stützen als auch erweitern.«

»Unsere Staatsanwälte werden innerhalb der nächsten vierundzwanzig Stunden geänderte Anklagen einreichen. Wir sind zuversichtlich, dass die Beweise, die wir haben, zu einer Verurteilung führen werden. Einwohnerinnen und Einwohner sowie Besucherinnen und Besucher von Collier County können sicher sein, dass das Sheriffbüro wachsam bleibt und unsere Gemeinschaft vor Sexualstraftätern und Kriminellen schützt. Danke.«

Der Nachrichtensprecher im blauen Sakko war wieder dran. »WINK News ist stolz, Ihnen diese wichtige Eilmeldung gebracht zu haben. Wir halten Sie auf dem Laufenden, sobald es Neues gibt.«

Ich schaltete den Fernseher aus und nahm mein Handy. Drei aufeinanderfolgende Posts über die Festnahme zogen Kommentare und Shares an wie Fliegen einen toten Frosch.

Ich lehnte mich zurück, entspannte mich kurz – und war gleich wieder angespannt. In den nächsten ein, zwei Tagen würden wir sehen, ob der Crane-Plan aufgegangen war und ob Bev befreit würde.

Ich kramte in der Tasche, zog mein Portemonnaie raus und nahm das alte Foto von Bev heraus. Damals war sie ein Kind. Ich fuhr mit dem Daumen über ihr Bild.

Ich schloss die Augen und versuchte mir vorzustellen, wie sie heute aussah. Eine Welle der Angst zwang mich, sie wieder zu öffnen.

Alle verlieren ihre Unschuld, wenn sie erwachsen werden, aber Bev ging in einer Welt des Bösen unter.

Ich schüttelte den Kopf und sprang auf. Es war keine

Zeit, Trübsal zu blasen; es gab etwas zu tun. Später würden wir versuchen, Bev zu retten. Wenn es uns gelang, würden wir mit dem Zustand klarkommen, in dem wir sie vorfanden.

52

WÄHREND ICH LANGSAM DURCH DIE NASE EINATMETE, ZÄHLTE ich bis vier. Ich hielt den Atem sieben Sekunden lang an, bevor ich acht Sekunden lang ausatmete. Mir fiel auf, dass ich das Zischgeräusch, von dem ich gelesen hatte, nicht gemacht hatte, und achtete beim nächsten Durchgang darauf.

An einer roten Ampel sitzend, wiederholte ich den Vorgang noch zweimal, um die Runde zu beenden. Die Ampel sprang auf Grün, aber die Schlangen in meinem Bauch wanden sich immer noch.

Ich checkte den Rückspiegel. Mario war hinter mir. Er folgte mir auf einen McDonald's-Parkplatz und glitt in eine Lücke neben mir. Wir stiegen aus unseren Autos.

Mario sagte: »Was ist los?«

»Ich will nur klären, wie wir das angehen.«

»Ich hab dir schon eine Million Mal gesagt, ich weiß, was zu tun ist.«

Ich legte ihm eine Hand auf die Schulter. »Ich weiß. Ich bin nur vorsichtig.«

»Mach dir keinen Kopf. Wir holen Bev.«

»Ich hoffe es.«

»Du machst dir zu viele Sorgen.«

»Das hier ist gefährlich.«

»Wir kriegen das schon hin.«

»Wenn du sie siehst, schreib mir. Versuch nichts auf eigene Faust. Ich brauch dich, also warte auf mich.«

»Hab ich kapiert. Wenn ich Bev sehe, schreibe ich dir und warte.«

Ich breitete die Arme aus, um ihn zu umarmen.

Mario zog die Stirn kraus.

»Was ist los mit dir, Beck?«

»Nichts. Ich freu mich nur darauf, dass wir alle wieder zusammen sind.«

»Wird cool.«

»Ist viel zu lange her.«

»Auf jeden. Bringst du sie direkt in die Reha?«

»Wenn sie's braucht. Okay, wir müssen los. Schreib mir, wenn du da bist.«

Wir fuhren vom Parkplatz. An der nächsten Kreuzung bog ich links ab und Mario fuhr nach rechts.

Auf dem Schild des Allure Strip Clubs ersetzten wohlgeformte Beine in Stilettos die Buchstaben L. In der acht Fuß hohen Hecke, die den Laden umgab, klaffte für die Auffahrt eine Lücke. Ich lenkte die Schnauze meines BMW hinein.

Mit einem Herz, das wie die Atlantikbrandung hämmerte, hielt ich bei einem Sicherheitsmann. Ohne zu lächeln starrte er mich an. Ich ließ das Fenster herunter, aber er winkte mich durch.

Ich scannte den Parkplatz. Er wirkte wie das Gelände eines Autohauses für Bentleys und Ferraris. Ein paar Lamborghinis standen gleich neben der Haupttür des

Clubs. Kommen hier ernsthaft mehr als einer im Lambo für einen Lapdance?

Während ich das zweistöckige Gebäude beäugte, drehte ich eine Runde über den Platz. Ich setzte rückwärts in den Schatten eines Stellplatzes mit Blick auf eine Außentreppe, die in den zweiten Stock führte. Daneben standen zwei schwarze Escalades.

Mit dem Handy machte ich Fotos von den Kennzeichen dreier hochpreisiger Wagen in der Reihe vor mir. Man wusste ja nie, wer hier war und wie diese Info später nützlich sein könnte.

Ein weißer Range Rover fuhr vor und die Türen sprangen auf. Drei Männer um die vierzig stiegen aus und der SUV fuhr davon. Sie alberten miteinander herum, während sie zum Eingang gingen.

Eine SMS von Mario kam rein: *Ich bin da. Geh jetzt rein.*

Sei vorsichtig. Wenn du sie siehst, schreib mir und warte auf mich.

Die Ecken des Parkplatzes waren am dunkelsten und boten die meiste Deckung. Während ich mir eine schnelle Fluchtroute zurechtlegte, fuhr ein weißer Maserati herein.

Ich griff mir das Sakko vom Beifahrersitz und wartete, bis der Fahrer des italienischen Sportwagens ausstieg. Ein Mann im Anzug mit hängenden Schultern stieg aus.

Ich sprang selbst raus, zog mir das Sakko über und folgte ihm hinein. Eine Hostess, lauter Lächeln und Pailletten, begrüßte uns.

Über die pulsierende Musik hinweg sagte sie: »Willkommen, meine Herren, möchten Sie eine Box mit Tischservice?«

Der Ältere sagte: »Wir gehören nicht zusammen.«

»Oh, Entschuldigung. Möchte einer von Ihnen unseren VIP-Bereich nutzen?«

Der Weißhaarige schüttelte den Kopf und schob sich an ihr vorbei.

Ich sagte: »Vielleicht später.«

»Denken Sie daran, Spaß zu haben, meine Herren.«

Welcher Schlaumeier brachte eigentlich das Wort »meine Herren« mit Stripclubs in Verbindung?

Zwei große Kerle, beide in Schwarz und mit Knopf im Ohr, beobachteten mich, als ich nach rechts rüberzog. Ihre Haltung schrie Ex-Militär und ihre Gesichter: russisch.

Sie hatten freie Sichtlinien über den Boden und die Bühne. Die Musik war laut und basslastig. Vereinzelte rote Lichtblitze verrieten mir, dass es mindestens vier Kameras gab.

Drei Tänzerinnen, zwei davon wirbelten an Stangen, zogen die Aufmerksamkeit der etwa sechzig sabbernden Gäste auf sich. Die Bühne war von pinkem Neon umrandet und übersät mit Scheinen, die sabbernde Kerle geworfen hatten.

Ich schwang mich auf einen Barhocker und eine Barkeeperin, weniger bekleidet als eine Cocktailkellnerin im Casino, glitt herüber.

Sie beugte sich vor und lächelte. »Was darf's sein?«

Es war schwer, nicht auf den Grand Canyon dieses Dekolletés zu starren. »Ich hätte gern einen Wodka, aber ich nehme Antibiotika. Machen Sie mir bitte nur ein Sodawasser.«

»Ein klitzekleiner Drink wird Ihnen schon nicht schaden.«

»Vielleicht später.«

Sie schaufelte Eis in ein Glas und steckte die Zapfpistole

hinein. Als sie das Sodawasser auf den Tresen stellte, sagte sie: »Sind Sie neu hier?«

»Nicht ganz, ich bin zum zweiten Mal hier.«

Sie lächelte. »Ein zufriedener Kunde.«

Die Barkeeperin ging, um einen anderen Gast zu bedienen, und mein Blick glitt zur Fensterfront im zweiten Stock.

Die Bühne war bloß Ablenkung von der echten Action, die oben in der Suite mit den Schlafzimmern lief.

Mit prallen Oberarmen trat ein Türsteher im schwarzen T-Shirt in mein Blickfeld. Er schlug die Hand eines Kunden vom Hintern des Mädchens, das ihm gerade einen Lapdance gab. Wenn du mehr wolltest, musstest du nach oben und zahlen.

Die Masche war seit Jahrhunderten erprobt und zielte direkt auf die grundlegendsten männlichen Triebe: einen Mann anfüttern, ihn sexuell anheizen und ihn dann für die Erlösung zahlen lassen.

Ich spannte mich an und drehte den Stuhl zurück zur Bar. Ein kahlrasierter Schädel, den ich bei meinem ersten Besuch bei Igor gesehen hatte, lehnte an der Rückwand.

Ich legte einen Zwanziger auf den Tresen und nahm mein Sodawasser. Mit dem Rücken zu dem blanken Schädel ging ich zu einem Tisch in einer dunklen Ecke.

Am Nebentisch tranken zwei Männer Champagner und redeten Russisch. Zwei Jüngere kamen dazu. Sie beugten sich runter und quatschten kurz. Geld wechselte in einem Handschlag den Besitzer. Dann noch ein Griff, bei dem ein Tütchen übergeben wurde. Hier wurden Drogen verkauft. Vlad musste an den Einnahmen mitverdienen, sonst würden diese Dealer im Kanal treiben.

Ich sah den Käufern nach, wie sie Richtung Herrentoilette verschwanden, und verwarf den Gedanken, ihnen zu folgen. Wenn Bev hier war, gab es eine Chance, dass sie im VIP-Bereich war.

Schweres Parfüm kündigte eine Kellnerin an. Ich plauderte mit ihr und fragte mich, ob ihr Gesicht vom aufgesetzten Lächeln wehtat. Trotz ihres Drängens lehnte ich einen Drink ab, gab ihr aber zwanzig Dollar Trinkgeld.

Ich schlenderte rüber zum VIP-Bereich, amüsiert über das rote Samtseil und das Schild, das einen Mindestumsatz von zweitausend Dollar für Getränke forderte. Das echte Geld wurde nicht mit Handtaschen für Reiche gemacht, sondern mit Lastern.

Der Gorilla am Eingang zum Highroller-Bereich warf mir einen Blick zu, scharf genug, um zu schneiden.

Ein blaues Aufblitzen fiel mir ins Auge. Eine Frau im kurzen Kleid stieg die Treppe hoch. Mir schnürte es die Brust zu.

Sah aus wie Bev. Ich machte einen Schritt nach vorn.

Sie war's.

Ein Mann im Maßanzug rief ihr vom Fuß der Treppe aus etwas zu. Bev drehte sich um, um zu antworten.

Ich schoss los. Ich schlängelte mich zwischen den Tischen hindurch und war nur noch sechs, sieben Meter entfernt.

Bev sah mich, ging aber weiter die Treppe hoch.

Hinter mir gellten Schreie. Ich drehte mich um. Glas zerbarst, als Igor und eine Gruppe Männer in den Club stürmten.

Die Musik verstummte.

Eine Salve Kugeln hämmerte in die Decke. Stücke der Decke fielen zu Boden, als einer von Igors Männern brüllte: »Wo ist Vladimir?«

Kugeln flogen. Ich rief: »Bev! Bev!«

Ich tauchte hinter einer samtbezogenen Sitznische ab. Bev verschwand die Treppe hinauf.

Ein elegant gekleideter Mann sprang die Treppe zwei Stufen auf einmal hinauf. Es war Vlad.

Knack! Vlad wurde von einer Kugel getroffen. Er brach auf der Treppe zusammen.

Vlads Männer erwiderten das Feuer. Ich kroch zu einem Notausgang. Links von mir stürzte ein Körper zu Boden. Es war Igor. Sein Hemd war blutgetränkt.

Feuerstöße durchkreuzten den Raum. Die Poletänzerinnen schrien. Für einen Moment war es totenstill.

Ich hob den Kopf. Die Tänzerinnen sprangen von der Bühne und rannten zur Treppe. Gäste prallten aneinander.

Noch eine Salve. *Wumm.* Der Kahlkopf knallte mit seinem Körper gegen meine Schulter. Aus dem Loch in seinem Gesicht quoll Blut.

Im Kriechgang wie ein Leopard visierte ich das rote Licht eines Ausgangs an. Kurz bevor ich eine offene Stelle überqueren musste, holte ich tief Luft und sprintete in die Sicherheit.

Ich stürmte durch die Tür und taumelte auf den Parkplatz. Das Sirenengeheul in der Ferne kam näher. Autos drängten sich, um vom Gelände zu kommen.

Ich schaute über die Schulter; zwei Männer trugen Igor zu einem wartenden SUV.

Geduckt erreichte ich meinen Wagen. Ich zog meine Pistole aus dem Handschuhfach und startete den Motor. Hinter einem gelben Ferrari bog ich vom Parkplatz ab. Die Lichter der Streifenwagen hüpften die Straße entlang. Ich trat das Gaspedal des BMW durch und quietschte davon.

53

Ich bog auf den Parkplatz einer Baptistenkirche ein. Ich parkte in einer dunklen Ecke und rief Mario an.

»Wo bist du?«

»Auf dem Parkplatz vom Oasis. Hast du Bev gesehen?«

»Ja.«

»Ich komme.«

»Warte! Igor und seine Jungs haben den Club zusammengeschossen.«

»Echt? Alles okay bei dir?«

»Ja. Es war total irre. Igor und Vlad haben beide was abbekommen. Überall flogen Kugeln.«

»Heilige Scheiße. Wie viele Opfer, schätzt du?«

»Ein halbes Dutzend, Vlad und Igor inklusive.«

»Ich versteh's nicht. Igor hat gesagt, er rührt drei Tage lang nichts an.«

»Er hat wohl gedacht, wir würden versuchen, ihm bei Bev zuvorzukommen. Und das macht mir verdammt große Sorgen.«

»Warum denn? Ich meine, du hast ihm vierzig Riesen gezahlt.«

»Keine Ahnung, was in seinem Kopf vorgeht. Aber wir waren verdammt nah dran, Bev zu kriegen.«

»Wo ist sie hin?«

Ich erklärte, wie die Schießerei angefangen hatte, als ich sie sah, und schloss mit: »Gut, dass sie vor Vlad auf der Treppe war.«

»Ja. Wie schlimm sind Igor und Vlad erwischt worden?«

»Igor hatte eine Brustwunde, und Vlad, glaube ich, hat einen Schuss in den Oberschenkel abbekommen.«

»Meinst du, Bev ist noch da? Ich meine, die Cops würden doch alle festhalten.«

»Sie und die anderen sind wahrscheinlich über die Außentreppe raus.«

»Hast du sie draußen nicht gesehen?«

»Nein. Aber bei der Treppe sind ein paar SUVs mit Vollgas abgehauen.«

»Scheiße.«

»Ich fühle mich deswegen beschissen.«

»Warum? Du hast dein Bestes gegeben.«

»Weiß ich nicht. Ich hätte ihr die Treppe hoch hinterhergehen sollen.«

»Allein auf der Treppe, mit freier Schusslinie, hätten sie dich wie eine Holzente an der Schießbude abgeschossen.«

»Ich hätte die Treppe hochkriechen können und—«

»Und wenn du es da rauf geschafft hättest, was glaubst du, hätten Vlads Jungs gemacht? Dir eine Party geschmissen?«

»Pass auf, du solltest da besser verschwinden. Sobald das Sheriff's Office von Lee County die Schießerei untersucht, werden sie alles durchkämmen, was mit Vlad zu tun hat.«

»Ich fahre jetzt.«

Ich legte auf und rief Larson an.

»Hey, Ray.«

»Beck, alles okay?«

»Ja.«

»Ich habe gehört, was da zwischen den Russen abging, und hatte Angst, du wärst da reingeraten.«

»War knapp, aber mir geht's gut.«

»Bist du sicher?«

»Absolut. Alles gut, nur dass ich Bev nicht erwischen konnte.«

Er zögerte. »Vielleicht kriegst du sie nie.«

»Ich weiß.«

»Hat dich da oben jemand gesehen?«

»Nein. Den Autos nach zu urteilen, waren da 'ne Menge Jungs aus Naples, aber keiner, den ich kannte.«

»Man weiß ja nie, aber andererseits würden sie nicht an die große Glocke hängen, wo sie waren.«

»Stimmt.«

»Ich bin froh, dass es dir gut geht.«

»Danke. Ich wollte dich auf dem Laufenden halten.«

»Weiß ich zu schätzen.«

»Was gibt's zu Crane?«

»Hab mit seinem Anwalt gesprochen. Sieht so aus, als würde er morgen reinen Tisch machen.«

———

TOBY WARTETE AN DER TÜR, als ich reinkam.

Laura kam in den Flur. »Hast du Bev geschnappt?«

Ich schüttelte den Kopf. »Nein, wieder eine falsche Fährte.«

Sie nahm mich in den Arm. »Tut mir leid.«

»Schon okay. Wir kriegen sie.«

»Ich habe mir Sorgen um dich gemacht.«

»Warum?«

»Du hast gesagt, du fährst nach Fort Myers.«

»Und?«

»Hast du nicht gehört, was da oben passiert ist?«

»Nein.«

»Komm schon, du musst doch mitbekommen haben, dass es in irgendeinem Club eine große Schießerei gab.«

Gut, dass ich die Russen nie erwähnt habe, sonst würde sie eins und eins zusammenzählen. »Ich habe was im Radio gehört, aber keine Einzelheiten.«

Sie zeigte auf den Fernseher. »Es läuft überall in den Nachrichten.«

In der Einblendung mit den Themen für den nächsten Beitrag bei WINK standen die Schießerei und Cranes Festnahme.

»Ich guck's mir nach dem Essen an. Ich habe Bärenhunger.«

»Im Kühlschrank sind Putenbällchen und Pasta. Ist das okay?«

»Perfekt.«

»Geh dir die Hände waschen, ich wärme es auf.«

Nachdem ich mir die Hände abgetrocknet hatte, zog ich mein Handy raus und schrieb Detective Moreno eine Nachricht:

Muss mit dir reden. Frühstück morgen?
Klar.
Wir sehen uns um 8 bei EJ's in Bayfront.
Bis dann.

———

DIE LUFT SCHMECKTE NACH SALZ, als ich den Gehweg entlanglief, der am Yachthafen vorbeiführte. Ein Boot tuckerte vom Steg weg. Moreno parkte gegenüber von EJ's, und ich eilte rüber.

»Morgen, Moe.«

»Morgen, Beck.« Er zeigte auf den wolkenlosen Himmel. »Wieder ein schöner Tag, oder?«

»Auf jeden Fall.«

Wir setzten uns hinten an einen Tisch. Eine Bedienung füllte unsere Tassen mit Kaffee und nahm unsere Bestellung auf.

»Was hast du über das gehört, was letzte Nacht in Fort Myers passiert ist?«

Er hob eine Augenbraue. »Du hattest damit was zu tun?«

»Ich bin nur 'n Typ, der in 'ner Tittenbar rumhängt.«

»Du warst da?«

»Nur als Beobachter. Ich hatte 'ne Spur zu Bev, aber dann brach die Hölle los, bevor ich irgendwas tun konnte.«

»Mann, Beck. Du weißt doch, für diese Russen ist ein Leben nichts wert. Du kannst nicht –«

»Was hast du über Igor und Vlad gehört? Die wurden angeschossen.«

»Die sind im Lee Memorial Hospital. Igor ist in kritischem Zustand und Vladimir zusammen mit drei anderen in ernstem Zustand.«

»War eines der Opfer eine Frau?«

»Ich bin nicht sicher. Warum? Denkst du, eine könnte Bev sein?«

»Glaube ich nicht.«

Wir tranken schweigend unseren Kaffee. Die Bedienung brachte unser Frühstück.

Ich tunkte meine Spiegeleier mit Toast, und Moreno aß eine Scheibe Speck.

Ich sagte: »Hast du das Memo zu Speck nicht gekriegt?«

»Wenn ich nicht essen kann, worauf ich Bock habe, wozu lebe ich dann?«

»So was verkürzt dir vielleicht deine Lebenszeit.«

Er nahm noch eine Scheibe und grinste.

Ich senkte die Stimme. »Ich brauche was.«

»Was?«

Ich sagte ihm, was ich wollte.

Er legte die Scheibe Speck hin, ohne abzubeißen. »Das ist riskant.«

»Genauso wie Speck essen.«

»Na gut. Ich schaue mal, was ich machen kann.«

Ich schob eine Publix-Tüte mit einem neuen Wegwerfhandy über den Tisch. »Das ist frisch. Ich hab extra dafür 'ne neue Nummer draufgespielt.«

54

Ich checkte ständig das Wegwerfhandy, das ich für Moreno benutzte. Nichts.

»Toby!« Ich ließ seine Leine klimpern. »Gehen wir Gassi.«

Wir verließen das Haus und gingen bis zum Ende der Straße. Toby hob am Pfosten des Stoppschilds das Bein.

Das Burner-Handy pingte. Eine SMS war angekommen. Ich öffnete sie.

»Komm, Junge. Gehen wir nach Hause.«

Wir eilten rein. Ich schnappte mir ein Leckerli, warf es Toby zu und ging ins Arbeitszimmer. Ich schloss die Tür und öffnete die Nachricht. Auf dem Wegwerfhandy war sie schwer zu lesen, aber sie an meinen Laptop oder ein anderes Gerät zu schicken, würde eine Spur hinterlassen.

Ich vergrößerte das Foto des Dokuments. Es war auf dem Briefkopf des Collier County Sheriffs und lautete:

Ich, Atlas Robert Crane, gestehe den Mord an Ana Margaret Crane in den frühen Morgenstunden des 1. Juni 2011. Früh an diesem Morgen ging ich zur 9943 Hunters Road in Naples, wo ich früher mit meiner Frau und meinem Sohn lebte.

Ich war dorthin gegangen, um mit meiner Ex-Frau darüber zu reden, wieder zusammenzukommen. Ich war aufgebracht, weil sie jemanden traf, und hoffte, wir könnten die Dinge kitten.

Ana machte die Tür nicht auf, also musste ich den Code für das Garagentor benutzen, um reinzukommen.

Sie fing an zu schreien, sobald ich ins Haus kam. Sie sagte mir, ich solle gehen, und fing an, mich zu beschimpfen. Ich versuchte, mit ihr zu reden, aber sie war wirklich wütend und stritt ständig weiter mit mir.

Ich versuchte, sie zu beruhigen, aber sie ließ sich einfach nicht beruhigen.

Plötzlich riss sie ein Messer aus dem Messerblock auf der Küchenarbeitsplatte und bedrohte mich damit. Ich hatte Angst. Ich wusste, ich musste ihr das Messer abnehmen, aber bevor ich irgendetwas tun konnte, griff sie mich an.

Im Gerangel, ihr das Messer abzunehmen, wurde sie verletzt. Ich geriet in Panik und rannte weg, statt Hilfe zu rufen. Ich dachte nicht, dass sie so schwer verletzt war, wie es am Ende war. Hätte ich es gewusst, hätte ich 911 angerufen.

Die Schuld an ihrem Tod verfolgt mich seit vierzehn Jahren. Ich sage Ihnen das jetzt, weil ich unschuldig an den Anklagen wegen Kinderpornografie gegen mich bin. Diese Dateien auf meinem Computer sind nicht von mir – jemand hat sie platziert, um mich zu vernichten, wegen dem, was ich Ana angetan habe.

Reinen Tisch zu machen nach all den Jahren über ihren Tod zeigt, dass ich nicht das Monster bin, für das mich Presse und Nachbarn halten. Ich habe Ana in einem Anfall eifersüchtiger Wut getötet, aber ich bin kein Pädophiler und war nie in irgendeiner Form mit Kinderpornografie befasst, noch habe ich mir so etwas je angesehen.

Dieses Geständnis erfolgte freiwillig und aus freien Stücken, ohne irgendwelche Drohungen oder Zwang.

Es war unterschrieben, *Atlas Robert Crane*

Unter seiner Unterschrift standen die unterschriebenen Bestätigungen zweier Zeugen, die bestätigten, dass das Geständnis freiwillig abgegeben worden war und dass Atlas Robert Crane den Inhalt seines Geständnisses verstanden hatte.

Toby kratzte an der Tür. Das war untypisch für ihn. Ich stand auf und öffnete sie. Ich hatte seine Leine noch nicht abgemacht.

Ich tat es und er flitzte davon. Ich schloss die Tür und setzte mich wieder.

Als ich das Geständnis noch einmal las, pochte mir das Blut in den Ohren. Crane schob seiner Frau die Schuld dafür zu, die Auseinandersetzung begonnen zu haben. Unfassbar.

Er war mitten in der Nacht dort aufgetaucht.

Crane war rund 18 Kilo schwerer und zwanzig Zentimeter größer als seine Frau.

Ich knallte die Faust auf den Schreibtisch. Es gab keinen Kampf. Sie hatte mehrere Stichwunden im Brustbereich. Das war kein Versehen. Er hatte sie zu Tode gestochen und war geflohen. Das Einzige, was ihm leidtat, war, dass er zum Geständnis gezwungen wurde.

Ich nahm das Foto des Geständnisses und postete es in drei Naples-Facebook-Gruppen. Zurück zu Naples Vibe zu navigieren, der ersten Gruppe, in die ich es gepostet hatte, zauberte mir ein Lächeln auf die Lippen.

Die Kommentare und Shares schossen schneller nach oben als die Zahlen an der Zapfsäule.

DolphinDebbie1964: *Ich wusste, dass er's war. Dieses Arschloch soll im Knast verrotten.*

TurtlesRule: *Gute Arbeit, Naples PD!*

NYCEscapee: *Knast ist zu gut für Crane. Erschießt ihn oder hängt ihn öffentlich wie früher.*

Es war nur eine Frage der Zeit, bis das Sheriffbüro eine Erklärung zum Geständnis abgab.

Der übliche Kick hielt nie lange an, wenn ich einen Job fertig hatte, aber diesmal bekam ich überhaupt keinen Schub. Ich fragte mich, ob das daran lag, dass ich mit den Gedanken bei Bev war.

Ich rief an, um Larson wissen zu lassen, dass ein Geständnis vorlag, und meldete mich dann, um ein Treffen mit Tyler klarzumachen.

Bevor ich aus dem Auto stieg, checkte ich X, und da war es. Der Sheriff hatte eine Stellungnahme zum Crane-Geständnis gepostet. Ich las sie schnell, mit Fokus auf den letzten Satz:

Es gab keine Beweise, die die Behauptung von Mr. Crane stützten, er sei hinsichtlich der Anklagen wegen Kinderpornografie hereingelegt worden.

Tyler saß auf derselben Bank nahe der Seagate Drive, auf der wir uns zum ersten Mal getroffen hatten. Eine Entenfamilie paddelte am Rand der Bucht entlang.

Mein Blick blieb an der Sporttasche zu Tylers Füßen hängen.

»Hey, Tyler.«

»Wann kriegst du die Kinderporno-Vorwürfe vom Tisch?«

»Ist das mein Geld?«

Er hob die Tasche auf und reichte sie rüber.

Ich zog den Reißverschluss auf. Tyler sagte: »Es ist alles drin.«

»Davon gehe ich aus.«

»Und was ist mit der Kinderporno-Sache?«

Ich zog den Reißverschluss wieder zu und sagte: »Triff dich morgen mit mir in der Coastland Mall. Drinnen am Food-Court.«

»Wann?«

Ich sagte: »Mittag.« Und ging mit dem Geld weg.

55

Igor lag noch auf der Intensivstation, aber Vlad galt inzwischen als stabil. Die anderen Verletzten erholten sich, zwei von ihnen wurden heute entlassen. Die Schießerei war in den Nachrichten, aber weil niemand gestorben war, flaute die Geschichte ab.

Wo auch immer Bev war, ich hoffte, sie und der Rest von Vlads Truppe tauchten unter. Es war klar, dass Vlads Leute für den Hinterhalt Rache wollten.

Als ich die Augen schloss, sah ich Bev auf der Treppe, bevor die Schießerei losging. Sie wirkte nicht, als würde sie Drogen nehmen, oder zumindest nichts Hartes. Sie sah gut aus, aber als sich unsere Blicke trafen, war ihr Gesicht eine Maske, nicht die Pflegeschwester, an die ich mich erinnerte.

Ich wartete auf einen Anruf von Mario. Ich hatte ihn zu Dren, dem Albaner, geschickt, in der Hoffnung, dass er Infos über die Folgen hat. Würde er mit einer Spur zurückkommen, wo Bev steckte?

DER FOOD-COURT der Coastland Mall brummte vor dem Geplapper von Überwinterern und Teenagern, die eben Teenager waren. Vieles war auf Spanisch.

Der Geruch von Burgern und Pommes lag in der Luft.

Tyler saß an einem Tisch bei der Chick-fil-A-Filiale. Als ich am japanischen Sarku-Laden vorbeiging, sprang Tyler auf und stürzte auf mich zu: »Du hast gesagt, du regelst das. Es ist ein Schlamassel.«

Ein grauhaariges Paar drehte den Kopf zu uns.

Ich zischte: »Leiser, Kleiner.«

»Komm schon, ich hab dir einen Haufen Kohle bezahlt und –«

Ich packte ihn am Handgelenk und drehte es, führte ihn zum letzten Tisch in der Ecke. »Setz dich und sprich leise.«

Er verzog das Gesicht und setzte sich.

Ich zog einen Stuhl neben ihn und setzte mich. »Du hast bezahlt, um deinen Vater zur Rechenschaft zu ziehen. Er sitzt wegen des Mordes an deiner Mutter hinter Gittern und kommt so bald nicht raus, genau wie du es wolltest.«

»Aber die Anklagen wegen Pornografie, du hast gesagt, die würdest du wegkriegen, wenn er gesteht.«

»Ich hab's mir anders überlegt. Dein Vater ist ein mieser Typ, der genau das verdient, was auf ihn zukommt.«

»Das kannst du nicht machen. Ich geh zur Polizei und sag ihnen, was du getan hast –«

Ich rammte ihm meine Faustknöchel in den Oberschenkel.

»Mach den Mund auf, und du gehst mit deinem Alten unter.«

»Wovon redest du? Ich habe nichts gemacht.«

»Du hast die Pornos auf sein Handy und seinen Laptop gespielt. Erinnerst du dich an das Angelturnier?«

Er zögerte, bevor er sagte: »Ja. Und?«

»Ich hatte unter Deck Kameras installiert. Wir haben dich auf Video, wie du es auf das Handy deines Vaters hochlädst.«

»Das ist Bullshit!«

Ich beugte mich vor. »Leiser.«

Er vergrub den Kopf in den Händen. »Ich fass es nicht.«

»Glaub's ruhig. Dein Vater ist ein Feigling und ein Killer. Hab kein Mitleid mit ihm. Er ist genau da, wo er hingehört.«

»Aber …«

»Kein Aber. Er hat deine Mutter ermordet und dann auch noch die Frechheit, ihr die Schuld zu geben? Ich habe gehört, mit dem Geständnis hat er sich einen Deal ausgehandelt. In so was wie fünfzehn Jahren ist er wieder draußen. Tut mir leid, Tyler, aber das ist einfach nicht gut genug.«

»Er ist kein guter Mensch, aber das wirkt, als wäre es zu weit gegangen.«

Ich drückte ihm die Schulter. »Er verdient alles, was er abkriegt. Deine Mutter hatte nie die Chance zu sehen, was für einen unglaublichen Sohn sie großgezogen hat.«

Er zuckte mit den Schultern.

Ich sagte: »Du wurdest wegen ihm deiner Mutter beraubt, dem wichtigsten Menschen auf der Welt. Und vergiss nicht, dass er dich jahrelang hinters Licht geführt hat.«

»Ich vermisse Mama immer noch.«

Da waren wir uns einig, welches Loch der Verlust einer Mutter reißt. »Verstehst du, warum wir tun mussten, was wir getan haben?«

Er nickte. »Ich verstehe.«

»Gut. Mit der Zeit wird es besser.«

»Und ich bleibe dabei, ihn nicht zu besuchen und ihm nicht zu schreiben.«

»Du bist ein cleverer Junge.«

Er lächelte.

Mein Handy vibrierte. Es war Mario. Ich stand auf. »Ich muss los, aber ich melde mich.«

»Okay. Danke für alles.«

Wir gaben uns die Hand. Ich sah ihm in die Augen und hatte das Gefühl, er würde seine Meinung nicht mehr ändern. Aber ich würde Mario sagen, er solle noch mal bei ihm vorbeischauen, um sicherzugehen, dass er die Idee begraben hat, die Anklagen wegen Pornografie fallen zu lassen.

Im Laufschritt zum Ausgang nahm ich den Anruf an. »Hey, Mario. Wie lief's?«

»Besser als erwartet.«

»Was hat der Albaner gesagt?«

»Ich glaub, dass er froh ist, dass die Russen sich gegenseitig bekriegen, hat ihm die Zunge gelockert.«

»Komm zum Punkt, Bruder.«

»Okay, okay. Also: Igor ist schlechter dran, als es aussieht. Er liegt immer noch auf der Intensivstation.«

»Schön zu hören, dass die Infos, für die ich zahle, auch stimmen.«

»Nutzt du immer noch Pedro im Krankenhaus?«

»Ja. Was noch?«

»Vlad plant einen Angriff auf Igors Truppe. Dren meinte, sie wollen ausnutzen, dass Igor außer Gefecht ist. Er glaubt, das wird ein großer Krieg. Vlad ist stinksauer, dass Igor die Eier hatte, ihn so anzugreifen.«

»Klingt logisch.«

»Tut es, aber Igors Leute lassen verlauten, dass sie hinter Vlad her sind.«

»Igor ist schlimmer verletzt als Vlad, also ist eine Reaktion fällig.«

»Genau, sie wollen Vlad richtig wehtun.«

»Hat er was über Bev gesagt?«

»Nicht konkret, aber er hat gehört, dass Vlad seine wichtigsten Leute aus der Schusslinie bringt.«

»Wohin gehen sie?«

»Er meinte, sie könnten irgendwo in den Keys unterkommen.«

»Die Keys?«

»So hat er's gesagt. Vlad hat doch diesen fetten Kahn, damit könnten sie sie rüberschaffen.«

»Wo in den Keys?«

»Hat er nicht gesagt.«

»Sieh zu, ob du das rausfinden kannst. Wann soll das passieren?«

»Ich hab das Gefühl, es könnte heute Nacht sein.«

»Vlads Boot liegt doch an dieser kleinen Marina an der Bay Street?«

»Ja, genau. Genau da, wo Lucky Strike Fishing Charter seine Boote liegen hat.«

56

Ich legte auf und warf das Handy auf die Couch.

Laura sagte: »Hat Larson noch nichts wegen Bev gehört?«

»Nö. Ich schmeiß den Grill an.«

»Es ist noch nicht mal sechs.«

Ich wollte ihr nicht sagen, dass ich versuchte, nicht an Bev zu denken.

»Ich hab Hunger – außerdem weiß mein Magen nicht, wie spät es ist.«

Ich machte den Grill an und holte Thunfischsteaks aus dem Kühlschrank. Ich hielt sie kurz unter den Wasserhahn, dann bestrich ich sie mit Öl und Gewürzen.

»Willst du grüne Bohnen dazu?«

Laura sagte: »Okay, aber schneide auch noch ein paar Tomaten auf.«

»Zu Befehl, Ma'am.«

Ich nahm die Bohnen raus und das Wegwerfhandy in meiner Tasche summte. Es war mein Kontakt im Krankenhaus von Lee County.

Ich trat auf die Lanai und ging ran: »Pedro. Was ist los?«

»Vladimir hat sich selbst entlassen.«

»Was? Sind Sie sicher?«

»Ja. Zwei von seinen Leuten sind gekommen. Er hat sich selbst entlassen und ist abgehauen.«

»Wann?«

»Gerade eben.«

»Okay. Danke.«

Ich kam wieder rein. »Laura, ich muss los.«

»Jetzt?«

Ich öffnete die Tür zur Garage und hielt Toby mit dem Bein zurück. »Ja.«

»Ruf mich an.«

Ich schoss die Route 41 nach Süden runter und nahm dann Tempo raus. An der roten Ampel an der Harbor Drive stand ein Wagen des Police Department von Naples. Ich würde es mir nie verzeihen, Bev zu verpassen, nur weil sie mich rausgezogen hätten.

Nach der Kurve, wo die Route 41 nach Osten führt, fiel es mir schwerer, mich an die Geschwindigkeitsbegrenzung zu halten. Die Straße war breit und leer, aber ich blieb unter sechzig.

Ich bog rechts auf die Bayshore Drive ab und bremste für einen Wagen, der sich nicht entscheiden konnte, ob er in den Celebration Park abbiegen sollte oder nicht. Ich tippte auf die Hupe, da fuhr der Wagen auf den Parkplatz.

Wo war die Abzweigung zur Santo Domingo Drive? War die so weit unten? Als ich sie entdeckte, nahm ich Tempo raus und bog auf die Santo Domingo Drive ab. Dann bog ich auf den Nevis Way ab und schlängelte mich weiter bis zur Bay Street.

Ich beschloss, auf dem Parkplatz eines Gewerbebaus zu

parken, in dem ein Bootsservice untergebracht war. Ich stieg aus und sah mich um. Es war ruhig.

Die Marina vorn hatte nur ein Dutzend Liegeplätze. Vlads Boot war eines von sechs, die dort festgemacht waren. Mindestens drei trugen die Schilder der Lucky Strike Fishing Charter, und ein weiteres war ein kleines Speedboot, das neben dem Kahn des Russen lag.

Ich überquerte die Straße und arbeitete mich zu einer kleinen Landzunge vor, auf der Wakeboard Naples lag. Jenseits eines kleinen Wasserarms bot sie freie Sicht, um das Kommen und Gehen zu beobachten.

Nur ich und die Mücken – bis ein weißer Mini Cooper bis zum Ende der Bay Ave fuhr. Der Fahrer parkte auf dem Grasstreifen gegenüber den Häusern, die eine Straßenseite säumten.

Ich wich dem schlaksigen Kerl in T-Shirt und Shorts aus, als er den Steg entlang zur kleinen Marina ging. Ich sah ihn nicht, aber ich hörte seine Schritte.

Ich lugte um die Ecke des sechseckigen Gebäudes und sah, wie er auf ein Boot stieg. Es war Vlads Jacht.

Die Dunkelheit senkte sich und der Mann machte das Innenlicht an. Er fummelte hinten am Boot an irgendetwas herum. Ich klatschte mir in den Nacken und zerquetschte eine Mücke. Während ich auf meine blutverschmierten Finger starrte, gingen die Positionslichter von Vlads Boot an.

Das hieß, dass das Boot gleich ablegen würde. Der Mann an Bord setzte sich auf die Brücke und checkte seine Uhr. Fünf Minuten später startete er den Motor. Er war der Kapitän.

Als der Motor brummte, ging ich in die Hocke und wechselte auf die andere Seite des Gebäudes. Hinter einem

Ständer mit Paddleboards hockend, kam ein weißer SUV ins Blickfeld.

Ich kniff die Augen zusammen, als die Beifahrer- und die hinteren Türen aufgingen. Drei Männer und eine Frau stiegen aus und steuerten auf den Steg zu. Der SUV machte eine Kehrtwende und verschwand, als seine Passagiere den Holzsteg erreichten.

Einer der Männer hinkte. Es war Vlad. Die Frau trug einen Hoodie. Größe und Statur passten zu Bev, aber ihr Gesicht war nicht zu sehen.

In meinem Kopf flehte ich: *Los! Schau hier rüber.*

Autotüren schlugen zu. Mein Kopf fuhr zu dem Parkplatz herum, auf dem ich geparkt hatte. Vier Männer rannten zum Steg. Sie waren bewaffnet.

Vlad und seine Leute warfen Blicke über die Schulter und rannten los. Die Kapuze der Frau rutschte ihr in den Nacken.

Es war Bev.

Ich griff nach der Waffe am Knöchel, während der Kapitän von Vlads Boot die Leinen losmachte und auf Russisch brüllte. Er tauchte unter Deck und kam mit einer Maschinenpistole wieder hoch.

Vom Dock aus sprühte er Kugeln in Richtung von Igors Männern. Sie wichen zurück und suchten Deckung. Der Kapitän streckte die Hand nach Vlad aus.

Vlad hatte schon einen Fuß an Bord, als der Kapitän einen Schuss in die Schulter abbekam und ins Wasser stürzte.

Vlad schrie auf Russisch. Bev und die Männer liefen an seiner Jacht vorbei zu dem Speedboot. Die beiden Männer gaben noch ein paar Schüsse ab, bevor sie in das Speedboot sprangen. Sie halfen Vlad hinein.

Jetzt oder nie. Ich trat hervor. »Bev! Ich bin's, Beck! Spring ins Wasser. Ich hol dich raus.«

Bev sah zu mir – und sprang.

Sie landete im Speedboot. Einer der Männer zog am Starterseil, um den Motor anzuwerfen.

Igors Leute sprinteten auf sie zu. Der Motor des Speedboots brüllte auf und das Boot schoss aus dem Liegeplatz, wobei das Heck ausbrach, und nahm Kurs auf sicheres Wasser.

Bev war schon wieder weg.

Ich duckte mich hinter einem Ständer mit Schwimmwesten, während Igors Männer verschwanden. Nachdem sie in ihre Wagen gestiegen waren, hob ich die Hände und ging auf den Kapitän zu, der versuchte, sich über Wasser zu halten.

Ich zog ihn auf den Steg und prüfte seine Wunde. Nachdem ich den Notruf 911 gewählt hatte, machte ich mich aus dem Staub.

57

Ich gab dem Valet die Schlüssel für meinen BMW und half den Mädels aus dem Wagen.

»Willkommen im La Playa, mein Herr. Kann ich Ihnen den Weg weisen?«

»Wir gehen an den Strand. Unser Freund, Ray Larson, ist hier Mitglied.«

Er zeigte in eine Richtung. »Ausgezeichnet. Mr. Larson sitzt in der ersten Reihe, rechts. Folgen Sie einfach dem Weg und genießen Sie Ihren Tag.«

»Danke.«

Wir machten uns auf zum Strand und schleppten all den Kram, den man mit einem Baby eben braucht.

Larson trug ein Grinsen und eine Badehose mit Pinguinen drauf. »Ich habe vier Liegen und drei Schirme aufstellen lassen. Passt das?«

»Perfekt, Ray. Das ist schön. Du hast also endlich nachgegeben und bist Mitglied geworden.«

Er küsste Laura auf die Wange und ging direkt zu Dawn,

die Abby hielt. »Oh Mann. Was für eine Süße die Kleine ist.«

Ray zog diese dämlichen Gesichter und machte Baby-laute, wie Erwachsene das eben tun. Er drehte sich zu Dawn. »Hinten gibt's reichlich Schatten. Wenn du meinst, es ist ihr zu heiß, suchen wir uns drinnen ein ruhiges Plätzchen.«

»Danke. Es ist so schön hier. Ich war seit Abbys Geburt nicht mehr am Strand.«

»Freut mich, dass ihr gekommen seid. Ach so, falls jemand Hunger hat, auf den Liegen liegen Speisekarten. Bestellt, worauf ihr Lust habt.«

Die Mädels trugen Abby zum Golf und hielten ihr die Füße ins Wasser.

Auf der Liege neben Larson machte ich es mir bequem und deutete hinüber. »Ich wünschte, ich würde mich an mein erstes Mal am Strand erinnern.«

»Die meisten waren dafür einfach zu jung.«

»Hey, danke noch mal, dass du uns eingeladen hast.«

»Immer doch, Beck. Weißt du doch.«

»Weiß ich, und das schätze ich.«

»Normalerweise muss ich dir den Arm umdrehen, damit du überhaupt was machst.«

»Wir alle brauchten eine Auszeit.«

»Du musst auf dich selbst und deine Beziehungen achten, sonst ist alles andere egal.«

»Das treibt mich an, Bev zurückzuholen.«

Er zögerte lange, bevor er sagte: »Ich habe ein paar Informationen über sie bekommen.«

Ich schoss hoch. »Was? Wo ist sie?«

»Ich arbeite dran, aber Vlad wurde in Miami gesehen. Erste Infos besagen, sie haben die Keys verlassen.«

»Miami? Ergibt wohl Sinn.«

»Anscheinend wollte er komplett wieder auf die Beine kommen, und den Infos nach hat er das auch.«

»Wo in Miami? Ist Bev bei ihm?«

»Ich bin dran. Das ist nicht die Zeit und nicht der Ort, um ins Detail zu gehen.«

»Aber …«

»Es ist noch früh. Sobald ich etwas habe, erfährst du es. Jetzt entspann dich, genieß es.«

»Wie soll ich mich entspannen, nachdem du mir das gesagt hast?«

»Du musst lernen, die Dinge zu trennen. Es gibt immer irgendwas zu tun, irgendwer leidet immer und so weiter und so fort. Lern, im jetzigen Moment zu leben, dann wirst du glücklich.«

Es war etwas, woran ich noch viel zu arbeiten hatte. »Leichter gesagt als getan.«

Er deutete zum Wasser. »Heb dir den Kampf für einen anderen Tag auf und genieß das, was wir haben.«

Ich stand von der Liege auf und zog mir das Nirvana-T-Shirt aus. »Ich war seit Jahren nicht mehr im Golf.«

———

ICH HOFFE, du hattest beim Lesen von *Die Abrechnung* genauso viel Spaß wie ich beim Schreiben. Wenn ja, würde ich mich freuen, wenn du eine kurze Rezension auf Amazon oder deiner Lieblingsbuchseite schreiben würdest. Rezensionen sind der beste Freund eines Autors, und selbst ein oder zwei kurze Zeilen sind hilfreich. Danke, Dan

DIE LUCA MYSTERY-SERIE

SPANNENDE GEHEIMNISSE

Sie können über mein Schreiben auf dem Laufenden bleiben und Zugang zu Büchern haben, die frei von Discounter sind, indem Sie sich meinem Newsletter anschließen. Normalerweise ist es einmal im Monat ausgestiegen und enthält auch Notizen zu Selbstwertgefühl, Motivationsstücken und Weinartikeln.

Es ist kostenlos. Siehe meine Website: www.danpetrosini.com

Dan ist ein USA-Today- und Amazon-Bestsellerautor, der seine erste Geschichte im Alter von zehn Jahren schrieb und es liebt, Geschichten oder Witze zu erzählen.

Seine Ideen für Geschichten erhält Dan, indem er der Frage nachgeht: Was wäre, wenn?

In fast jeder Situation, in der er sich befindet, geht Dan der Frage nach, was wäre, wenn dies oder das passieren würde? Was wäre, wenn diese Person sterben oder etwas Ungewöhnliches oder Illegales tun würde?

Dans ständiges Gedankenkarussell liefert ihm reichlich Stoff, den er zu interessanten Geschichten verwebt.

Als Fan von Büchern und Filmen mit unvorhersehbaren Wendungen gestaltet Dan seine Geschichten so, dass die Leser den Ausgang nicht erraten können. Er schreibt jeden Tag, ringt notfalls um die Worte und hat bis heute über fünfundzwanzig Romane geschrieben.

Für Dan ist es keine Frage des Wollens, er muss einfach schreiben.

Dan ist der festen Überzeugung, dass Menschen ihre Träume verwirklichen können, wenn sie sich darauf konzentrieren und handeln, und er ermutigt genau dazu.

Sein Lieblingsspruch lautet: „Der Preis der Disziplin ist immer geringer als die Kosten des Bedauerns."

Dan erinnert die Menschen daran, Negativität aus ihrem Leben zu verbannen. Er glaubt, dass sie ansteckend ist, und rät, sich von negativen Menschen fernzuhalten. Er weiß, dass eine wirklich positive Grundeinstellung einem das

Gefühl gibt, das Leben spiele einem in die Karten. Wenn er mal vom Weg abkommt, sagt er sich: „Man kann keinen guten Tag mit einer schlechten Einstellung haben."

Dan ist verheiratet, hat zwei Töchter und einen anhänglichen Malteser und lebt im Südwesten Floridas. Der gebürtige New Yorker hat an örtlichen Hochschulen unterrichtet, schreibt Romane und spielt Tenorsaxophon in mehreren Jazzbands. Außerdem trinkt er viel zu viel Wein und nimmt sich selbst niemals, aber auch wirklich niemals zu ernst.

Er veröffentlicht einen zweimal monatlich erscheinenden Newsletter mit Artikeln, seinen Texten sowie Sonderangeboten und Schnäppchen.